Gerhard F. Scholten

Als die Sonne nicht unterging

Die spanischen Habsburger

Gerhard F. Scholten

Als die Sonne nicht unterging

Die spanischen Habsburger

Roman

Amalthea

in der F. A. Herbig Verlagsbuchhandlung GmbH
Wien · München · Berlin

Umschlaggestaltung: Sander & Krause
Werbeagentur GmbH, München
Umschlagbild: Tizian, »Karl V. bei Mühlberg«
(Archiv für Kunst und Geschichte, Berlin)
Herstellung und Satz: VerlagsService Dr. Helmut Neuberger
& Karl Schaumann GmbH, Heimstetten
Gesetzt aus der 10,5 Punkt Simoncini Garamond
Druck und Bindung: Wiener Verlag, Himberg bei Wien
Printed in Austria 1995
ISBN 3-85002-370-2

INHALT

I.
Das einsame Kind

1

Durch die Ritzen der schwarzlackierten hölzernen Fensterläden fielen schmale Streifen von Sonnenlicht auf den dunkelrot gebeizten Dielenboden. Hell- und dunkelblaue toledanische Kacheln, die kniehoch die Wände säumten, prägten das Erscheinungsbild des ansonsten nüchtern eingerichteten Raums, in dem immerhin ein königlicher Prinz schlief.

An der Längsseite stand ein Schrank, daneben ein Tisch mit vier Stühlen. An der Schmalseite sah man auf einem Metallgestell eine kupferne Waschschüssel und auf dem Boden einen kupfernen Krug. Daneben hing ein weißes Tuch. An der gegenüberliegenden Seite stand ein mit rotem Samt überzogener Betschemel, auf dem ein Gebetbuch lag. Es war an jener Seite aufgeschlagen, auf der die zehn Gebote Gottes zu lesen waren. Über dem Betschemel hing ein hölzernes Abbild des Gekreuzigten.

Mit der Schmalseite zur Wand stand ein großes Bett im Raum, überdacht von einem Baldachin aus dunkelgrünem Damast.

Einziger Wandschmuck waren zwei Gemälde des Meisters Tizian; eines zeigte den jungen König des katholischen Spanien, Philipp I. den »Schönen«, in einer silbrigglänzenden

Rüstung. Das Haar fiel ihm bis auf die Schultern herab, in der Rechten hielt er den Feldherrnstab. Das andere Bild stellte die Königin Johanna dar, »Juana la Loca«, Johanna die Wahnsinnige genannt. Ihr schweres, schwarzes Seidengewand fiel in kunstvollen Falten herab. Die Ähnlichkeit war frappierend, nur daß die Augen der Königin auf dem Gemälde nicht jenen unsteten Blick zeigten, der ihnen in Wahrheit eigen war.

Im Bett, umgeben von weißen Kissen, sah man den lockigen Kopf eines kleinen Jungen. Karl, Infant von Spanien, schlief.

Von der Turmuhr der Kathedrale von Burgos hörte man vier dumpfe und sieben helle Glockentöne. Es war sieben Uhr morgens.

Felipe, der Leibdiener Don Carlos', betrat leise das Zimmer, um den Infanten nicht zu wecken, und ging auf Zehenspitzen zum Kamin, in dem noch ein wenig von Asche überdeckte Glut gloste. Er legte einige Kienspäne auf die Glut, fachte sie mit einem Blasbalg an und wartete. Sobald sie Feuer gefangen hatten, schichtete er einige Eichenholzscheite darauf. Man sah ein rötliches Licht an der Decke – die ersten Flammen züngelten empor.

Felipe ging zum Fenster und öffnete es, nachdem er einen Teil des samtenen Vorhanges beiseite geschoben hatte. Kühle Luft, die von den Bergen kam, mischte sich mit der Wärme, die nach außen drang. Don Carlos wachte nicht auf, sondern zog im Schlaf die Bettdecke hoch, so daß nur mehr ein paar blonde Locken zu sehen waren.

Nach einer Weile betrat Doña Maria das Schlafgemach des königlichen Prinzen, gefolgt von Adriaan, Bischof von Utrecht, Vizedirektor der Universität, und dem Ratsherrn und Kämmerer Wilhelm von Croy, Herzog von Soria.

Don Carlos schlug die Augen auf, ohne daß die Anwesenden es merkten. Wo sind Doña Ana und Doña Ines, die mich täglich anzukleiden pflegen? überlegte er. Was will Doña Maria, was wollen der Herzog und der Bischof von mir? Sie sind doch nie zugegen, wenn man mich ankleidet und wenn ich bete! Es schien ihm ein schlechtes Omen zu sein.

»Man bringe den Infanten zu seiner Mutter«, sagte der Herzog von Soria laut. Wilhelm von Croy war mittelgroß und trug die am Hof übliche schwarze Kleidung: Pluderhosen und ein Wams aus Seide. Die weiße Halskrause unter dem üppigen Bart entsprach der Mode der Zeit, und die schwarzen Schnallenschuhe waren reich mit Edelsteinen besetzt. Die Gesichtsfarbe des Herzogs war grünlich, meist ein Zeichen der Gicht oder eines Leberschadens.

»Leise, leise, Herzog! Ihr weckt den Infanten«, flüsterte Doña Maria.

Die Stimme des Herzogs klang noch lauter als zuvor – ein Zeichen, daß er sich im Recht fühlte. »Der Infant, Doña Maria, wird lernen müssen, mehr zu erdulden als nur aus dem Schlaf geweckt zu werden.«

Karl gab immer noch nicht zu erkennen, daß man ihn geweckt hatte. Alle warten darauf, daß ich aufwache, dachte er. Mein Bruder Ferdinand wird sicher nicht so brutal aus dem Schlaf gerissen. Er ist ja erst drei Jahre alt. Alle warten darauf, daß ich bete und mich ankleiden lasse. Doch dann setzte er sich auf und sagte in einwandfreiem Französisch: »Ich bin wach, Herzog!«. Er faltete die Hände, sagte das Vaterunser auf und bat Jesus Christus, ihm Kraft zu geben, alles zu ertragen, was auf ihn zukommen könnte, und daß er bald imstande sein werde, mehr zu lernen. Als er sein Gebet beendet hatte, ließ er sich von Doña Maria ankleiden. Dabei sagte er: »Ich höre, was Ihr von mir wünscht und was Ihr mir zu berichten habt!«. Erst blickte er fragend auf den Herzog, dann auf Bischof Adriaan. In der Zwischenzeit war noch der Erzbischof von Toledo, Primas von Spanien, eingetreten.

»Habt Ihr Don Carlos vorbereitet? Ich sähe es lieber, er ginge später zu der Königin, wenn sie sich etwas beruhigt hat.«

Bischof Adriaan trat zu der Tür, die zu den Gemächern der Königin führte, und sagte, zum Erzbischof gewandt: »Einer anderen Vorbereitung bedarf es nicht!«

Der Erzbischof von Toledo war an die achtzig Jahre alt und hager. Sein Schädel war fast kahl, nur an den Schläfen wuchs noch etwas dünnes, weißes Haar. Stirn und Scheitel schienen wie glattpoliert. Glatt war auch sein Gehabe, kalt seine Art zu reden, und wahrscheinlich war auch sein Herz kalt.

Der Bischof von Utrecht hingegen war groß und vierschrötig. Er neigte zur Fettleibigkeit, und seine Bewegungen wirkten plump. Seine Stimme aber hatte einen Klang voller Güte, ganz anders als die des Erzbischofs von Toledo.

Adriaan war neben dem Herzog von Soria einer der beiden Erzieher der königlichen Prinzen Karl und Ferdinand. Margarete von Österreich, Statthalterin der Niederlande, hatte die beiden Männer ausgewählt, da sie dem Hause Österreich als wohlgesinnt galten und strenge Katholiken waren.

»Kommt bitte zu mir, Don Carlos«, sagte der Bischof von Utrecht.

Der Knabe trat entschlossen auf ihn zu. Sie dürfen nicht sehen, daß ich mich fürchte, dachte er. Wenn sie es erkennen, verlangen sie nur mehr von mir. Ein zukünftiger König darf sich nie fürchten, was auch immer geschehen mag.

»Liebt Ihr Eure Mutter, Don Carlos?« fragte der Bischof sanft.

»Ich liebe meine Mutter sehr, Eminenz.« Karl überlegte nicht lange, ob das der Wahrheit entsprach. Früher hatte er häufig geweint, wenn man ihn zu seiner Mutter gebracht hatte. Sie war immer so traurig und schluchzte, hie und da lachte sie kreischend auf oder erschreckte ihn mit ungestümen Zärtlichkeiten. Nun aber hatte er schon lange nicht mehr geweint.

»Und Ihr liebt Euren Vater sehr, Don Carlos?«

»Ich habe meinen Vater sehr, sehr gern. Er scherzt gern und spielt mit meinem Bruder Ferdinand und mir.«

Der Bischof hüstelte, zog die Augenbrauen hoch und strich Don Carlos behutsam über die blonden Locken. Dann sagte er mit leicht bebender Stimme: »Euer Vater, der König von Spanien, ist gestorben, und Eure Mutter will mit niemandem sprechen, außer vielleicht mit Euch.«

Karl erschrak. Mit aller Kraft hielt er die aufsteigenden Tränen zurück.

Der Erzbischof von Toledo öffnete die Tür, die zu den Räumen der Königin führte. Eine süßliche Weihrauchwolke wehte den Eintretenden entgegen. Vier Dominikanermönche sangen nicht endenwollende Litaneien. Das Licht unzähliger Kerzen erhellte den düsteren Raum. Auf einer Bahre gebettet sah man die fremd wirkende Gestalt Philipps I., den man »den Schönen« nannte. Sein Haupt lag auf einem mit silbernen Borten eingefaßten schwarzen Kissen. Die Hände, wie zum Gebet gefaltet, hielten ein silbernes Kruzifix. Rechts und links von seinen Füßen lag ein Handschuh – ein Zeichen, daß er, ein tapferer Ritter, nicht in der Schlacht gefallen, sondern eines natürlichen Todes gestorben war. Zu seinen Füßen befand sich das mit Edelsteinen verzierte Schwert, das er in vielen Schlachten getragen hatte.

Johanna, »Juana la Loca«, die Mutter der beiden Infanten

Karl und Ferdinand, kniete neben der Bahre. Sie hatte die Hände vor das Gesicht geschlagen und schluchzte heftig.

»Majestät!« mahnte der Erzbischof. »Der Infant Karl begrüßt seine Mutter.«

Karl trat zögernd näher und sagte leise: »Gnädigste Mutter ...«

Ein wimmerndes Stöhnen Johannas kam von der Bahre des geliebten Vaters. Ihr Weinen klang wie die Stimme des Toten. Karl hatte sehr spät sprechen gelernt und litt noch immer unter Sprechschwierigkeiten, die er jedoch geschickt zu verbergen verstand. An der Bahre des Vaters nun brachte er kein weiteres Wort hervor.

Endlich sprach Johanna. »Warum sind meine Kinder hier?«

Die Worte lösten Verwirrung aus, da Ferdinand noch in seinem Zimmer weilte, wo er angekleidet wurde.

»Meine Kinder brauchen mich nicht!« fuhr die Königin fort. »Sie haben ja den Herzog und den Bischof von Utrecht! Philipp braucht mich! Philipp! Philipp! Don Felipe steht vor mir!«

Sie warf sich zu Boden und wimmerte.

Der Erzbischof sagte beruhigend: »Seine Majestät Philipp, König von Spanien, ist tot. Euer Sohn, der Infant Don Carlos, steht vor Euch, ebenso sein Bruder Don Fernando.«

Ferdinand war unterdessen ins Sterbezimmer geführt worden. Der Dreijährige begriff die traurige und bedrückende Szenerie noch nicht und klammerte sich verschreckt an die lange Robe Doña Elviras.

»Vergebliche Mühe«, sagte leise der Bischof von Utrecht zum Erzbischof. »Gehen wir mit den Prinzen zurück in ihre Gemächer. Wir können nicht helfen. Ich werde mit Don Carlos reden.«

Der Herzog von Soria schob den Türvorhang beiseite. Karl

und sein Bruder Ferdinand verließen, gefolgt von Bischof Adriaan und dem Erzbischof, den beklemmenden Raum, ohne daß Königin Johanna es bemerkte.

»Wer mag neuer König des katholischen Spanien werden?« überlegte Adriaan. Daß Johanna diese Krone nicht würde tragen können, stand für ihn und alle anderen außer Zweifel. Johanna war wahnsinnig, und nach dem Tode Philipps schien sich ihr Zustand noch zu verschlimmern. Einstweilen konnte zwar der Großvater Don Carlos', Ferdinand I., die königlichen Pflichten übernehmen, aber er war hochbetagt.

Bischof Adriaan begleitete Don Carlos in sein Zimmer.

Karl weinte, das Gesicht in den Händen verborgen, um seine Trauer nicht zu zeigen. Kurz darauf richtete er sich auf, wischte die Tränen mit dem Handrücken weg und fragte gefaßt seinen Erzieher: »Ich bin doch noch zu klein, um König zu werden? Ich bin auch schwächer als mein Bruder Ferdinand, obwohl er jünger ist. Ich weiß, wenn es einmal soweit ist … Bis dahin muß ich aber noch sehr viel lernen. Ich spreche zwar Niederländisch, Französisch sowie ein wenig Spanisch und Englisch. Und Deutsch … ? Ich werde all das lernen müssen, Bischof.«

»Ihr werdet es lernen, Don Carlos«, erwiderte der Bischof beschwichtigend.

»Ich weiß, ich muß vieles lernen, ich muß und will alles lernen!« sagte Karl entschlossen. »Werde ich auch einmal Kriege führen müssen?«

»Sicher wird es nötig sein. Es gibt und gab keinen König, keinen Fürsten, der niemals Kriege führen mußte. Ihr werdet nicht der erste, nicht der letzte sein. Ihr werdet den Befehl erteilen müssen, Eure Feinde zu töten. Ihr werdet im Namen Gottes und der katholischen Kirche solche Befehle erteilen müssen. Trotz alledem werdet Ihr nicht gegen das zehnte Gebot Gottes verstoßen. Ihr tut es ja nur zum Wohle Spaniens, zur Verteidigung des Glaubens und zum Wohle Eurer Völker.«

2

Im Park von Oudenaarde sank die Sonne. Hand in Hand gingen die beiden Prinzen zum Schloß zurück, gefolgt vom Herzog von Soria und dem Bischof von Utrecht.

»Dürfen wir bis zum Schloßtor um die Wette laufen?« fragten sie wie aus einem Munde.

»Lauft, sobald ich die rechte Hand hebe«, sagte der Bischof.

Aber der Herzog warnte: »Karl ist ein schwächliches Kind, Eminenz. Seht doch, sie sind beide gleich groß, trotz des Altersunterschiedes. Wir dürfen nichts riskieren. Ein allzu junger König regiert England, Greise herrschen in Spanien und Deutschland – meist Greise, die Kinder zu Nachfolgern haben. Kinder? Man könnte sagen: ein Kind – dieses Kind.« Er zeigte auf den Infanten Karl. »Ich mache mir Sorgen um Spanien, um die ganze Welt.«

Der Bischof zeigte sich unbeeindruckt. »Karls Körper muß gekräftigt, sein Geist gestählt werden, Herzog. Ich bin sicher, Don Carlos wird in wenigen Jahren all das nachgeholt haben, was ihm die Natur gegenwärtig verweigert. Los!« rief er laut. »Lauft bis zum Schloßtor!«

Bis kurz vor dem Tor konnte keiner der Knaben einen Vorsprung gewinnen, bis Karl plötzlich stolperte und auf den Kiesweg fiel. Der Bischof hob erschrocken die lange Kutte und eilte ihm zu Hilfe.

»Ich bin gestolpert. Über dieses Zeug da!« Karl zeigte vorwurfsvoll auf einige verdorrte Äste am Boden.

»Ihr habt Euch verletzt, Ihr blutet, Karl.« Der Bischof nahm den Knaben in die Arme und trug ihn bis zum Tor, wo ihn ein Diener übernahm, um ihn in sein Zimmer zu bringen. Der Bischof stellte nach kurzer Untersuchung beruhigt fest: »Der abgefallene Zweig eines Rosenstrauchs ist es gewesen, der Euch Kratzer auf dem linken Knie und im Gesicht zufügte. Ihr blutet nur noch wenig, bald wird nichts mehr zu sehen sein.« Geschickt wischte er mit einem Leinentuch die zwei, drei Tropfen Blut ab. »Ihr wärt der Schnellste gewesen, Don Carlos. Aber im Leben liegen dem Menschen manchmal Dornen im Weg. Doch Ihr werdet künftig nicht mehr darüber stolpern – auch wenn es sich nicht immer um vertrocknete Zweige eines Rosenstrauchs handelt.« Er lächelte und strich dem Knaben zärtlich über das Haar.

3

Einige Wochen später rief die Regentin der Niederlande, Margarete von Österreich, die die höchste Verantwortung für die Prinzen trug, den Bischof von Utrecht und den Herzog von Soria zu sich, um sich mit ihnen über die weitere Erziehung der Infanten zu beraten.

»Ich schlage vor, daß die beiden Prinzen getrennt erzogen werden«, sagte der Herzog. »Karl hier in den Niederlanden, Ferdinand bei seinem Großvater in Spanien. So werden sie sich nicht ins Gehege kommen. Karl ist älter und schwächer, der kleinere, so scheint's, stärker.«

»Weshalb getrennt, Herzog?« erwiderte die Regentin. »Ich bin der Meinung, daß es besser wäre, beide gemeinsam aufwachsen zu lassen. Bischof, Ihr habt Euch doch so viel Mühe mit den Infanten gegeben, sprecht auch Ihr.«

»Es ist richtig, daß Don Fernando seinem Bruder in vielem voraus ist, daß er rascher auffaßt, wenn man den Altersunterschied berücksichtigt. Eben dies wird Karl veranlassen, alle Kräfte anzustrengen, um sich mit seinem Bruder messen zu können – wenn man die Knaben gemeinsam erzieht.«

»Und Ihr glaubt nicht, daß es Karl entmutigen könnte?«

»Ein künftiger Monarch kann sich nicht früh genug in der Tugend der Selbstbeherrschung üben. Die beiden Kinder haben weder Vater noch Mutter. Ich stehe dafür ein, daß ich den Infanten Karl und Don Fernando in diesem Sinne erziehen werde, denn ich will die Liebe der Brüder zueinander erhalten. Wer weiß, wozu das einmal gut sein wird. Europa, ja die ganze Welt braucht den Frieden, und wer kann besser dazu beitragen als zwei Fürsten, die auch später wie Brüder und nicht wie Gegner regieren. Vielleicht könnte so manche blutige Auseinandersetzung vermieden, mancher Zwist durch Gespräche von Bruder zu Bruder in Eintracht verwandelt werden. Trennt Ihr sie, werden sie einander fremd, und die Folgen können sich einmal als sehr nachteilig erweisen!« sagte der Bischof von Utrecht erregt.

Die Regentin lächelte. »Ihr wollt also fortfahren, die beiden mir anvertrauten Kinder gemeinsam zu erziehen. Ihr wißt so gut wie ich, daß Karl, der Ältere, König von Spanien wird. Ferdinand wird sicherlich nicht leer ausgehen.«

Nach einer Weile nachdenklichen Schweigens fuhr die Regentin fort: »Ihr, Herr von Croy, seid gewillt, dem Infanten Karl Vater und Mutter zu ersetzen. Ich glaube gern, daß Ihr darin mehr Geschick zeigt als ich. Daher soll es sein, wie Ihr sagt. Man könnte Ferdinand ja auch später noch an den Hof seines Großvaters nach Spanien senden. Ihr, Bischof von

Utrecht, glaubt Karl auf seine zukünftigen Aufgaben vorbereiten zu können? Doch mir scheint, daß nicht nur mein Neffe Karl ihnen nicht gewachsen sein wird, sondern daß kein Mensch ihnen gewachsen sein kann.«

»Die Regierung der Niederlande«, begann Adriaan, »die Nachfolge in Spanien ...«

»Die Herrschaft über Mailand, Sizilien und Neapel ...«

»Vielleicht nach dem Tode unseres allergnädigsten Herrn, des Kaisers Maximilian, das Römische Reich.«

Die Regentin setzte die Reihe der künftigen Regentschaften fort: »Die österreichischen Erblande, mit denen sich in Zukunft Ungarn und Böhmen vereinigen lassen.«

Und zum Schluß nannte der Herzog noch die Herrschaft über jene unerforschten Gebiete, die spanische Seefahrer jenseits des Meeres entdeckt hatten.

Die Regentin erhob sich und trat ans Fenster. Ihr Blick glitt durch den Park, wo sie am steinernen Rand eines Wasserbeckens eine zarte, in feierliches Schwarz gekleidete Kindergestalt sah. Unwillkürlich seufzte sie, wandte sich um und sagte mit harter Stimme: »Es wäre ein Reich ohne Grenzen, meine Herren, ein Reich, in dem die Sonne nicht untergeht.«

4

König Ferdinand II. von Aragon und König Heinrich VIII. von England schlugen am 16. August 1513 die Franzosen bei Guinegate. Eine Woche später hörte man, daß König Heinrich auf dem Rückweg nach England die Gelegenheit ergreifen wollte, seinen nunmehr bereits dreizehnjährigen Vetter Karl kennenzulernen.

Wilhelm von Croy und Graf Crévecœur begleiteten Karl,

der einen feingliedrigen, temperamentvollen Goldfuchs ritt – ein Pferd, das nur durch Geschicklichkeit, nicht aber durch Kraft zu bändigen war. Der junge Infant beherrschte das schwierige Tier scheinbar mühelos und saß gut im Sattel.

»Wie? Das ist mein Vetter Karl? Willkommen! Gott zum Gruß! Euch so zu sehen, ist mir eine große Freude. Wo haben meine Gesandten ihre Augen gehabt? Man berichtete mir, Ihr seid ein schwächliches Kind, und wen sehe ich da vor mir? Einen jungen Ritter!«

Heinrich saß in silberglänzender Rüstung zu Pferd, unter dem Sattel eine goldbestickte, scharlachfarbene Decke. So jung er noch war, so sehr sah man ihm bereits seine Neigung zur Dickleibigkeit an. Die Linien von Kinn und Wangen wirkten verschwommen. Dazu plapperte er munter drauflos und ließ seine Gesprächspartner kaum zu Wort kommen.

»Wie alt seid Ihr? Ich glaube, dreizehn Jahre? Ich sollte Euch Neffe nennen, doch Vetter klingt viel besser. Im nächsten Krieg gegen Frankreich kämpft Ihr vielleicht schon an meiner Seite.«

»Erlaubt, Herr Vetter«, sagte der Infant, der endlich zu Wort kam, »erlaubt mir, daß ich Euch meine Bewunderung ausspreche.«

»Vetter? Ihr müßt nicht so förmlich sein. Wir wollen doch Freunde werden, junger Ritter!«

»Ich hoffe«, sagte Karl, nicht weniger förmlich als zuvor, »daß uns die Politik erlauben wird, Freunde zu sein.«

»Sieh da!« erwiderte Heinrich mit einem belustigten, aber mißtrauischen Blick.

Unwillkürlich wandte sich Karl im Sattel um und suchte hilfeheischend den Blick des Herrn von Croy. Dieser verstand, ritt heran und fesselte die Aufmerksamkeit des jungen Königs durch Schilderung eines Festes bei Papst Leo X. Der Infant hörte zu und sprach kein Wort, bis sie Brüssel erreichten.

Die Regentin erwartete den König und den Infanten im Empfangssalon. Eine Stunde später sollte das Fest beginnen, da Heinrich VIII. am nächsten oder übernächsten Tag Brüssel verlassen wollte. Ein Diener reichte ihm Burgunderwein, dem er ebenso eifrig wie unbekümmert zusprach. Er war ja nur gekommen, um den Knaben Karl kennenzulernen, der vielleicht einmal die größte Macht der Welt in seiner Hand vereinigen würde.

»Vielleicht hat die Schlacht von Guinegate uns nur gelehrt, den Bundesgenossen höher einzuschätzen«, lachte Heinrich. »Wollen hoffen, daß Euer erlauchter Großvater eine bessere Meinung von seinem Bundesgenossen hatte. Jedenfalls gewannen wir die Sporenschlacht!«

Mit dünner Stimme fragte Karl: »Sporenschlacht?«

»Ei, junger Vetter, Ihr seid auch da?«

Karl war so still gewesen, daß man seine Anwesenheit fast übersehen hätte.

»Die Truppen Eures Bundesgenossen und Schwiegervaters waren geschickt genug, die Franzosen auf dem ungünstigsten Terrain zu stellen«, sagte er leise. »Ihnen blieb ja nichts anderes als die Flucht!«

Der König musterte den Infanten aufmerksam und gedankenverloren. »Sie da, das ist heute schon das zweite Mal, daß ich mich über Euch zu wundern habe.« Zur Regentin gewandt fragte er: »Noch immer keine besseren Nachrichten von Ihrer Majestät, der Königin Johanna?«

»Keine«, erwiderte kurz angebunden die Regentin. Am Hof zu Brüssel war es verboten, in Gegenwart der Infanten über die Krankheit der Mutter zu reden.

Der Infant war noch nicht alt genug, um am Fest teilzunehmen, doch sah er eine Weile von der Galerie aus dem Festbankett und dem darauffolgenden Tanz zu. Wilhelm von Croy saß neben ihm. Er warf dem hinzukommenden Bischof einen Blick zu, dem man entnehmen konnte, wie unmutig beide Erzieher darüber waren, daß der Unterricht, der auf den Abend verschoben worden war, sich nun abermals verzögerte. Karl beobachtete mit mehr als nur weitläufigem Interesse vor allem Heinrich VIII. Er sah, daß der König unmäßig aß, einen Becher nach dem anderen leerte und die Gäste, die ihn umstanden, mit Scherzen zu unterhalten schien. Vor allem entging ihm nicht, daß Heinrich, der ja ein junger Mann von zweiundzwanzig Jahren war, sehr gewandt zu tanzen verstand. Er hielt seine Tänzerin nicht an der Hand – so wie es Sitte bei einem Reigentanz war –, sondern faßte sie beim Handgelenk, so daß er mit seinen Fingern ihren Arm stützte. Jedesmal, wenn der Reigen sie trennte und sie einander wiederbegegneten, flüsterte er leise Worte in das Ohr seiner Partnerin, worauf diese errötete.

»Werde ich je so tanzen und scherzen können wie mein Vetter?« fragte er seinen Erzieher.

»Wie kurz ist es erst her, daß Ihr das Reiten erlerntet, und heute seid Ihr besser im Sattel gesessen als der König von England«, tröstete ihn der Herzog von Soria.

Karl warf seinem Erzieher einen dankbaren Blick zu. »Werde ich dem König von England je gleichkommen?«

Der Herzog beugte sich über die Brüstung und murmelte: »Das möge Gott verhüten!«

Infant Karl saß neben seinem Lehrer, dem Bischof.

»Karls des Großen Idee eines abendländischen Kaisertums hat ihre Richtigkeit bewiesen«, dozierte Adriaan. »Sie konnte jahrhundertlang lebendig bleiben.« Unvermittelt setzte er seinen Vortrag in lateinischer Sprache fort. Der andere Rhythmus dieser Sprache erzwang die ganze Aufmerksamkeit des Schülers.

»Warum sprecht Ihr Latein? Ihr wißt, daß ich Euch nicht ganz zu folgen vermag.«

Der Bischof musterte Karl liebevoll und meinte ironisch. »Wenn ich Euren Fleiß im Erlernen der Sprachen bedenke, wundert es mich, daß Ihr überhaupt das Vaterunser in Latein erlernt habt.«

»Meinen Fleiß? Wollt Ihr nicht eher meine Begabung bedenken?«

»Gott hat Euch mit allen Fähigkeiten ausgestattet. Nur habt Ihr in letzter Zeit Eure Talente im Reiten, Fechten, Jagen und auch im Erlernen von Strategie, Taktik und Waffenkunde mehr unter Beweis gestellt als Eure Sprachtalente.«

»Habe ich denn wirklich Talent für Sprachen, Eminenz?«

»Ihr verfügt über ein beachtliches Talent. Gott gab es Euch, und Ihr solltet es nutzen. Zeigt etwas mehr Interesse am Studium, und Ihr werdet es selbst erkennen.«

Von diesem Tag an setzte Karl seinen ganzen Ehrgeiz darein, sich dem Erlernen von Sprachen zu widmen. Vor allem war es das Spanische, das ihm entgegenkam; denn diese Sprache schien ihm leicht, und sie klang ein wenig exotisch. Viele maurische Wörter unterschieden sie vom trockenen Latein, und dennoch war es letztlich das vertraute Latein, das ihm das Lernen erleichterte. Außerdem wußte er genau, daß er in nicht allzulanger Zeit gerade diese Sprache würde lesen und sprechen müssen. Sein Großvater war alt, und ein spanischer König mußte das Spanische beherrschen! Er mußte es nicht nur schreiben und lesen können, sondern sich auch geläufig in dieser Sprache auszudrücken wissen. Schließlich sollte er vor dem versammelten Adel Reden halten und sich mit den Handwerkern, Bauern und Fischern, den niederen Beamten und Dienern verständigen. Denn nur wer der Sprache seines Volkes mächtig ist, das wußte er, kann es regieren. Karl widmete viele Stunden täglich diesem Studium, und bald konnte man die Früchte seiner Arbeit erkennen.

Schon nach wenigen Jahren beherrschte und verstand der Infant die Sprache seiner zukünftigen Untertanen, ja er setzte seinen ganzen Ehrgeiz darein, die Unterschiede des Spanischen in den verschiedenen Regionen zu kennen: Bald schon wußte er, wie man in Andalusien, Aragón, Galicien, in Kastilien und León sprach. Er konnte sich nun fließend unterhalten, las Bücher in Spanisch, und die Sprache schien ihm wie seine Muttersprache. Hie und da wechselte er ein paar Worte mit dem Gärtner, der aus Spanien stammte, oder mit einem Bereiter in den Stallungen. Nun erst erkannte er, wie recht der Bischof hatte, und der Bischof wiederum freute sich von einer Lektion zur anderen über die Fortschritte seines Zöglings.

Auch Karls Bruder Ferdinand sollte seine Sprachkenntnisse erweitern. Aus diesem Grund war er Monate zuvor zu seinem Großvater nach Spanien gebracht worden, wenn auch gegen den Rat der beiden Erzieher. Nun waren die beiden Infanten zwar getrennt, aber nach so vielen Jahren der Gemeinsamkeit konnte ihnen eine kurze Zeit der Trennung nichts anhaben. Ihrer Zuneigung tat sie jedenfalls keinen Abbruch.

Eines Abends verließ Adriaan von Utrecht das Schlafgemach Don Carlos' mit den Worten: »Bete für Deinen Großvater.«

Am nächsten Morgen, als Wilhelm von Croy und der Bischof von Utrecht im Zimmer Don Carlos' weilten, um den Unterrichtsplan zu koordinieren, betrat ein Diener den

Raum. »Der Konnetabel von Kastilien, Don Iñigo Velasco, und der Marqués de Salvatierra mit Gefolge bitten vorgelassen zu werden.«

Die beiden Herren folgten dem Bediensteten buchstäblich auf dem Fuß, und ihr Gefolge füllte den Raum. Don Iñigo de Velasco warf einen hastig forschenden Blick auf die Anwesenden. Seine Augen blieben an Don Carlos haften, er trat zwei Schritte vor und ließ sich auf die Knie nieder. Der Marqués tat es ihm gleich. Beide sprachen kein Wort, bis Karl sagte: »Konnetabel, Marqués, erhebt Euch.«

II.
Yo el Rey –
König von Spanien

1

Don Iñigo de Velasco war ein kleiner Mann von etwa fünfzig Jahren. Seine olivgrünen Augen wanderten ständig zwischen den Anwesenden hin- und her. Er trug einen gezwirbelten schwarzen Bart und hielt den breitkrempigen schwarzen Hut in seiner Rechten. Der Marqués schien das genaue Gegenteil des Konnetabel zu sein. Er war groß, schlank und mochte kaum mehr als dreißig Jahre zählen. Er schien allzu glatt und weltgewandt, und Karl hatte den Eindruck, daß er fähig war, selbst seinen besten Freund zu verraten und jeden Betrug zu begehen.

»Ich danke Euch beiden, daß Ihr gekommen seid. Ich kenne die Nachricht, die Ihr mir zu überbringen habt. Ich baue auf Euren Rat und Eure Hilfe, die ich in diesen Tagen bitter nötig haben werde. Ich weiß, daß mein Großvater, Ferdinand von Aragon, verstorben ist.«

Beide Besucher nickten stumm. Der Herzog von Soria und der Bischof von Utrecht blickten betrübt und sorgenvoll zu Boden.

Don Carlos fragte unsicher: »Es wird wohl nötig sein, daß ich nach Spanien komme?«

»Es wird umgehend nötig sein, Majestät!«

Da die Abreise erst in wenigen Tagen erfolgen konnte, übergab der Konnetabel dem jungen König ein vorbereitetes Schreiben. Die Buchstaben schienen vor Karls Augen zu tanzen. Es war das erste Mal, daß er ein so wichtiges Dokument in spanischer Sprache lesen, dessen Inhalt erfassen und es unterschreiben mußte.

Er ging einige Schritte zum Fenster und las: »Da es Gott, dem Allmächtigen, gefallen hat, Unseren erlauchten Großvater ... Wir übernehmen die Regierung ... und auf Gott und das spanische Volk. Wir geloben, daß wir ... Kraft ... Wir vereinigen Uns an diesem Schicksalstag mit dem Adel, mit dem Volk Spaniens und Unserer Niederlande ...«

Karl hatte verstanden. Er rief den Herzog von Soria zu sich und frage leise: »Karl von Österreich darf ich hier wohl nicht schreiben?« Ein Kopfschütteln war die Antwort. Die schmale Knabenhand ergriff selbstbewußt den Federkiel und schrieb mit energischen, großen Schwüngen: Yo el Rey.

Nach einer kurzen Pause fragte Karl den Marqués: »Wer sind Eure Begleiter und die des Konnetabel?«

»Dies ist mein Freund, Graf Mendoza«, erwiderte Salvatierra, »und dies ist der Vertraute des Konnetabel, Graf Alvarez. Die vier anderen sind unsere Diener, die kaum Euer Interesse wecken dürften, Majestät.«

»Aber gewiß!« erwiderte der junge König. »Mich interessiert jeder Spanier.« Er reichte den beiden Grafen die Hand. Zu Salvatierra gewandt fragte er: »Wer ist dieser kleine, stämmige junge Mann mit dem braungebrannten Gesicht?«

»Vergebt mir, Majestät, das ist der Freund meines Dieners, dessen sehnlichster Wunsch es war, ein einziges Mal Eure Majestät zu sehen.«

Der König richtete sogleich das Wort an den jungen Mann. »Wie heißt du? Woher kommst du? Wie alt bist du?«

Dem Angesprochenen zitterten die Knie. Doch er antwortete mit fester Stimme: »Mein Name ist Manuel García. Ich wurde am 24. Februar 1500 als Sohn eines Fischers in Algeciras im Süden Andalusiens geboren.«

»Ich werde mich an dich erinnern, sollte ich nach Andalusien kommen. Nun kehr heim und grüße mir die Menschen im Süden Spaniens.«

Karl war stolz, daß er sich mit einem Mann aus dem Volk, einem Andalusier, so fließend unterhalten konnte. Er beauftragte einen Schreiber, den Namen des jungen Mannes und seinen Heimatort zu notieren. Denn es hatte ihn beeindruckt, daß der erste Spanier aus dem Volk, mit dem er einige Worte gewechselt hatte, am selben Tag, im selben Jahr wie er geboren war, am 24. Februar 1500.

Bischof Adriaan lächelte stolz, denn er war es ja gewesen, der den Infanten in der spanischen Sprache unterrichtet hatte. Jetzt stellte er zu seiner Freude fest, daß Karl sogar den für Andalusien typischen Dialekt richtig verwendet hatte.

Es war Abend geworden. Nur mehr ein matter Schein der untergehenden Sonne war zu sehen, als Bischof Adriaan die Gemächer des jungen Königs betrat, um nach seinem Schützling zu schauen.

Don Carlos saß am Rand des Bettes und schien, in Gedanken versunken, von dem Eintritt seines Erziehers nichts bemerkt zu haben. Erst als der Bischof die Tür des Zimmers laut hinter sich ins Schloß fallen ließ, schreckte er ein wenig hoch. Als er seinen Erzieher erblickte, hellte sich seine Miene auf, und er sagte: »Ich habe gerade darüber nachgedacht, was ich alles lernen muß. Vor allem muß ich stets auf den Weg achten, den ich beschreite, denn Dornen gibt es überall. Ich werde die Kriegsgeschichte lesen, mich in Waffenkunde,

Taktik, Strategie und auch in Nautik weiterbilden – vor allem aber muß ich noch mehr Spanisch lernen, nicht zu vergessen Deutsch. Ich muß die Muttersprache meiner zukünftigen Untertanen sprechen, muß imstande sein, die Stimme des Volkes zu verstehen.

»Das stimmt, Don Carlos. Ihr werdet viele Völker regieren müssen, mit deren Vertretern, sei es Kirche, Adel oder, wie Ihr richtig sagtet, mit dem niederen Volk Kontakte pflegen, und das geht nicht, wenn Ihr nicht ihre Sprache sprecht.«

»Viele Völker soll ich regieren, sagt Ihr? Das ist zu wenig! Das ist falsch! Ihr wißt, daß das falsch ist! Ich werde nicht Völker regieren müssen, ich werde ein Reich führen müssen – ein Weltreich, wie es noch nie eines gegeben hat. Ich muß dieses Reich und den katholischen Glauben verteidigen, Eminenz! Es wird keine Türkengefahr mehr an Ungarns und Österreichs Grenzen geben, wenn spanische und niederländische Truppen die Heere Habsburgs verstärken. Es wird keine Armut mehr in Deutschland geben, wie Ihr mir sagtet, wenn deutsche Kaufleute und spanische Generäle die Neue Welt jenseits des Meeres erobern. Es wird auch keine Oberhoheit Frankreichs geben, wenn mein Reich es an allen Grenzen umklammert. Italien und das Mittelmeer werden von den Osmanen befreit sein, weil die christlichen Flotten die Ungläubigen vernichtend schlagen werden. Glaubt mir, Eminenz!«

Karls Wangen glühten vor Begeisterung. In seiner Vorstellung sah er es, dieses Weltreich, dessen oberster Herr er sein würde, jener Don Carlos, der hier als Jüngling von sechzehn Jahren mit seinem Erzieher sprach.

Dem Bischof fehlten die Worte. Karl hatte genug gesagt. Bischof Adriaan wußte, daß Karl seinen Aufgaben gewachsen sein würde, und er wußte auch, welch große Verantwortung ihm und dem Herzog von Soria anvertraut war.

2

Der nunmehrige König Karl I. war sich nicht sicher, ob er vor der Abreise aus Tordesillas noch in die Gemächer seiner Mutter gehen sollte. Die Liebe zur Mutter war längst erloschen, nicht einmal ein Zusammenhörigkeitsgefühl konnte er verspüren. Für ihn, der ansonsten empfänglich für Gefühle war, war die Mutter zur Fremden geworden. Ihr Wahnsinn erschreckte den Neunzehnjährigen noch ebenso wie er einst den Sechsjährigen erschreckt hatte, als man ihn nach dem Tod seines Vaters zu ihr geführt hatte. Dennoch wagte er es, für einen Augenblick »Juana La Loca« zu sehen. Zaghaft öffnete er die Tür, die in ihr Zimmer führte, und blieb im Türrahmen stehen. Johanna lag in der Mitte des Raumes auf dem Boden, das Gesicht der Decke zugewandt. Ihr Blick schien wie in eine andere Welt versetzt, ihre Haare waren zerrauft. Die Hände gegen die Tür streckend, fragte sie mit leiser, wimmernder Stimme: »Philipp! Bist du es, Philipp? Ich habe nicht umsonst auf dich gewartet!«

Karl wandte sich ab. Er hatte diesen Anblick gefürchtet. Ihm schien es, als ob diese Frauengestalt nicht seine Mutter, sondern eine fremde Wahnsinnige war. Leise schloß er die Tür hinter sich und trat auf Graf Mendoza zu, den Berater des Marqués de Salvatierra. »Ich möchte noch heute nach Mojados aufbrechen«, befahl er entschlossen. »In Tordesillas verbleibe ich keine Stunde länger. Wir reisen nach Mojados!«

Während die anwesenden Herren leise über den Befehl debattierten, heute noch nach Mojados aufzubrechen – sie würden erst in den frühen Morgenstunden ankommen und waren ja nicht mehr die Jüngsten –, dachte Karl betrübt, doch ohne wirkliche Bewegung an seine Mutter: »Was habe ich denn erwartet? Ich wußte doch, daß in Tordesillas nur noch der Schatten, das Gespenst meiner Mutter lebt! Daß nichts ihre Trauer um Philipp durchbrechen kann!« Alle hatten es gesagt, und er hatte sein Herz gewappnet. Er erinnerte sich kaum an ihre Gesichtszüge. Es lag so weit zurück, daß er ihre Hand geküßt, sie seines kindlichen Gehorsams versichert hatte. Die wenigen Sekunden, die er ihren Anblick hatte erdulden müssen, waren rasch vorübergegangen, und die Staatsgeschäfte würden Sorge dafür tragen, daß sie sich nicht wiederholten. Er hatte beschlossen, nie wieder unter einem Dach mit dieser Frau zu leben.

Graf Mendoza trat zu Karl und bat ihn, den Befehl, Tordesillas sofort zu verlassen, noch einmal zu überdenken. »Ihr wart doch einverstanden, Majestät, daß es heute für den Ritt nach Mojados zu spät ist. Wir kämen erst im Morgengrauen dort an.«

»Ich zwinge niemanden, mit mir zu kommen, Graf! Folgt mir morgen. Mein Entschluß steht fest. Ich reite noch heute nach Mojados! Wer mit mir kommen will, der trete vor.«

Während die anderen noch einen Augenblick zögerten, trat der Diener des Marqués de Salvatierra, Manuel García, zwei Schritte vor.

»Seht, wie ein Mann aus dem Volk seinem König folgt, ohne viel zu überlegen! Und Ihr?« sagte Karl.

Immerhin war es nun selbstverständlich, daß keiner der Herren zurückbleiben wollte.

Manuel García staunte über seinen eigenen Mut. Ohne

Auftrag, ohne Befehl, hatte er seinem König Gefolgstreue bezeugt. Er, der arme, unwissende Fischerjunge, hatte seinem Monarchen gegenüber Mut und Treue bewiesen.

Karl ließ Manuel ein Pferd zur Verfügung stellen, womit er dem jungen Mann erneut seine Gunst schenkte.

Die älteren Herren des königlichen Gefolges hingegen bestiegen mißmutig ihre Pferde und beklagten die Nachteile und Beschwernisse, die ein so junger Herrscher mit sich brachte.

Der König hatte bestimmt, daß sein Bruder Ferdinand ihn nicht an der Küste, sondern im Schloß Mojados treffen sollte. Karl fürchtete die erste Begegnung nach so langer Zeit. Die gemeinsame Kindheit lag so weit zurück, die wenigen Briefe, welche die beiden gewechselt hatten, waren von den Erziehern angeordnet worden.

Ausschlaggebend für das künftige Verhältnis schien Karl zu sein, daß es in Spanien eine Partei gab, die den jüngeren Ferdinand über Karls Kopf hinweg hatte wählen wollen. Es war kaum denkbar, daß Ferdinand nichts davon gewußt, nicht selbst an diese Vorstellung geglaubt hatte. Karl war darauf vorbereitet, in Spanien eine wahnsinnige Mutter und einen feindlichen Bruder vorzufinden.

Die Fackelträger und die königliche Garde hielten am Parktor von Mojados. Don Guevara, der Gouverneur des Schlosses, wurde aus dem Schlaf geweckt. Erschrocken über den so späten und ungewöhnlichen Besuch, eilte er herbei und fragte ehrerbietig: »Der Infant schläft. Soll ich ihn wecken?«

»Nein!« befahl Karl.

Don Guevara hastete kurzatmig die Treppe empor, um seine Majestät nicht zu einer langsamen Gangart zu zwingen, und geleitete den König zur Tür, die in Ferdinands Schlafzimmer führte. Der Raum war düster, nur eine kleine Öllampe brannte. Langsam trat Karl zum Bett und ließ sich in den Lehnstuhl gleiten, um das Gesicht seines Bruders zu betrachten, das weit über dessen vierzehn Jahre hinaus ernst und männlich wirkte.

Wir sehen einander ähnlich, wenngleich wir auch von unserem Vater, dem ›Schönen‹, nicht mehr geerbt haben als die blauen Habsburgeraugen, dachte Karl. Was werde ich ihm sagen? Durch Eure gewissenlosen Freunde wurde unser Verhältnis vergiftet. Ihr glaubtet, statt meiner die Königskrone zu erlangen. Trotzdem hoffe ich, daß Ihr mir Eure brüderliche Freundschaft schenken werdet. Euren Gehorsam werde ich erzwingen.

Der Schlafende regte sich. Was soll ich sagen, wenn Ferdinand erwacht? fragte sich Karl. Sein Bruder jedoch schlummerte weiter. Er sah friedlich, beinahe kindlich aus. Karl erhob sich und wollte die Aussprache auf den Morgen verschieben, als Ferdinand die Augen öffnete. Noch erkannte er seinen Bruder nicht, sah nur einen schwarzgekleideten Mann vor sich. Plötzlich wurde er hellwach. Mein Bruder empfängt mich nicht inmitten seiner Herren, dachte er, sondern er kommt allein zu mir!

»Karl?« sagte er leise.

Spontan stand Karl auf und umarmte seinen Bruder herzlich. Jetzt erkannte er, daß alles, was er gedacht und gefürchtet hatte, falsch und grundlos gewesen war.

»Karl«, wiederholte die klare Knabenstimme, »sei mir ein guter Bruder, sei uns allen ein guter König. Spanien braucht einen guten König!«

Am folgenden Morgen empfingen Karl und sein Gefolge offiziell den Erzherzog Ferdinand von Österreich. Karl ging Ferdinand entgegen, und als dieser ihm kniend die Hand küssen wollte, hob er ihn auf, schloß ihn in die Arme und küßte ihn auf die Stirn.

»Mein Bruder! Ich bin von tiefem Herzen erfreut, Euch nach so langer Trennung wiederzusehen.«

»Mein lieber Bruder! Ich danke Euch für diesen herzlichen Empfang«, erwiderte Ferdinand. »Ich werde stets Euer treuer Bruder, Euer Freund und zugleich Euer ergebenster Diener sein, Majestät.«

Nach der Unterredung rief Karl nach seinem Diener Fernando und sagte kurz: »Morgen reisen wir nach Barcelona!«

Diese Worte waren ein unwiderruflicher Befehl, den Karl einer plötzlichen Eingebung folgend ausgesprochen hatte. Er wollte unter allen Umständen anwesend sein, wenn der Vizekönig Charles de Lannoy seine Rückreise nach Neapel antrat.

3

Karl stand am Fenster seines Arbeitszimmers und blickte zum Hafen, während die Karacke des Vizekönigs unter vollen Segeln in der sanften Brise langsam auslief. Er war froh, mit Lannoy gesprochen und sich seiner Treue vergewissert zu haben.

In diesem Augenblick wurde ein Bote gemeldet, der, erschöpft und staubbedeckt, sogleich das Zimmer des Königs betrat und ihm ein Schreiben überreichte. Karl erbrach das Siegel und las:

»Eure Majestät! Vielgeliebter Karl! Gottes Wege sind unerforschlich, doch soll man an der Weisheit des Höchsten nicht zweifeln. Warum mußte mein Vater, Kaiser Maximilian, so früh sterben!? Es war zu früh für uns alle, vor allem zu früh für Eure Majestät. Seit dem Tod meines Vaters sind sechs Wochen vergangen. Schon scheinen alle Hoffnungen, Eure Majestät als Nachfolger gekrönt zu sehen, geschwunden. Ich brauche Euch nicht zu sagen, wie schmerzlich und tief das Uns und die Mitglieder Unseres Hauses trifft, vor allem nach der Hoffnung, die wir alle empfanden.

Margarete von Österreich
Statthalterin der Niederlande«

Karl war froh, dieses Schreiben erst nach der Abreise des Vizekönigs von Neapel erhalten zu haben, denn sonst hätte er sich anders und wahrscheinlich falsch verhalten. Die Kurfürsten hatten sich also entschieden, einen anderen zum Kaiser zu wählen. Ich bin ihnen zu jung, dachte er. Man will keinen neunzehnjährigen Kaiser. Ihr, deutsche Fürsten, werdet diesen Schritt noch bereuen. Euer Einwand lautet, ich sei kein Deutscher. Wollt ihr damit behaupten, es sei ein Nachteil, daß ich König von Neapel und Spanien bin? Wollt ihr, daß ich zum Dank für meine Wahl ein ganzes Weltreich bringe? Glaubt ihr, daß andere Verpflichtungen mich daran hindern werden, ein guter Kaiser zu sein? Oder habe ich euch zuviel Macht? Wer, glaubt ihr, wird euch gegen die Türken schützen, wenn nicht ein Kaiser, der Macht hat? Und dann überlegte er: Wen werden sie wählen? Einen, der älter ist? Einen Deutschen? Einen, der den Glanz der Kurfürsten nicht schmälern wird? Das kann nur der Kurfürst von Sachsen sein. Wo ist die Achtung vor dem Hause Habsburg geblieben? Karl von Habsburg wollt ihr nicht wählen, dachte er zornig. Er ist jung und unerfahren, er hat noch nichts geleistet und ist kein Deutscher. Der Papst hat den Erzbischöfen von Trier und Köln die Kardinalswürde versprochen. Der Kurfürst wird römischer Legat in Deutschland, König Franz von Frankreich verteilt großzügig französisches Geld und verspricht den Deutschen, siegreich in Konstantinopel einzuziehen. Die Königin-Mutter, Luise von Savoyen, hat schon den Schmuck bestellt, den sie bei der Krönung tragen will! Der Papst ist gegen mich, den König von Neapel und Sizilien, überlegte Karl. Wenn ich auf diese beiden Königreiche verzichte, wird er seine Stimme mir, Karl von Habsburg, geben. Der Kurfürst von Köln ließe sich durch Worte umstimmen. Den Kurfürsten von Mainz werden wir gewinnen, wenn wir seinem Erzbistum ein weiteres Bistum hinzufügen. Den Kurfürsten von Brandenburg werden wir durch weitere Reichslehen in Italien umstimmen. Den Kurfürsten von der Pfalz werden wir mit dem Köder, ihm weitere Reichslehen in Italien zu geben, gleichfalls auf meine Seite bringen, und Geld gibt es genug – wenn ich nur an die Fugger in Augsburg denke. Der Grafentitel wird sie dazu bringen, mir ein Darlehen zu geben.

Ein Diener erschien: Der Graf von Nassau wünsche vorgelassen zu werden.

»Ich begrüße Euch«, sagte Karl liebenswürdig, denn der Graf war ihm ein willkommener Gast. »Gibt es etwas Wichtiges, das Ihr mir mitzuteilen habe?«

»Wir brauchen Geld, Majestät!« seufzte der Graf, ermuntert durch die freundliche Begrüßung. »Der König von Frankreich ist auf dem besten Wege, sich die Kaiserwürde zu kaufen. Seine Mittel scheinen unerschöpflich.«

»Spanisches Geld habe ich nicht, aber ich werde bald über deutsches Geld verfügen«, erwiderte Karl entschlossen. »Der deutsche Kaufmann ist der erste, der verstanden hat, was ich will. Das Bankhaus Fugger in Augsburg bietet mir dreihunderttausend Gulden. Ich werde es dem Bankhaus zu danken wissen. Dreihunderttausend Gulden werden genug sein. Meint Ihr nicht?«

»Dann werden wir siegen, Majestät!« erwiderte der Graf von Nassau begeistert.

Erst jetzt bemerkte Karl, daß er den Diener Fernando nicht entlassen hatte, so daß dieser dem Gespräch gelauscht hatte. »Du siehst, wie ich dir vertraue. Kein anderer Diener war je bei einem so bedeutenden Gespräch zugegen. Ich gebe zu, daß ich dich in diesem wichtigen Augenblick nicht wahrgenommen habe. Geschehenes kann ich nicht rückgängig machen. Erweise dich als würdig und erzähle keinem Menschen von dem, was du eben gehört hast.«

»Ich bitte Euch, vergebt mir, Majestät. Ich dachte, den Raum erst verlassen zu dürfen, wenn Eure Majestät es befehlen. Ich habe noch nie mit einem so hohen Herrn zu tun gehabt. Vergebt mir, Majestät.«

Karl gefiel die offene Art zu sprechen, und so entließ er den jungen Mann in Gnaden.

4

König Karl I. von Spanien begab sich in den ersten Märztagen des Jahres 1519 nach Brüssel, wo am Fünfzehnten des Monats die feierliche Königsproklamation in der Kathedrale von St. Gudula stattfinden sollte.

Der erste, den er in Brüssel zu sich bat, war Bischof Hadrian von Utrecht. »Wir freuen uns, Euch bei bester Gesundheit wiederzusehen, Eminenz. Wie denkt Ihr über die Kurfürsten und deren Entscheidung, wer Kaiser des Heiligen Römischen Reiches werden soll?«

»Majestät, die Deutschen haben die Päpste der Familien Medici und Borgia satt – zumindest heißt es so. Die Kirche muß sich erneuern. Das kann Eurer Majestät nur nützlich sein.«

»Der Papst wird tun, was der König von Spanien und der Deutsche Kaiser wollen, insbesondere, wenn beide ein und dieselbe Person sind!« sagte Karl bestimmt.

»Papst Leo X. läßt sich nicht so leicht aus der Ruhe bringen«, erwiderte der Bischof.

»Leo X. wird nicht ewig leben, und der nächste Papst könnte Adriaan heißen!«

Dem Bischof schien der Atem zu stocken. Das Blut stieg ihm zu Kopf, und er antwortete erst nach einer Pause: »Ich muß vor allem Eure Majestät zur Besonnenheit mahnen. Noch tragt Ihr die Kaiserkrone nicht.«

Karl reichte dem Bischof ein Schreiben, das er vom spanischen Gesandten in Rom erhalten hatte. »Lest diesen Brief, Bischof!«

Adriaan von Utrecht nahm das Schreiben. Es lautete: »Seine Heiligkeit der Papst und das französische Geld hatten den Kurfürsten verboten, für Euch zu stimmen. Nichts hätte den Entschluß ins Gegenteil umgewandelt als das Versprechen Eurer Majestät, jedem der Kurfürsten das Seine zu gewähren. Vor allem haben sie die Stimmung in Deutschland zu Euren Gunsten gewandelt, Majestät. Dieses Schreiben erkenne ich als Sicherheit, daß Ihr Euer Ziel erreichen werdet. Auf die Liebe der Franzosen hat ein Deutscher noch nie gebaut, und mit Geld und Gewalt ist ein Kaiser noch nie gekürt worden. Wächst die Stimmung im Land so wie bisher, wird kein Kurfürst dem Franzosen seine Stimme geben. Ich hoffe, Eure Majestät hat das, was ich über Geld sagte, nicht mißverstanden. Habsburger Gulden werden in Deutschland gern genommen, niemand fühlt sich in seiner Ehre verletzt, wenn man sie ihm anbietet.«

Karl nahm das Schreiben wieder an sich und lächelte zuversichtlich. »400 000 Dukaten haben die Cortes bewilligt«, erklärte er. »Was noch fehlt, beschaffen wir uns jetzt!« Entschlossen ging er zu seinem Schreibtisch, und kurz darauf setzte er seine Unterschrift unter ein Schreiben an die Fugger in Augsburg: »Yo el Rey«.

III.
Deutscher König und römischer Kaiser

1

Am 28. Juni 1519 läuteten in Frankfurt am Main alle Kirchenglocken. Die Stadt war mit Fahnen und Girlanden geschmückt: In der Bartholomäuskirche warteten die Kurfürsten des Heiligen Römischen Reiches Deutscher Nation in ihren scharlachroten Roben auf die Befragung durch den Erzkanzler des Reiches.

Als erster war der Kurfürst von Trier an der Reihe. »Wem gebt Ihr Eure Stimme?«

»Ich wähle den Erzherzog Karl von Österreich, Prinzen von Burgund, König von Spanien!«

»Und Ihr, Kurfürst von Köln?«

»Ich wähle den Erzherzog Karl von Österreich, Prinzen von Burgund, König von Spanien!«

Der Erzkanzler des Reiches fragte den Kurfürsten von Sachsen: »Und wen wählt Ihr?«

»Ich wähle den Erzherzog von Österreich …«

Alle Kurfürsten gaben die gleiche Antwort. Die Kaiserproklamation las sich wie ein nie enden wollendes Register an Titeln und Würden, die Kaiser Karl in seiner Hand vereinte: Don Carlos, por las Gracias de Dios, Rey Católico des España, Erzherzog von Österreich, Herzog von Brabant,

Markgraf von Ober- und Niederlausitz, Herzog von Luxemburg, Geldern und Schlesien, Freigraf von Burgund, Graf von Flandern, Artois, Hennegau, Holland, Zeeland, Zutphen, Namur, von Steiermark, Kärnten, Krain und Tirol, Herr von Mecheln, Utrecht, Groningen, Oberijssel und Maastricht, Karl I. von Spanien, König von Kastilien und Aragón, von Granada, Navarra, von Sizilien und Neapel, von den Inseln und Festländern des ozeanischen Meeres, Herzog von Mailand ...

2

Ehe Kaiser Karl V. nach Maastricht reiste und zum ersten Mal deutschen Boden betrat, ließ er seinen treuen Diener Fernando rufen, der seit Monaten täglich um ihn gewesen war.

»Ich danke dir für deine Dienste, Fernando. Du hast mir ein Gefühl dafür vermittelt, wie ein echter Spanier aus dem Volke, dessen König ich bin, handelt und denkt. Kehr zurück zu den Deinen, nach Hause, grüße mir deine Freunde und deinen Heimatort.«

Der Kaiser reichte Fernando einen ledernen Beutel, gefüllt mit Goldmünzen.

Fernando kniete vor Karl nieder, küßte ihm die Hand und sagte: »Diese Wochen und Monate waren die schönsten in meinem Leben. Ich bin jederzeit bereit, Euch wieder zu dienen. Mein Leben gehört Euch, dem König von Spanien!«

IV.
Ein Fischerjunge aus Algeciras

1

Im Morgengrauen eines milden Oktobertages des Jahres 1515 kehrten die Fischerboote in ihren Heimathafen Algeciras, im tiefsten Süden Andalusiens, zurück. Die Öllampen am Bug jedes Schiffes tanzten im Takt der Ruder, und die Lateinersegel hingen schlaff von den Rahen, da während der Nacht nicht die geringste Brise aufgekommen war. Man sah zwar die Gestalten an Bord, die Gesichtszüge aber waren durch den morgendlichen Nebel verwischt.

Als die Boote die Mole von Algeciras erreichten, schlangen die Fischer die Taue um die steinernen Poller, die am Rande der Mole angebracht waren. Dann knieten sie nieder und dankten Gott für die glückliche Heimkehr. Heute dankten sie auch für den reichhaltigen Fang draußen am Meer. Sie hatten eine durchwachte Nacht und schwere Arbeit hinter sich und freuten sich auf eine warme Mahlzeit und guten Schlaf.

Hie und da kam es vor, daß ein Boot auf stürmischer See kenterte und versank – dann schlossen sie die Toten in ihr Gebet ein. Doch in der letzten Nacht war es ruhig gewesen, in der Flaute hatte man die Boote zwar rudern müssen, aber der Fang war reichlich und versprach einen guten Erlös.

Die Männer trugen die hölzernen Kisten an Land, in denen die Fische, nach Größe und Art sortiert, die Blicke der Käufer anziehen sollten. Von der Mole trugen sie die Kisten zu den hölzernen Schuppen, in denen die Fischkäufer ihre Stände hatten, und warteten darauf, die Ware um einen guten Preis verkaufen zu können. Punkt halb sechs wurden die Schuppen geöffnet – das Geschäft begann.

Die Sonne ging auf, das Meer glänzte im Morgenlicht wie ein polierter metallener Spiegel. Kleine Wellen klatschten an die Boote. Alles sah friedlich aus. Welchen Gefahren sich die Fischer Nacht für Nacht aussetzen mußten und wie niedrig ihr Lohn war, davon war hier nichts zu spüren.

Eines der Boote trug den Namen »Villa Nueva«. Es gehörte Hernando García, der allabendlich mit zwei Gesellen und seinem fünfzehnjährigen Sohn Manuel in die Weiten des Meeres aufbrach. Nacht für Nacht! Das Wetter durfte keine Rolle spielen – alle brauchten die paar Reales, um ihr bescheidenes Leben fristen zu können.

Hernando war klein an Wuchs, breitschultrig, stämmig und stark. Seine Bewegungen waren ein wenig steif, die Gesichtszüge derb. Manuel, sein einiges Kind, konnte seinen Vater nicht verleugnen, er glich ihm wie ein Ei dem anderen. Den einzigen Unterschied bildeten die klugen Augen – er schien für Höheres bestimmt. Er hob mit Leichtigkeit die schweren Kisten, trug sie in den Schuppen und stapelte sie vor dem Stand jenes Händlers, dem sie allmorgendlich ihren Fang verkauften. Es war Hernandos Schwager, Pedro Alivante, »El Rico« genannt, der hinter dem Tresen bereits auf die Garcías wartete. Die verwandtschaftliche Beziehung brachte Hernando zwar keine Vorteile, denn Pedro war ein gerissener Händler, der stets auf seinen Vorteil bedacht war, doch immerhin konnten die Garcías sicher sein, den allmorgendlichen Fang an ihn zu verkaufen. So blieb es ihnen erspart, mit ihrer Ware von Stand zu Stand zu ziehen, bis ein Abnehmer gefunden war. Der Kaufpreis wurde nach einem täglich wiederkehrenden Ritual ausgehandelt, das jeder der beiden kannte. Man einigte sich meist in der Mitte zwischen den Forderungen Hernandos und dem Angebot Pedros.

Pedro Alivante war groß und schlank, seine Hakennase berührte fast den schwarzen Oberlippenbart. Sein Haar war früh ergraut, und obwohl er erst achtunddreißig Jahre zählte, durchzogen weiße Strähnen sein Haar.

Pedro »El Rico« handelte nicht nur mit Fischen, er besaß auch eine Bodega und einige Fremdenzimmer im Hafenviertel von Algeciras, die er von seiner Großmutter geerbt hatte. Pedro machte aus der Hafenspelunke einen Betrieb, in dem man gut aß und in dem der beste Wein im ganzen Ort ausgeschenkt wurde. Auch die Zimmer der Herberge waren solide eingerichtet und glänzten vor Sauberkeit. Das Haus trug den Namen »La casa de mi avuela« (Das Haus meiner Großmutter), was ihm ein besonderes Flair gab. Den Wein bezog Pedro aus einem Ort an den Hängen des Ebros, der als der ertragreichste Andalusiens galt, das Fleisch lieferte ihm ein Bauer aus Casares.

Als die Kisten Hernandos beim Ladentisch Pedros standen, sagte er zu seinem Schwager: »Was ich dir heute anzubieten habe, übertrifft alles, was wir bisher gefangen haben. Ich habe Merluzas, Schwertfische jeder Größe und Art, prachtvolle Sardinen und eine Menge Schalentiere, so groß, wie du sie kaum je gesehen hast. Alles zusammen überlasse ich dir für nur fünfzig Reales.«

Pedro nahm da und dort einen Fisch heraus, hielt ihn hoch und begutachtete ihn von allen Seiten. Dann warf er ihn wieder in die silbrige Masse zurück.

»Fünfzig? Habe ich recht gehört? Sieh dir nur die winzigen Sardinen an. – Ich biete dir höchstens fünfundvierzig!«

Zum Schluß einigten sich beide auf siebenundvierzig Reales. Hernando nahm die Münzen entgegen, gab jedem der Gesellen acht Reales, den Rest stopfte er in einen abgewetzten Lederbeutel.

Nach Abschluß des Geschäftes holte Pedro eine Flasche Aguardiente hervor, dazu fünf irdene Becher und schenkte den vier Fischern und sich selbst ein. Die Männer leerten die Becher bis zur Neige – Körper und Geist waren neu belebt.

Gegen sieben Uhr morgens kehrten Vater und Sohn García in ihr kleines Haus zurück, das drei Gassen entfernt von Pedros Bodega lag. Elena, Hernandos Frau, empfing die beiden mit den wenig freundlichen Worten: »Zum Essen und Schlafen findet ihr nach Hause! Am Abend und nachts sieht und hört man nichts von euch, und ich bin allein mit dem Hund und der Ziege. Eine feine Familie!«

Elena gehörte zu den Frauen, die stets an den anderen Familienmitgliedern herumzumäkeln pflegten. Dabei legte sie wenig Wert auf ihr Äußeres, ihr Haar war meist zerzaust, die Hände ungepflegt, die Kleidung nachlässig. Sie war an die Vierzig, eine Frau, die ihre besten Jahre hinter sich hatte. und so ließ sie ihrer Unzufriedenheit und ihrem Zorn stets freien Lauf, beklagte sich über alles und jedes und achtete den Fleiß ihres Mannes und ihres Sohnes gering. Ihr einziger, aber nicht zu unterschätzender Vorteil: sie kochte gut und gerne, buk Kuchen und hatte stets Leckereien parat.

Im großen und ganzen lebte die Familie García wie die meisten Bewohner der Küste im Süden. Eher arm als reich, waren sie Fischer und Bauern, zufrieden mit dem, was sie hatten, denn dieses Wenige war ihnen sicher.

Hernando und Manuel wuschen sich, zogen trockene Kleidung an und setzten sich an den gedeckten Tisch, der unter dem kleinen Fenster der Stube stand, die als Wohnraum und Küche diente. Dort dampften bereits einige Schüsseln. Es gab eine heiße Fischsuppe sowie gerösteten Fisch und als besondere Leckerbissen einige der aus der Neuen Welt eingeführten Kartoffeln.

»Wieviel hat dir Pedro heute gegeben?« fragte Elena.

»Das Geld für die Gehilfen und fünfundzwanzig Reales«, erwiderte Hernando mit einem Augenzwinkern und legte dreiundzwanzig Münzen auf den Tisch.

Nach dem Essen ging Hernando in die Schlafkammer, und Manuel legte sich auf sein Strohlager neben dem mächtigen, gemauerten Herd. Bald hörte man ein leises Schnarchen. Die beiden waren müde und holten an Schlaf nach, was sie während der Nacht versäumt hatten.

So verlief beinahe jeder Tag. Die Garcías waren schon immer Fischer gewesen, und so war es ganz selbstverständlich, daß auch Manuel zum Fischer erzogen wurde. Für Bildung war nicht genug Geld vorhanden. Er hatte die Lehren der Kirche gelernt, die Zehn Gebote, das Glaubensbekenntnis, ein wenig Rechnen und wie man sich zu benehmen hatte. Nachts brauchte ihn der Vater an Bord der »Villa Nueva«, vormittags schlief er. Nur am späten Nachmittag hatte er ein wenig Zeit für seine Freunde und das Spiel.

Seit Jahren schon hegte der Junge einen Wunsch: Er wollte Schuster werden. Sooft er konnte, beobachtete er den einzigen Schuster im Ort. Liebend gern sah er ihm zu, wenn er Schuhe und Stiefel reparierte oder Sandalen flickte, so gut, daß man sie noch ein, zwei Jahre tragen konnte. Besonders gefiel ihm das Anfertigen von neuen Stiefeln, Schnallenschuhen und feinem, weichem Schuhwerk, wie es die Frauen am Sonntag trugen – kurz, alles interessierte ihn, was mit dem

Beruf eines Schusters in Zusammenhang stand. Manchmal träumte er davon, ein weithin bekannter Schuhmacher zu werden, zu dem nicht nur die Fischer und Bauern, sondern adelige Damen und Kavaliere von weither kommen würden, um feinstes Schuhwerk und edelsteinbesetzte Schnallenschuhe zu bestellen. Er wußte auch, daß die Schuhmacherei ein solides Handwerk war. Arbeit war zur Genüge vorhanden, denn der Schuster von Algeciras war alt und kinderlos, und außer ihm gab es keinen Schuster in der Gegend. So konnte Manuel vielleicht sein Nachfolger werden.

Hernando wußte von dem Wunsch seines Sohnes und hätte ihm diesen gern erfüllt. Er steckte also täglich ein, zwei oder drei Reales in einen kleinen Lederbeutel, denn er verfolgte einen Plan: In dem nahegelegenen Dorf Casares besaßen Bauern ein kleines Haus, das auf einem Hügel lag und daher Casa del Cerro genannt wurde. Da der Vater der Bäuerin gestorben war, hatten sie ein größeres, gut gelegenes Haus geerbt. Das kleinere wollten sie verkaufen. Es war zwar nicht billig, aber für einen Schuster ideal gelegen. Die meisten Bauern mußten auf dem Weg zu ihren Feldern täglich an diesem Haus vorübergehen. Nichts wäre für die Dorfbewohner einfacher, als ihr Schuhwerk am Morgen mitzunehmen und abends wieder abzuholen.

Von alledem durfte Elena nichts wissen. Sie hätte das Ganze für Unsinn und womöglich für Verschwendung gehalten. Der Vater hingegen freute sich schon darauf, seinem Sohn zum sechzehnten Geburtstag den langgehegten Wunsch erfüllen zu können. Wüßte es Elena, wüßte es ganz Algeciras, denn den Mund halten, das konnte sie nicht.

Daneben aber hatte Manuel noch einen zweiten Wunsch – ungewöhnlich, ja vermessen für einen einfachen Fischerjungen: Er hatte es sich in den Kopf gesetzt, einmal – und sei es nur einen Augenblick – den Infanten Karl, den älteren Sohn König Philipps des Schönen und zukünftigen König von Spanien, zu sehen, ihm von Angesicht zu Angesicht gegenüberzustehen.

Dieser Wunsch hatte einen Grund: Wenige Wochen zuvor, als er gerade dabei gewesen war, das Deck der »Villa Nueva« zu scheuern, waren zwei Edelleute mit einem Zimmermann auf die Mole gekommen und bei dem Schiff stehengeblieben. Einer der beiden sagte: »Seht, Meister, so müßte es gebaut sein. Es wäre groß genug, um auf der Schelde und auch im Mittelmeer zu segeln. Der Infant könnte seinen Spaß daran haben und gleichzeitig Nautik, See- und Sternenkunde lernen.«

»Ich verstehe«, erwiderte der andere. »Bis wann müßte dieses Boot fertiggestellt sein?«

»Spätestens bis Mitte Februar 1516, denn am 24. Februar hat der Infant Geburtstag. Die Cortes könnten ihm das Boot zum Geschenk machen und damit seine Gunst erwirken. Don Carlos könnte überdies viel lernen, was er später brauchen wird. Ein König muß einfach alles können.«

»Ihr habt recht, Marqués. Don Carlos wird diese Kenntnisse ganz gewiß brauchen können.«

Mit diesen Worten verließen die beiden Edelleute die Mole und kehrten zu ihrer Karosse zurück. Manuel hatte ihrem Gespräch entnommen, daß sie ihre Reise von Brüssel nach Sevilla führte.

Ausschlaggebend für Manuels Wunsch, dem Infanten zu begegnen, war die Tatsache, daß Don Carlos und er, der arme Fischerjunge, am selben Tag, im selben Monat und im selben Jahr das Licht der Welt erblickt hatten. Manuel sah darin eine Fügung, die ihn mit dem zukünftigen Herrscher verband. So hatte er sich in den Kopf gesetzt, dem Infanten Karl, dem Sohn Philipps des Schönen und der »Juana La Loca« von Angesicht zu Angesicht gegenüberzustehen. Einstweilen machte er sich noch keine Gedanken darüber, wie er dieses bewerkstelligen wollte. Er hing unbeirrt seinen Träumen nach und war überzeugt davon, daß die Fügung des gleichen Geburtsdatums auch alle anderen Fügungen nach sich ziehen werde.

Manuel neigte nun einmal zu Phantastereien und Tagträumen, die im Schlaf ihre Fortsetzung fanden.

Er sah einen schwächlichen Knaben, der mit Sprachschwierigkeiten kämpfte, er sah ein Gesicht, das – für einen Habsburger typisch – einen leicht vorstehenden Unterkiefer und wulstige Lippen zeigte. Er spürte die Nähe des zukünftigen Königs von Spanien, und er, Manuel García, stand in der Gunst des Monarchen. Er hörte Karl im Kreise der Cortes sein Gelöbnis als junger König ablegen. Er sah ihn bei der Jagd, obwohl er von all diesen Dingen nichts verstand. Er sah ihn hoch zu Roß – ja er sah ihn, wie er mit einem Leibgardisten in Pluderhosen und buntem Wams sprach, und dieser Leibgardist war er, Manuel.

Um der Erfüllung seines Wunsches näherzukommen, gab es nur die Möglichkeit, in die Dienste eines möglichst hochgestellten Adeligen zu treten, und so plante Manuel, mit seinem besten Freund, Ali Jimenez, zu reden, der etwas dubiose Verbindungen zu dem Marqués de Salvatierra in Ronda hatte, um vielleicht in dessen Dienste treten zu können. Der Marqués, der Mitglied der Cortes war, reiste in gewissen Abständen nach Brüssel, um im Auftrag dieser Standesvertretung nach dem Infanten Karl und dessen Bruder Ferdinand zu sehen. Sollte es Manuel gelingen, Diener oder gar Hellebardist beim Marqués zu werden, bestünde die Möglichkeit, daß er diesen einmal begleiten und so den Infanten sehen könnte. Obwohl das nur Wunschträume waren, glaubte er fest daran, doch sprach er mit niemandem darüber, nicht einmal mit seinem Vater, der ihn vermutlich ausgelacht hätte. Er wollte auf Jimenez warten, der bedauerlicherweise nicht in Algeciras, sondern in Cádiz lebte, immerhin mehr als einhundert Meilen entfernt.

Unterdessen mußte er mit seinem Vater Nacht für Nacht hinaus auf das Meer, Netze auswerfen und einholen, Kisten tragen, Fische sortieren, dann hungrig, durchnäßt und müde in den frühen Morgenstunden nach Hause zurückkehren und bis in den Nachmittag den bitter nötigen Schlaf nachholen. Der Vater war auf die Hilfe seines Sohnes angewiesen, denn vier Mann brauchte er zur Bedienung des Bootes, und einen dritten Gehilfen hätte er sich kaum leisten können. Das konnte noch zu einem Problem werden. Doch daran wollte Manuel im Augenblick nicht denken. Vorläufig hatte er nur ein einziges, sein wichtigstes Ziel, und das hieß: Brüssel.

Manuel war ein armer Junge, so wie die meisten Söhne andalusischer Fischer, und für ihre harte Arbeit erhielten sie nur Kost und Logis, Kleidung und einen Real Wochenlohn.

Das Los der Bauern und Fischer im Süden Spaniens war zwar nicht das gleiche, doch barg jedes große Gefahren in sich. Der Fischer konnte einen größeren oder geringeren Fang in den Hafen bringen, doch riskierte er dafür Nacht für Nacht sein Leben. Der Bauer hingegen mußte zwar um die meist kärgliche Ernte bangen, die von Unwettern und Dürre bedroht war, aber Lebensgefahr kannte er nicht. Eines jedoch war beiden Ständen gleich, und das nicht nur im Süden: Das spanische Volk lebte weithin in Armut und in steter Furcht vor dem Tribunal der Heiligen Inquisition. Jeder konnte angezeigt oder verdächtigt werden, Ketzer zu verstecken oder von Ketzerei zu wissen und zu schweigen – dann drohte ihm der Tod in den Flammen oder auf dem Schafott. Bestenfalls konnte er mit einer Verurteilung zu zehn oder zwanzig Jahren Zwangsarbeit auf den Galeeren rechnen, was aber in der Regel gleichbedeutend mit einem Todesurteil war.

2

Manuel hatte Freunde, die er meist im Hafenviertel traf: Söhne von Fischern, Handwerkern, Bauern und Söldnern des Bischofs, auch den Sohn des Alkalden, doch keiner dieser Freunde stand ihm so nahe wie Ali Jimenez, der Sohn eines Fischers aus Cádiz. Ali kam nur jede zweite Woche einmal nach Algeciras, da er den weiten Weg bloß mit einem Fuhrwerk bewältigen konnte. Das Fuhrwerk gehörte dem Schreiner jener Kisten, die jeder Fischer brauchte. Er hieß Alfonso und war ein liebenswerter Mann von etwa fünfzig Jahren, jederzeit bereit, einen der Knaben auf seine Fahrt mitzunehmen. Gratis natürlich. Er fuhr nicht nur nach Algeciras, sondern auch nach Estepona, nach San Pedro de Alcántara, nach Casares oder in eines der weißen Dörfer, die ihren Namen dem weißen Anstrich der Häuser verdankten.

Ali Jimenez war groß, schlank, dunkelhäutig, graziös in seinen Bewegungen und hatte tiefliegende, schwarze Augen. Er war nur um einige Monate älter als Manuel, ausnehmend klug, besonnen und, so glaubte Manuel zu erkennen, ein frommer Katholik.

Die Freundschaft der beiden hatte ihren Anfang genommen, als Ali einmal das Deck der »Villa Nueva« betrat, während Manuel es säuberte.

»Was hast du auf unserem Boot verloren? Geh gefälligst an Land und such dir ein anderes Schiff!«

»Ich gehe ja schon. Ich wollte mir euer Schiff nur näher betrachten. Es scheint mir das beste weit und breit.«

Das Lob weckte Manuels Stolz. Er zeigte dem Jungen aus Cádiz, wie ein auf Vordermann gebrachtes Fischerboot aussieht, die vielen Kisten, die Netze, die Haken, mit denen man größere Fische an Bord holte, vor allem aber das große Lateinersegel, das nur wenige der anderen Boote aufwiesen, denn Segel verwendeten die Fischer erst seit wenigen Jahren. Manuel war stolz auf die »Villa Nueva«.

Seit diesem Tag waren Ali und Manuel Freunde und sollten es bleiben, bis eines Tags ein Ereignis besonderer Art sie für immer trennte.

Als sie zwei Wochen später wieder zusammentrafen, vertraute Manuel dem Freund die beiden Wünsche an, die er nicht länger für sich behalten konnte.

»Wir scheinen ähnliche Wünsche zu haben«, sagte der Junge aus Cádiz. »Ich will zwar kein Schuster werden, aber in die Dienste eines hohen Herrn zu treten, als Diener oder Landsknecht, das lockt auch mich.«

»Ich habe eine Schwäche für schöne Kleidung«, erwiderte Manuel. »Das bunte Wams der Landsknechte zu tragen, wäre schön, aber auch die Kleidung eines Dieners gefällt mir. Aber wer weiß, ob mein Wunsch nicht zu hochgesteckt ist?«

»Ich möchte lieber Diener, vielleicht gar Kammerdiener werden. Zum Landsknecht eigne ich mich nicht«, meinte Ali. »Landsknechte müssen in den Krieg. Das ist mir zu gefährlich. Ich bin kein Held. Aber ich bin schon einen Schritt weiter als du. Ein Freund hat mich dem Marqués de Salvatierra empfohlen, der sowohl in Ronda wie auch in Toledo ein Palais besitzt. Er gibt Feste für den höchsten Adel Spaniens.

Überdies ist er Mitglied der Cortes und fährt öfter nach Brüssel, um die Erziehung der Infanten Karl und Ferdinand zu überwachen. Margarete von Österreich ist zwar mit dieser Aufgabe betraut, doch tut es gut, wenn ein Mann nach dem Rechten schaut. Du siehst, wie vertraut ich mit Tatsachen bin, welche höchste Kreise betreffen. Früh übt sich ... Ich bin sicher, dir helfen zu können. Dich als Diener zu empfehlen und etwas für dich zu tun, das mache ich gern.«

»Hoffentlich gelingt es uns beiden, unser Ziel zu erreichen«, sagte Manuel. »Jedenfalls werde ich dir gleichfalls behilflich sein, wenn du mich brauchst.«

Damit trennten sich die beiden, in der Hoffnung, sich in zwei Wochen wiederzusehen. Ali fuhr mit dem Schreiner nach Cádiz, Manuel ging nach Hause, um sich für die nächtliche Arbeit vorzubereiten.

Gott sei Dank war die See ruhig, und die Fischer hofften auf einen reichen Fang.

Manuel konnte nicht umhin, wieder und immer wieder von der Erfüllung seiner Wünsche zu träumen. Er sah sich schon im Gefolge des Marqués de Salvatierra nach Brüssel reisen. Er sah im Geist den Infanten vor sich stehen, mit dem er sogar einige Worte wechselte. Er träumte davon, daß der Infant Gefallen an ihm fand und ihn in seine persönlichen Dienste nahm. Seine Phantasie ging sogar so weit, daß er sah, wie er mit Ali durch die Straßen und Gäßchen Rondas wanderte und dann in einer Bodega einige Becher andalusischen Weins leerte.

Manuel überdachte die Lage aber auch realistisch. Don Carlos würde einmal als Karl I. König von Spanien werden, der Beherrscher eines riesigen Imperiums, das bis in die Neue Welt reichte. Ein Mann, der die Gunst dieses Königs gewann, hatte für sein Leben ausgesorgt.

3

Tage und Wochen verstrichen. Die allnächtlichen Fahrten auf das Meer hinaus waren seit Jahren zur Routine geworden. Meist war es um diese Jahreszeit für die Fischer gefährlich, weit aufs Meer hinauszufahren. Das Frühjahr brachte ja die von den Bauern ersehnte, von den Fischern aber gefürchtete Regenzeit. Stürme über dem Mittelmeer waren dann keine Seltenheit. Sturmnächte bedeuteten des öfteren den Ausfall eines Tagesverdienstes, wenn die Boote nicht auslaufen konnten. Aber schon bei steifem Wind und hohem Seegang kostete es ungeheuere Anstrengungen, die kleinen Boote auf Kurs zu halten. Das Auswerfen der Netze und gar das Einholen wurde zur Mühsal. Kehrten die Fischer im Morgengrauen zurück, waren sie naß bis auf die Haut und zu Tode erschöpft. Zu allem Überfluß war der Fang bei stürmischer See meist bescheiden. Manchmal erhielt Hernando für den Ertrag einer langen Nacht nicht mehr als fünf oder zehn Reales. Dann mußten sich seine Gesellen mit wenig zufriedengeben – so wenig, daß sie ihre Familien kaum ernähren konnten.

Während all dieser Zeit ließ sich Ali nicht in Algeciras blicken. Manuel überlegte, ob er seinen Vater um ein paar freie Tage und Nächte bitten und selbst nach Cádiz fahren sollte. Er fürchtete schon, daß Ali ihn enttäuschen würde und daß alles, was er ihm erzählt hatte, nichts als Prahlerei und Wichtigtuerei gewesen war. Er mußte sich selbst überzeugen und den Freund zur Rede stellen.

Manuel wußte, daß der Schreiner jeden zweiten Mittwoch im Monat nach Algeciras kam. Er vereinbarte, daß er zwei Wochen später die Gefälligkeit des Mannes, ihn gratis nach Cádiz und wieder zurückzubringen, in Anspruch nehmen würde. So mußte er sich noch vierzehn Tage in Geduld üben.

Unterdessen hatte Manuels Vater ohne Wissen der Familie eine Anzahlung auf das Haus in Casares geleistet, da er eine so gute Gelegenheit nicht ungenützt verstreichen lassen wollte. Das Haus auf dem kleinen Hügel hatte, wie schon gesagt, nach Hernando Garcías Meinung eine ideale Lage, da die meisten Bauern und Handwerker tagtäglich den Weg nehmen mußten, der dort vorüberführte, und Schuhe waren etwas, das jeder brauchte. Der Bauer, der bereits in sein neues Haus übersiedelt war, verlangte einen angemessenen Preis – dreihundert Reales. Das Haus war frisch gekalkt worden, das Dach war neu und dicht, und die Größe für eine Landhandwerkerfamilie völlig ausreichend. Es gab einen großen Raum mit gemauertem Herd, der zum Wohnen und Arbeiten dienen konnte, dazu zwei kleine Kammern zum Schlafen. Sollte Manuel mehrere Kinder haben, wäre es ein leichtes, einen weiteren Raum anzubauen. Ein Stall für die Ziegen, Maulesel und zwei, drei Schafe war ebenso vorhanden wie eine Scheune für Futter und Streu. Das restliche Areal bestand aus einer großen Wiese und einem Garten für Gemüse und Obst.

Gar kein so schlechtes Geschäft, dachte Hernando und zählte dem Mann einhundert Reales als Anzahlung auf den Tisch. Zwei, drei Gläser Riojawein besiegelten den Kauf, und am folgenden Montag, während der Amtsstunden des Notars, nahmen sie die Eintragung ins Landregister vor.

Hernando war glücklich – er, der wahrhaftig hart arbeiten und jeden Real zweimal umdrehen mußte, hatte es geschafft, mit dem Erwerb dieses Hauses Manuels Zukunft zu sichern und ihm seinen sehnlichsten Wunsch zu erfüllen. Es gab nur einen Wermutstropfen: den unlängst geäußerten Wunsch des Sohnes, in die Dienste eines adeligen Herrn zu treten, um den Infanten Karl zu sehen. Hernando verstand durchaus das Bestreben seines Sohnes, das mühselige und gefährliche Leben eines Fischers aufzugeben und Schuster zu werden. Dessen Traum aber, den Infanten Karl unbedingt sehen zu müssen, erschien ihm hingegen eine verrückte Marotte. Aber was sollte er tun? Gute Ratschläge zu erteilen, hatte keinen Erfolg – Manuel war nun einmal ein sturer Junge, und so sollte er seinen Willen haben. Es war ja auch letztlich egal, ob er sein künftiges Handwerk ein Jahr früher oder später erlernen würde. Kinder waren eben so: immer mit dem Kopf durch die Wand. Vernünftig wurden sie erst, wenn sie eigene Kinder hatten, und selbst dann ... Hernando wußte, daß auch er ein bockiger Mensch war, der seinen Willen stets durchzusetzen versuchte und die Ratschläge anderer in den Wind schlug.

Mit dem Verkäufer hatte er vereinbart, den Rest des Geldes – zweihundert Reales – in regelmäßigen Raten bis zum 31. Dezember 1517, also in zwei Jahren, zu bezahlen.

Froh über den abgeschlossenen Kauf, froh, seinem Sohn den Wunsch erfüllt zu haben, fuhr Hernando mit einem befreundeten Fischer mittags zurück nach Algeciras. Ein wenig Schlaf, eine warme Mahlzeit, und dann mußte er wieder hinaus auf das weite Meer!

4

An einem Spätnachmittag im September tauchte Ali plötzlich im Hafenviertel auf. Manuel lief ihm entgegen.

»Wo warst du die ganze Zeit? Ich glaubte schon, du seist für immer und ewig verschwunden und unsere Absprachen wären nicht einen Pfifferling wert.«

»Nichts dergleichen«, erwiderte Ali. »Ich hatte viel zu tun.

Außerdem war ich vor einer Woche in Ronda, um mich beim Majordomus des Marqués vorzustellen. Er ist ein gestrenger Herr und hat mich lange und intensiv befragt. Aber ich wußte alles, was er hören wollte, und schon war ich meiner zukünftigen Stellung gewiß. Nächste Woche schon fange ich an: als Diener. Falls ich mich bewähre, werde ich einer der vier Kammerdiener des Marqués. Was sagst du dazu?«

»Allerhand, Ali!« rief Manuel. Dann fragte er ein wenig kleinlaut: »Du hast hoffentlich nicht auf mich vergessen?«

»Natürlich nicht! Der Majordomus versprach mir, dich holen zu lassen, sobald eine Stelle frei wird, und das ist recht häufig der Fall, sagte er.«

Manuel atmete erleichtert auf. Dennoch hatte er das unbestimmte Gefühl, es gäbe noch einen anderen Grund, warum Ali so lange nichts von sich hatte hören lassen. Es wunderte ihn auch, daß er auf Anhieb die Stellung als Diener erhalten hatte. Etwas Merkwürdiges schien hinter all dem zu stecken. Er ließ sich aber nichts von seinen Zweifeln anmerken.

»Gut«, sagte er. »Jetzt weiß ich wenigstens, daß ich mir umsonst Sorgen um dich gemacht habe. Du bist schließlich mein bester Freund, da kann ich nicht einfach die Achseln zucken und mir denken: Er wird schon wiederkehren! Gib mir rechtzeitig Nachricht wegen Ronda, damit ich mir einen Fuhrmann suchen kann. Das dauert ja zwei, drei Tage. Wer fährt schon von hier nach Ronda?«

»Das kann ich dir sagen: der Schreiner, mit dem ich immer kam und den auch du kennst. Er fährt im Herbst und Winter jede zweite Woche mit einer Lieferung Fisch nach Ronda, um sie in der Küche des Marqués und noch eines anderen Adeligen abzuliefern. Der nimmt dich sicher mit, vor allem, wenn du ihm sagst, daß du zu mir fahren willst. Er hat, scheint's, einen Narren an mir gefressen. Also, auf bald, und gib schön acht, daß dir nichts zustößt und du heil und gesund in längstens einem Monat in Ronda vor mir stehst. Adiós, mi amigo! A un encuentro cercano!«

Manuel blickte Ali nach. Er konnte den Gedanken nicht verdrängen, daß der Freund sich irgendwie anders verhielt als üblich. Der sonst so lockere Ali schien verkrampft und unsicher. Hocherfreut über die gute Nachricht, was Ronda betraf, und traurig über die merkwürdige Veränderung seines besten Freundes, zu dem er bei weitem nicht mehr jenes Zusammengehörigkeitsgefühl empfand wie in den vergangenen zwei Jahren, ging Manuel wieder seiner Arbeit nach.

5

Wiederum waren Wochen vergangen, Manuel hörte nichts von seinem Freund und war sicher, daß er sich wiederum in Ali getäuscht hatte. Nicht einmal Alfonso, der zweimal monatlich Kisten aus Cádiz nach Algeciras brachte, konnte ihm Auskunft geben. Manuel entschloß sich daher, selbst nach Cádiz zu fahren und Ali oder dessen Vater zu bitten, ihm reinen Wein einzuschenken.

Er erbat sich von seinem Vater wiederum ein paar freie Tage und fragte den Schreiner, wann er nach Cádiz zurückkehren wolle.

»In zwei Stunden. Willst du mit? Ich habe Platz.«

Kurz entschlossen ging Manuel nach Hause, aß etwas, zog feste Schuhe an und eilte zurück in das Hafenviertel. Er kam gerade zurecht, als Alfonso sich zur Abfahrt bereitmachte.

Während der langen Reise nach Cádiz überdachte Manuel die Lage. Er entschloß sich, seinem Freund ins Gesicht zu sagen, daß er nicht an der Nase herumgeführt werden wollte.

Zunächst aber galt es, ihn in Cádiz aufzuspüren – denn Manuel wußte nicht, wo Ali und sein Vater wohnten.

Spät in der Nacht erreichten sie Cádiz. Der freundliche Schreiner bot Manuel ein Quartier in seinem geräumigen Haus an, das sich in der Nähe des Hafens befand. Er wies ihm in einem großen Raum, in dem sich halbfertige und zur Lieferung bereitgestellte Kisten stapelten, einen Winkel zu, gab ihm einen Strohsack und eine Decke und sagte: »Mehr kann ich leider nicht bieten. Brauche den Raum für meine Werkstatt. Habe selbst nur eine Kammer nebenan.«

Manuel bedankte sich für die Fahrt und das Nachtquartier, zog Rock und Schuhe aus und fiel sofort in tiefen Schlaf.

Am frühen Morgen stand er auf, um zu erkunden, wo er Vater und Sohn Jimenez finden könnte. Er fragte erst in den Nachbarhäusern am Hafen, wo man ihm sagte, man kenne Ali zwar, aber wo er wohne, wisse man nicht. Er fragte Straßenhändler, Fischer, Handwerker, ja sogar in der Kanzlei des Alkalden, doch niemand konnte ihm eine befriedigende Antwort geben. Erst im Suk, dem Markt, den die Mauren benutzt hatten, und der immer noch dem gleichen Zweck diente, brachte er in Erfahrung, daß ein älterer und ein jüngerer Mann namens Jimenez in einem der wenigen Häuser lebten, die in der durch die Spanier zerstörten Medina erhalten geblieben waren. In einer Töpferei erfuhr er noch, daß die beiden in der Nähe des Minaretts zu Hause seien, jenes Turmes, der als einziger Teil der einst so prachtvollen Moschee erhalten geblieben war. Ein Gewürzhändler erzählte Manuel, daß die Mutter Alis seit langem verschwunden sei. Vor etwa fünf Jahren habe man sie zum letztenmal gesehen. Damals seien Gerüchte umgegangen, die Frau sei die Tochter eines maurischen Sultans.

Manuel ging zu dem Trümmerfeld, das nach der Eroberung

durch die Reconquista von der Moschee übriggeblieben war, und suchte nach dem genannten Haus. Sein Blick schweifte von dem höchsten Punkt der ehemaligen Medina über die Trümmerstätte und blieb an einem jungen Mann haften, der, mit dem Rücken zu ihm gekehrt, am Boden kauerte und auf muslimische Weise zu beten schien. Denn er kniete auf dem Boden, den er mit einem Tuch bedeckt hatte. Seine Schuhe standen neben ihm. Er schien sich gegen Mekka zu verneigen und berührte mit der Stirn den Boden.

Manuel wartete, bis der andere sein Gebet verrichtet hatte. Endlich erkannte er das Gesicht des Betenden – es war Ali! Manuel war froh, daß ihn der Freund nicht sehen konnte. Er verspürte Respekt vor ihm, der ins Gebet versunken war.

Endlich erhob sich Ali, zog die Schuhe an und hob das Tuch vom Boden auf. Kaum hatte er sich umgedreht, erschrak er zu Tode. Er erkannte nicht, daß der junge Mann, der ihn beim Gebet beobachtet hatte, Manuel war und kein Fremder. Als Morisco, als getaufter Maure, wußte er, was ihm bevorstand, sollte man ihn beim Tribunal der Heiligen Inquisition anzeigen: der Scheiterhaufen, das Schafott oder bestenfalls der Tod als Galeerensklave irgendwo auf hoher See. Doch dann erkannte er den Freund. Er lief zu Manuel und umarmte ihn. Seine Angst war verschwunden, denn er wußte, der Freund würde ihn nie verraten. Erleichtert setzten sich die beiden auf einen behauenen Stein, der von der Moschee stammte, und Ali erzählte Manuel seine Geschichte, die ihm sein Vater erst wenige Wochen zuvor eröffnet hatte. Das schien auch das merkwürdige Verhalten Alis in letzter Zeit zu erklären.

»Du mußt wissen, daß mein Vater einst als Landsknecht in Tetuán, dem spanischen Brückenkopf in Marokko, Dienst tat. Da der Capitán Gefallen an ihm gefunden hatte, nahm er ihn des Abends häufig mit, wenn die Offiziere in eine Schenke gingen, wo es gutes Essen, Wein und vor allem eine bildschöne maurische Bauchtänzerin gab, die allen eine Augenweide war. Das war natürlich nicht erlaubt, denn jeder Umgang mit Mauren war den spanischen Soldaten von der katholischen Kirche strengstens untersagt. Mein Vater aber erfuhr auf Umwegen den Namen der jungen Frau. Sie hieß Zaraba und sollte von hoher Herkunft sein. Er fand großen Gefallen an der schönen Maurin, und auch Zaraba faßte Zuneigung zu dem jungen Spanier. Trotz aller Widrigkeiten trafen sich die beiden öfter am Rande der Stadt in einem Zypressenhain, wo sie nicht gesehen werden konnten. Als mein Vater Zaraba zu überreden suchte, den katholischen Glauben anzunehmen, stieß er auf heftige Ablehnung. Sie gestand ihm, daß ihr Vater zwar nur ein verarmter Kaufmann, aber seiner Abstammung nach ein entfernter Verwandter des regierenden Sultans der Saadier, Ahmed-el-Mansur, war. Ihre Familie würde sie verstoßen, falls sie einen Andersgläubigen heiratete.

Doch als mein Vater Tetuán in Richtung Spanien verließ, hatte er sein Ziel erreicht: Zarabas Eltern ließen ihre Tochter in Frieden ziehen – zu sehr lag ihnen ihr Glück am Herzen. Mein Vater konnte erreichen, daß ein Pfarrer in Cádiz das junge Paar trauen würde, sollte Zaraba bereit sein, den katholischen Glauben anzunehmen. So gelangten die beiden hierher. Um ungestört zu sein, bezogen sie das Haus, das du von hier sehen kannst.«

Ali zeigte in die Richtung, aus der Manuel gekommen war. Man erkannte schemenhaft ein kleines Gebäude.

»Als ich noch ein kleines Kind war, hat mich meine Mutter hier, wo einst die Moschee stand, trotz ihrer Taufe das Gebet zu Allah gelehrt. Das gibt mir heute innere Stärke. Mein

Glaube an den Gott meiner maurischen Väter sitzt so tief, daß nicht einmal ein Scheiterhaufen mich dazu bewegen könnte, ihn zu leugnen und zu widerrufen.«

Manuel fand keine Worte, die er Ali hätte sagen können. Er bewunderte seinen Mut und respektierte seinen Glauben, aber die nackte Angst saß ihm im Nacken. Er wußte, daß es seine heilige Pflicht war, den Freund der Inquisition auszuliefern und daß er selbst sich der Galeere schuldig machte, wenn er schwieg. So lautete das Gesetz, und so verkündete es der Pfarrer von der Kanzel.

Ali bemerkte nichts von dem Kampf, der sich in Manuels Seele abspielte, und erzählte unbekümmert weiter: Zaraba habe Spanien verlassen, als Ali noch ein Kind war, da ihr das Tribunal der Heiligen Inquisition mißtraute und sie einer Verurteilung entgehen wollte. Sie kehrte zu ihren Eltern nach Fes zurück, wo ihr Vater inzwischen auf Grund seiner Beziehungen zum Hof des Sultans zu neuem Wohlstand gelangt war. Denn der Sultan der Saadier hatte sich aufgemacht, von Fes aus ganz Marokko zu erobern, und so strömten Söldner in die Stadt, die ausgerüstet und verpflegt werden mußten.

Als zukünftige Hauptstadt hatte der Sultan Marrakesch auserkoren. Er beabsichtigte, nach dem Sieg über die Meriniden von dort aus das Riesenreich, das sich von Marrakesch bis in den Süden Afrikas und zum Mittelmeer erstrecken würde, zu neuer Blüte zu führen.

»Du wunderst dich über dieses Schicksal? Ich bewundere meine Eltern, die, trotz der Trennung, fest an eine Wende in ihrem Leben glauben. Daß ich hier bete – bitte, Manuel, sprich mit niemandem darüber. Du weißt, was sonst mit meinem Vater und mit mir geschieht ... Da du nun genau Bescheid über mich weißt, sollst du auch erfahren, warum es mir während der letzten Wochen gelang, dir und mir eine Anstellung beim Marqués de Salvatierra zu verschaffen: Der Großvater des Marqués war gleichfalls ein Saadier, nur ließ er sich schon vor etwa hundert Jahren taufen. Auch die Vorfahren des Majordomus waren Saadier. Das alles erfuhr ich erst vor wenigen Monaten, und das erklärt auch mein Verhalten. Wir Moriscos halten zusammen, und so kam ich problemlos zu einer Anstellung in Ronda.«

Gemeinsam verließen die beiden Freunde die Medina und wanderten zum Hafen zurück. Währenddessen berichtete Ali weiter: »Der Ort, an dem du mich gefunden hast, diente dem Volk meiner Mutter als Gebetsstätte, als Tarik Ibn Sihad im Jahre 711 von Gibraltar aus Spanien zu erobern begann. Sicher haben die Mauren die Spanier nicht mit Samthandschuhen behandelt. Doch Gleiches mit Gleichem zu vergelten, ist auch nicht im Sinne des einzigen Gottes, den wir Allah nennen. Weißt du eigentlich, daß Cádiz und auch Algeciras einst blühende Hafenstädte waren? Seit die Spanier die Mauren vertrieben haben, sind beide nur noch unbedeutende kleine Fischerdörfer. In Cádiz stand die größte und schönste Moschee. Der Großwesir errichtete einen wunderbaren Palast – die Herrlichkeit des Islams entfaltete sich in all ihrer Pracht. Geblieben sind nur Trümmer.«

Manuel hörte mit großem Interesse zu. Er staunte über das profunde Wissen des Freundes, war aber entsetzt über die Leidenschaft, mit der dieser die Sache der Mauren verfocht, die nach allem, was Manuel wußte, die Todfeinde Spaniens und der Christenheit waren.

Endlich bemerkte Ali die Schweigsamkeit des Freundes, und wieder überkam ihn die Furcht, daß er zuviel verraten haben mochte, und in beschwörendem Ton sagte er: »Manuel, vergiß alles, was ich dir erzählt habe. Vergiß, daß du mich hier gesehen hast, vor allem im Gebet. Vergiß auch, was ich dir in bezug auf den Marqués und dessen Majordomus sagte. Es ist zu deinem Vorteil. Du hörst von mir. In Ronda sehen wir uns wieder! Ich fahre übermorgen, und ich gebe dir mein Wort, daß ich alles tun werde, damit du deine Stellung beim Marqués bekommst. Ich werde auch ein wenig vorfühlen, ob er gewillt ist, dich einmal nach Brüssel mitzunehmen. Also nochmals: Adíos!«

6

Manuel ließ sich im Schatten eines Fischerbootes am Strand nieder. Er bewunderte Ali, er fühlte, daß er ihm ein Freund war, doch es kam ihm vor, als ob noch irgend etwas anderes hinter all dem steckte. Wieso war Ali so sicher, daß er ihn, Manuel García, nach Ronda ins Palais des Marqués de Salvatierra bringen würde? Und wieso konnte er darauf bauen, daß Manuels Wunsch, den Infanten Karl von Angesicht zu Angesicht zu sehen, erfüllt werden würde? Jedenfalls würde er den Freund nicht an die Inquisition ausliefern. Ali hatte recht: Er hatte nichts gesehen und nichts gehört.

In Gedanken versunken ging er zu dem Platz, an dem ihn der Schreiner abholen wollte. Es war höchste Zeit. Manuel begann zu laufen.

Der Mann hielt schon die Zügel in der Hand, als Manuel außer Atem ankam.

»Spring auf, Manuel! Wir müssen gleich losfahren!«

Kurz darauf saß Manuel zwischen den Kisten auf der Ladefläche des Karrens. Dort hatte es sich bereits ein ihm unbekannter Soldat bequem gemacht. Der fragte: »Wer bist du?«

»Mein Name ist Manuel García. Ich bin der Sohn eines Fischers aus Algeciras.«

»Das trifft sich gut. Ich muß kurz vor Algeciras aussteigen. Meine Eltern wohnen unweit der Straße.«

»Darf ich fragen, wie Euer Name lautet?«

»Natürlich, mein Junge. Ich heiße Antonio Jimenez und bin Pikenier des Königs in Cádiz.«

»Das trifft sich gut! Ali Jimenez ist mein bester Freund.«

»Da solltest du dir besser einen anderen Freund aussuchen. Die Mutter Alis war eine Maurin und ließ sich taufen. Auch Ali ist Katholik, genau wie sein Vater, mein Bruder. Aber insgeheim hängen die beiden dem Islam an, diesem verfluchten Götzendienst, und ich habe Ali einmal sogar auf dem Platz der ehemaligen Moschee beobachtet, wo er gegen Mekka gewandt betete. Wäre Alejandro nicht mein Bruder und Ali sein Sohn, hätte ich sie längst beim Tribunal angezeigt.«

Manuel antwortete nicht. Er wußte aus den Erzählungen der Alten, daß die Mauren bei der Eroberung Spaniens Tausende von Spanier getötet und die Städte, vor allem aber Kirchen, dem Erdboden gleichgemacht hatten. Und die Reconquista? Wieder hatten viele ihr Leben lassen müssen, nur waren es diesmal die Spanier, die gesiegt hatten, und ein furchtbarer Verdacht schoß Manuel durch den Kopf: Könnte es denn sein, daß auch die eigenen Leute sich schuldig gemacht hatten, daß das große Werk der Reconquista am Ende gar nicht so gottgefällig war?

Manuel war zwar erst sechzehn Jahre alt, aber er hatte ein ausgeprägtes Empfinden für das, was gut und böse war. Daher empfand er großen Abscheu vor dem Soldaten, der weiter grimmige Flüche gegen alle Moriscos vor sich hin murmelte.

Die langen Stunden der Reise vergingen schweigend, und trotz der unbequemen Lage schlief Manuel ein. Kurz vor Algeciras stieg Alis Onkel ab, und das Fuhrwerk setzte die

Fahrt durch die Dunkelheit fort. Manuel nahm sich fest vor, Ali zu warnen, sobald er ihn wiedersehen würde. Am besten, dachte er, wäre es für ihn und seinen Vater, Cádiz so bald wie möglich zu verlassen und an einen anderen Ort zu übersiedeln. Die Worte des Soldaten gingen ihm nicht aus dem Sinn.

Der Schreiner brachte Manuel bis zur Mole, da er für einen reichen Gewürzhändler einige Kisten Fische besorgen sollte.

Als sie die Mole erreichten, liefen gerade die ersten Boote in den Hafen. Bald darauf sah Manuel die »Villa Nueva« – sein Schiff.

Nachdem Manuel seinen Vater begrüßt hatte, gingen beide nach Hause. Der Vater war todmüde, denn das Meer war stürmisch gewesen. Die Gehilfen an den Riemen hatten alle Hände voll zu tun gehabt, das schwere Boot mit dem Bug gegen den Wind zu halten, und er hatte die schwere Arbeit an den Netzen allein leisten müssen. Manuel sehnte sich gleichfalls nach Schlaf, denn er hatte die halbe Nacht auf dem Wagen wach gesessen, und die Straße von Cádiz nach Algeciras galt zwar als sicher, war aber bei den Fuhrleuten gefürchtet wegen ihres schlechten Zustandes.

7

Zwei Wochen später kam ein reitender Bote aus Ronda zum Haus der Garcías und fragte, wo ein gewisser Manuel García zu finden sei – er habe eine dringende Nachricht für ihn.

»Das kann jeder sagen«, fertigte ihn Manuels Mutter kurz angebunden ab, bequemte sich aber dann doch, den Sohn zu rufen.

»Ich habe für dich eine Nachricht von Ali Jimenez«, sagte der Bote. »Du sollst spätestens in zwei Wochen beim Majordomus des Marqués von Salvatierra am Baseo de San Isidoro in Ronda erscheinen, und zwar in deinem Sonntagsanzug. Das ist alles.«

»Ich werde der Aufforderung selbstverständlich nachkommen.« Manuel wäre dem Mann vor Freude am liebsten um den Hals gefallen, doch das ziemte sich nicht. Er lief in den Hafen, um den Schreiner zu suchen, der sich an diesem Tag in Algeciras aufhielt, wie er wußte. Als er den Mann fand, fragte er ihn, ob und wann er nach Ronda fahre.

»In zehn Tagen muß ich Fische für die Küche zweier Adeliger liefern. Da kann ich dich mitnehmen, wenn du willst.«

Als Manuel nach Hause zurückkehrte, hätte er seine Mutter vor Freude am liebsten umarmt; sie jedoch zeigte sich höchst ungehalten über die Nachricht. Kratzbürstig sagte sie nur: »Und wer wird deinem Vater bei der Fischerei zur Hand gehen?«

»Vater hat mir erlaubt, für etwa ein Jahr in die Dienste eines Adligen zu treten Er wird einen dritten Gehilfen anheuern. Das kostet zwar mehr, aber Vater hilft mir, wo und wie er kann.«

»Tue ich das etwa nicht?« fragte die Mutter bitter und wandte sich wieder dem Herd zu.

Am folgenden Tag wartete Manuel, bis sein Vater sich nach der durchwachten Nacht ausgeruht hatte, und bat ihn um ein Gespräch.

»Was gibt es denn so Eiliges, mein Sohn?« fragte Hernando gütig.

»Vater, ich will in zehn Tagen nach Ronda reisen. Mein Freund Ali hat mir eine Stellung beim Marqués de Salvatierra verschafft. Ich bitte dich, für diese Zeit ohne mich auszukommen.«

Hernando schien betroffen. Nach kurzem Zögern entschloß er sich, das Geheimnis um das Haus in Casares preiszugeben.

»Jahrelang habe ich gespart, Real auf Real gelegt, auf vieles verzichtet, nur um dir deinen Wunsch, Schuster zu werden, erfüllen zu können. In einem Jahr wäre es soweit, und da willst du fort von hier! Ich sah dich schon als erfolgreichen Mann in Casares Geld verdienen, eine Familie gründen und ein glückliches Leben führen. Nun gehst du nach Ronda. Wer weiß, was dich dort erwartet? Wenn du nicht wiederkehrst, war all meine Mühe umsonst. Einem Adligen den Diener spielen – ist das richtig für den Sohn eines Fischers? Wann willst du das Schusterhandwerk lernen? Ein Jahr in der Fremde wäre nicht schlimm, aber wer weiß, wie lange es wirklich dauert? Ist es denn so wichtig für dich, den Infanten Karl zu sehen? Daß ich einen weiteren Gehilfen anheuern muß, kostet zwar zusätzliches Geld, aber das ist nicht das Schlimmste. Ich habe nur Angst, daß du nicht wieder zurückkehrst oder ein gänzlich anderer wirst.«

»Du kannst mir vertrauen, Vater. Der Infant ist mir wichtig, weil wir am selben Tag geboren wurden. Ich glaube, dahinter könnte eine Fügung stecken, irgend etwas Besonderes. Ich spüre es. Und was das Schusterhandwerk betrifft, werde ich es ganz bestimmt ausüben. Ich bin in spätestens einem Jahr zurück. Sobald ich mein erstes Geld verdiene, zahle ich dir die Kosten für den Gehilfen bis auf den letzten Sol zurück. Verlaß dich auf mich, ich stehe zu meinem Wort. Außerdem muß ich ja wiederkommen, denn ich liebe dich!« Manuel fiel seinem Vater um den Hals, und auch Hernando schien gerührt. »Ich habe ja nur dich. Mit Mutter könnte ich über derlei Dinge nie reden. Die versteht mich nicht, oder sie will mich nicht verstehen.«

»Also gut!« Hernando fuhr Manuel mit der Hand über die

Locken und sagte beschwichtigend: »Du mußt deine Mutter verstehen lernen. Sie ist nicht so grob, wie sie scheint. Sie hat nur eine unglückliche Art anderen gegenüber, doch im Grunde ihres Herzens ist sie ein guter Mensch. Sonst hätte ich sie nicht geheiratet. Aber auch mir fehlt manchesmal ein wenig Herzlichkeit. Im Lauf der Jahre gewöhnt man sich aber daran. Trotzdem! Liebe deine Mutter so, wie du deinen Vater liebst. So steht es schon in den Zehn Geboten Gottes. Wann fährst du nach Ronda?«

»In zehn Tagen. Mit dem Schreiner, der Fische nach Ronda bringt.«

»Erwarte dir nicht zuviel von dieser Stellung. Du wirst zumindest in den ersten Monaten nichts anderes zu tun haben, als den hohen Herren die Türen zu öffnen und sie hinter ihnen zu schließen, Schuhe zu putzen, Geschirr zu waschen, bestenfalls bei Tisch Speisen und Getränke zu reichen, Botengänge zu tun, auf Antworten zu warten – kurz, du bist ein ganz gewöhnlicher Dienstbote. Gut! Nun reden wir nicht mehr darüber. Da hast du zwanzig Reales für die Reise. Ich glaube deinen Worten und werde weiter sparen, um das Haus in Casares abzahlen zu können. Wenn du wiederkommst, wirst du bei unserem Schuster in die Lehre gehen.«

Manuel lief ins Hafenviertel, um seine Freunde zu treffen. Hernando blieb im Haus. Er wollte mit seiner Frau sprechen und ihr erklären, daß man Manuel, der ja bald sechzehn Jahre alt wurde, seinen Willen lassen mußte. Hernando wußte, daß dieses Gespräch nicht leicht sein würde, doch er hätte für Manuel alles getan. Er wußte, daß sein Sohn sein Wort halten und ein guter Schuster werden würde.

»Endlich kommst du nach Hause! Jetzt läßt du mich auch noch tagsüber allein!« zeterte Elena, als ihr Mann nach Hause kam.

»Ich habe ein langes Gespräch mit Manuel geführt. Ist das gar nichts? Mir ist es wichtig, für sein zukünftiges Leben zu sorgen! Er soll es einmal besser haben als wir. Er versprach, nach spätestens einem Jahr zurückzukehren und das Schusterhandwerk zu erlernen. Ich werde es mit einem weiteren Gehilfen schon schaffen. Es bleibt genug für uns. Ich will für Manuel das Haus in Casares erwerben«, erwiderte Hernando ruhig.

Seine Art schien auf seine Frau mehr zu wirken, als er gehofft hatte, denn sie sagte: »Gut! Ich weiß, daß ich oft zu schroff bin, aber mir geht es ja um dich! Ich habe dich sehr gern, und du läßt mich so oft allein!«

Damit war der Familienfrieden wiederhergestellt.

»Miteinander reden, seine Gefühle im Zaum halten – das scheint doch eine Möglichkeit zu sein, wie zwei Menschen nebeneinander, wenn schon nicht miteinander leben können«, dachte Hernando.

V.
Die Karriere des Manuel García

1

Am 5. Oktober 1518 erreichte Manuel García nach einer langen und beschwerlichen Reise gegen Mittag Ronda. Das Palais des Marqués de Salvatierra in Ronda war bedeutend kleiner als jenes in Toledo. Dort residierte der Marqués am Paseo Ginés St. Justa in unmittelbarer Nähe der Kirche San-Juan-de-los-Reyes, die die katholischen Majestäten Ferdinand und Isabella hatten erbauen lassen, und wo sie auch ihre letzte Ruhestätte gefunden hatten. Aber es genügte, um Manuel tief zu beeindrucken. Staunend stand er vor dem großen, abweisenden Bau, der ihm wie ein Märchenschloß vorkam, denn er kannte ja nur die ebenerdigen kleinen Häuser, wie sie in Algeciras üblich waren.

Kaum hatte er das Tor in den Patio passiert, kam ihm Ali außer Atem entgegen. Sie fielen einander voll Freude in die Arme. Keiner von beiden wußte, daß dieses Gefühl nur von kurzer Dauer sein würde.

Ali führte Manuel durch den Hof, auf dem Zypressen standen, umgeben von Blumenrabatten, schattenspendend, zu kurzen Spaziergängen einladend. In der Mitte des Patios plätscherte ein Springbrunnen. Dem Tor gegenüber befand sich eine Tür mit der Aufschrift »Oficina«. Dies war der Eingang zu dem Raum, in dem der Majordomus residierte, von allen Bediensteten geachtet und gefürchtet.

Der Raum, dessen drei Fenster einen wunderschönen Ausblick auf den Patio boten, war höchst verschwenderisch eingerichtet. In einer Ecke stand ein mit feinen Silberverzierungen versehener Tisch mit vier Stühlen, an den Wänden hingen Ölgemälde. In der anderen Ecke schlug gerade eine französische Wanduhr elf Uhr vormittags. Der Majordomus stand an einem Schreibpult, auf dem sich Papiere in heillosem Durcheinander türmten. Er war etwa sechzig Jahre alt, wohlbeleibt, und sein rundes Gesicht ließ sowohl einen gesegneten Appetit als auch reichlichen Weingenuß erahnen. Er hatte die gleiche olivfarbene Haut wie Ali, was auf maurisches Blut schließen ließ.

Als die beiden jungen Männer eintraten, nahm er seine kostbare Brille ab, musterte Manuel von Kopf bis Fuß und sagte: »Du bist Manuel García aus Algeciras, nehme ich an?«

»Ja, der bin ich.«

»Du bewirbst dich um die Stellung eines Dieners in unserem Haushalt, wie mir Ali sagte. Du sollst sie haben. Auf Probe! Vier Wochen! Dann sehen wir weiter. Ali wird dir deinen Schlafplatz zeigen, obgleich du nicht viel Zeit zum Schlafen haben wirst. Morgen um sechs Uhr beginnt dein Dienst in der Küche. Fische schuppen und ausnehmen, Gemüse putzen und dem Küchenpersonal auf jede Weise zur Hand gehen. Bewährst du dich, werde ich dich einer Prüfung unterziehen, und alles Weitere ergibt sich.«

»Ja, Señor. Ich habe verstanden und werde mir Mühe geben, alles recht zu machen.«

»Das würde ich dir auch geraten haben.«

Damit waren die beiden entlassen, und der Majordomus wandte sich wieder seinen Abrechnungen zu.

Manuel schien es merkwürdig, wie ähnlich sich Ali und der Majordomus waren. Nicht etwa, daß sie sich ähnelten wie Verwandte, aber sie schienen beide einen nordafrikanischen Einschlag zu haben. Außerdem ließ die Art und Weise, wie der Majordomus über Ali geredet hatte, auf eine gewisse Vertrautheit schließen. Manuel verstand nun, wieso sich Ali seiner Sache so sicher gewesen war.

Zunächst erhielt er seine Dienstkleidung, einen blütenweißen Rock und eine ebensolche Schürze, sowie alles, was er sonst benötigte. Die Livree eines Dieners würde er erst tragen dürfen, wenn er sich in der Küche bewährt hatte.

Die Schlafstellen des niederen Personals befanden sich in einem Trakt des Erdgeschosses. Die Räume waren jeweils für vier Bedienstete gedacht. Manuel ordnete seine wenigen Habseligkeiten in eine kleine Truhe, die neben seinem Strohsack stand. Als er damit fertig war, ging er in die Küche, wo drei Köche, zwei Gehilfen und etliche junge Mädchen ihrer Arbeit nachgingen. Der Oberkoch musterte ihn, doch nicht so streng, wie es der Majordomus getan hatte. Er schien ein ziemlich gutmütiger Mann zu sein. Einer der Köche zeigte Manuel fürs erste die Arbeiten, die er noch am selben Tag tun sollte. Unter anderem mußte er einen Eimer voll jener merkwürdigen Knollen schälen, die man Kartoffeln nannte.

2

Nun war es schon vier Wochen her, daß Manuel zum ersten Mal in seinem Leben Küchenarbeit leistete. Er mußte Platten und Schüsseln säubern, Messer schleifen – was er als Sohn eines Fischers gewöhnt war –, Wasser holen, lernte Silberbesteck auf Hochglanz zu polieren – darunter jene neumodischen Gabeln, die man in besseren Kreisen anstelle der Finger verwendete, um die Speisen zum Mund zu führen –, verrichtete Botengänge, begleitete einen Koch beim Einkauf am nahegelegenen Markt, wischte gemeinsam mit einem zweiten Lehrling den Küchenboden und den Boden des Vorraums auf, ja er half sogar dem feisten Oberkoch beim Zubinden der blütenweißen Schürze. Er zerteilte größere Fleischstücke, schnitt sie in Scheiben, nahm Fische aus, wusch sie und entfernte die Schuppen. In der vierten Woche durfte er mit dem Löffel in großen Suppentöpfen umrühren, Gewürze mischen, Rindfleisch braten, Saucen rühren und als Krönung seiner Tätigkeit drei Kuchen backen.

Nach Ablauf der angekündigten Frist wurde Manuel eines Tages zum Majordomus gerufen, der ihn gnädig lächelnd mit den Worten empfing: »Ich habe von José« – so der Name des Oberkochs – »eine ganz respektable Auskunft über Ihn erhalten. Er hat Seine Arbeit zur Zufriedenheit getan, obwohl Ihm noch Jahre der Praxis fehlen. Um Ihm aber zu zeigen, wie gut ich es mit Ihm meine, kann Er ab morgen als Dienerlehrling seine Arbeit verrichten.«

Manuel wunderte es, daß er in der dritten Person angesprochen wurde und nicht nur mit einem »du« oder gar »hombre«. Diese plötzliche Höflichkeit bestärkte ihn in der Vermutung merkwürdiger Zusammenhänge.

»Jetzt geh Er zu Antonio und laß Er sich die Dienerlivree geben. Paß Er gut auf sie auf, denn derartige Kleidungsstücke sind nicht billig, und Er muß immer tadellos gekleidet erscheinen.«

Antonio war zuständig für die Einkleidung der Diener und Zofen. Er reichte Manuel vorzüglich geschneiderte, enganliegende Hosen aus feinem Tuch, drei Paar Seidenstrümpfe,

Schnallenschuhe, ein enges, kurzes Wams nach der neuesten Mode und einen mausgrauen Überrock, der mit Goldborten eingefaßt war. Ein in der Kleiderkammer aufgestellter Spiegel verlockte den jungen Mann, sich in seiner neuen Livree zu bewundern. Ein veränderter Manuel blickte ihm aus dem Spiegel entgegen. Kleider machen Leute, war sein erster Gedanke. Er kam sich sehr elegant vor, beinahe wie ein reicher Händler in seinem Sonntagsrock.

Ein alter Diener, der schon im Ausgedinge war, unterwies Manuel und brachte ihm alle Einzelheiten bei, die zu diesem Beruf gehörten, vor allem wohlgesittetes Benehmen der Herrschaft gegenüber. Er lernte, feine Schnallenschuhe mit Perlenbesatz zu reinigen, beim Ankleiden behilflich zu sein, wie man eine Tafel deckt, wie man, selbst mit schweren Schüsseln, den Gästen aufwartet, wie man Wein einschenkt, wie man mit einem vollen Tablett zwischen den Gästen hindurchgeht und Süßigkeiten anbietet. Vor allem aber brachte ihm der alte Diener bei, daß man stets schweigsam und möglichst leise und unbemerkt seinen Dienst versah – alles Dinge, die Manuel völlig unbekannt waren. Besonders mußte er auf sein Äußeres achten, stets wohlfrisiert und beizeiten vom Barbier geschoren sein.

Drei Wochen Ausbildung genügten, erklärte der Alte. Nach Ablauf dieser Frist bereitete er Manuel darauf vor, gemeinsam mit zwei anderen Anfängern dem Marqués vorgestellt zu werden. Es sei besonders wichtig, welchen Eindruck er bei seinem Herrn hinterlasse; das würde sich entscheidend auf seine zukünftige Arbeit auswirken.

Als es soweit war, ging der alte Diener mit den drei »Kandidaten« zu den Gemächern des Marqués und klopfte.

»Entra!« hörte man eine leise Stimme.

Die Männer betraten das Arbeitszimmer des Marqués, der

am Fenster stand und in den Hof hinunterblickte, da eben ein Reisewagen eingetroffen war. Ihm entstiegen zwei Damen, die zu seiner Gemahlin wollten – die junge, bildschöne Gräfin Mendoza, auf die er ein Auge geworfen hatte, sowie die Condes Morone, die Gemahlin des Kommandanten der königlichen Truppen in Toledo.

Nach einer Weile drehte er sich um und warf einen prüfenden Blick auf die jungen Männer. Manuel zitterten ein wenig die Knie, den beiden anderen ging es ebenso.

»Euer Gnaden!«, begann der Alte, »das sind drei neue Diener, die wir eingestellt und geschult haben, damit sie in Euer Gnaden unmittelbarer Umgebung ihre Dienste versehen.«

»Gut. Sehen ja adrett aus, die drei Jungen«, sagte der Marqués gnädig.

Der alte Diener lächelte zufrieden.

»Laß den kleinen, kräftigen Jungen zu mir kommen«, sagte der Marqués und nahm hinter seinem Schreibtisch Platz.

Manuel trat drei Schritte näher und erwiderte auf die Frage nach seinem Namen: »Manuel García, Euer Gnaden zu Diensten.«

Während der Marqués in einer Lade seines Schreibtisches nach irgend etwas kramte, betrachtete Manuel ihn genau. Der Edelmann war groß, mit schütterem schwarzem Haar, seine Gesichtsfarbe war dunkel, die Augenbrauen wölbten sich in zwei schmalen Bögen über den grauen Augen. Als der Marqués gefunden hatte, was er suchte, wandte er sich Manuel zu und sagte freundlich: »Du bist zwar nicht groß, aber kräftig. Also wirst du in meiner Bibliothek arbeiten. Dir wird es leichtfallen, die hohe Leiter emporzusteigen, große Folianten zu holen und mir zum Schreibtisch zu bringen. Und es macht dir sicher nichts aus, einen Stapel von Büchern in die Regale einzuordnen. Du mußt auch alle Werke meiner

Sammlung Tag für Tag vom Staub befreien, natürlich jedesmal nur eine Länge der Regale.«

»Euer Gnaden, ich bitte zu bedenken, daß ich nicht lesen kann. Meine Eltern hatten nie genügend Geld, um mich zur Klosterschule zu schicken. Ich kann auch nicht rechnen und nur meinen Namen schreiben. Ich mußte Nacht für Nacht meinem Vater beim Fischen helfen.«

»Das dachte ich mir. Du wirst also zwei-, nein dreimal pro Woche bei meinem Secretarius Unterricht nehmen. Dann wird es bald besser gehen. Du siehst nicht aus, als ob dir der Unterricht schwerfallen würde. Also, morgen um acht Uhr erscheinst du in der Bibliothek. Einer meiner Leibdiener wird dir alles Weitere erklären.«

»Danke, Euer Gnaden«, erwiderte Manuel strahlend, denn er empfand es als Auszeichnung, in der Nähe des Marqués arbeiten zu dürfen.

Manuel ging seinen neuen Aufgaben mit Begeisterung nach. Vor allem die Lesestunden gaben ihm Auftrieb, war er doch nach nur wenigen Tagen imstande, schon einige Buchtitel – wenngleich auch noch mühselig und holprig – zu entziffern. Nach weiteren Stunden wuchs sein Interesse, und er blätterte in den alten Folianten, wann immer es seine Zeit erlaubte. Wenn der Marqués, was nun regelmäßiger geschah, für Wochen nach Toledo übersiedelte, reiste er in dessen Gefolge mit.

Sein Dienstherr schien zufrieden mit seiner Arbeit, was er den lobenden Worten entnahm, die er hie und da äußerte.

An freien Nachmittagen schlenderten Manuel und Ali durch die Straßen von Toledo oder Ronda, entlang der Paseos und durch kleine Gäßchen, blickten den jungen Mädchen nach und tranken in einer Bodega ein Glas Wein, wenn es ihr Geldbeutel erlaubte. Sie verbrachten die wenigen

Stunden Freizeit so, wie es die meisten jungen Männer ihres Alters taten. Sie freuten sich, wenn junge Mädchen ihnen verführerische Blicke zuwarfen, und dachten weder an ihre Arbeit noch an ihr Zuhause.

3

Eines Tages drangen Gerüchte nach Toledo, daß König Ferdinand II. von Aragon erkrankt sei. Anfangs glaubte man an eine Influenza. Mitte Januar 1516 sprach man bereits von argen Herzbeschwerden des Königs. Er leide an geschwollenen Beinen, an Magenbeschwerden und Schlaflosigkeit. Die Krankheitssymptome schienen täglich zu wechseln und klangen immer beunruhigender.

Trotz dieser Nachrichten gab der Marqués de Salvatierra am Abend des 24. Januar ein Festbankett mit anschließendem Tanz. Der gesamte Adel Toledos war geladen, das oberste Offizierskorps sowie ausländische Gesandte. Die Tafeln bogen sich förmlich unter der Last der gebotenen Köstlichkeiten. Nach dem Mahl spielte die Kapelle spanische Weisen, anschließend tanzte man Reigen. Alles war fröhlich und genoß den Abend, bis plötzlich die Musik verstummte.

Diener hatten die Doppeltür geöffnet, zwei Eilkuriere eilten zum Marqués, um ihm eine dringende Botschaft aus Madrigalejo, dem Schloß König Ferdinands, zu überbringen. Einer der beiden, ein Capitán, bat mit ernster Miene um völlige Stille und verkündete: »König Ferdinand II. entschlief gestern, versehen mit den heiligen Sterbesakramenten, in seinem Schloß Madrigalejo. Sein Leichnam ist in der Schloßkapelle aufgebahrt. Die Begräbnisfeierlichkeiten werden in etwa einer Woche stattfinden.«

Als er die bittere Nachricht verkündete, war es so still im Saal, daß man einen Seidenhandschuh hätte fallen hören.

Für die meisten war es ein harter Schlag. Der Sohn Johanns II. von Aragon und Ehemann der Isabella von Kastilien war nicht nur König von Aragon, sondern auch König von Sizilien, Kastilien-León und Neapel. Er hatte durch die Eroberung Granadas, Neapels und Navarras die Grundlagen für das spanische Weltreich geschaffen, das derzeit im Entstehen war.

In Toledo, Madrid, Sevilla, Pamplona, in allen Städten Spaniens, ja im kleinsten Dorf läuteten die Glocken. Niemand wußte, wer der Nachfolger des Verstorbenen sein würde.

Der Infant Don Carlos war erst sechzehn Jahre alt, sein Bruder Ferdinand ein Kind – dem Land drohte Gefahr, in diesem Vakuum von feindlichen Mächten erobert, besetzt und unterdrückt zu werden. Überdies kündigte sich in Marokko ein Machtwechsel an. Noch herrschten von Fes aus die Meriniden, doch hatte schon Philipp I. mit dem Sultan der Saadier, Ahmed-al-Mansur, Verbindungen geknüpft, die erwarten ließen, daß sein Fürstengeschlecht bald von Marrakesch aus das Land regieren würde. Man hatte spanische Unterstützung zugesagt, konnte aber keine Truppen entsenden, da der Anmarschweg durch feindliches Gebiet führen würde, so daß die Verstärkung den Bündnispartner kaum erreicht hätte und vermutlich auf dem Weg aufgerieben worden wäre. Also galt es, Geduld aufzubringen und den Sieg der Saadier über die Meriniden abzuwarten.

Manuel und Ali hatten wie alle anderen vom Tod König Ferdinands erfahren. Trauer über diese Nachricht konnten sie kaum aufbringen, denn sie hofften auf eine baldige Fahrt mit dem Marqués nach Brüssel, wo Don Carlos auf seine zukünftigen, noch ungewissen Machtbefugnisse und Pflichten vorbereitet wurde.

Die Cortes, die Versammlung der Landstände, wurden einberufen. Marqués de Salvatierra und der Konnetabel Don Iñigo de Velasco wurden einstimmig dazu auserwählt, die Reise nach Brüssel anzutreten, wo sie dem Infanten Don Carlos im Namen der Cortes schriftlich die Krone Spaniens antragen sollten. Die Entgegennahme schriftlich zu erklären war notwendig, da eine persönliche Anwesenheit aus Zeitmangel nicht möglich war – der Thron wäre zu lange vakant gewesen. Die beiden Herren sollten von einer dem Anlaß angemessenen Eskorte von fünfzig berittenen Hellebardieren sowie je einem Secretarius adliger Herkunft und je zwei Leibdienern begleitet werden.

Im Palast des Marqués in Toledo wurden sofort Vorbereitungen für den Aufbruch am nächsten Morgen getroffen. Der Marqués ließ Ali und Manuel rufen und befahl kurz: »Morgen reist ihr beide mit mir nach Brüssel. Um acht Uhr früh!«

Am 26. Januar 1516 traten die beiden hohen Herren samt ihrer Begleitung die Fahrt nach Brüssel an, der Marqués von Toledo, der Konnetabel von Kastilien von Ronda aus. Die sechs Karossen reisten mit größter Beschleunigung und erreichten am nächsten Abend die französische Grenze und am Vormittag des übernächsten Tages ihr Ziel, die Stadt Brüssel.

»Manuel!« rief Ali und umarmte den Freund strahlend. »Das Glück ist uns wohlgesinnt. So nahe am Ziel zu sein, hatte ich in meinen kühnsten Träumen nicht gehofft.«

»Mein Wunsch ist in greifbare Nähe gerückt. Das verdanke ich einzig und allein dir«, erwiderte Manuel, den wieder einmal Zweifel plagten, ob alles mit rechten Dingen zugegangen war.

Daß dieser 26. Januar 1516 ein Schicksalstag für den Infanten Karl und ein Wendepunkt im Leben Manuel Garcías sein würde, ahnten die beiden noch nicht.

Die Abgesandten der Cortes warteten eine halbe Stunde, bis Graf Mendoza aus den Gemächern Don Carlos' kam und sagte: »Don Carlos bittet um das Erscheinen der Abgesandten aus Spanien.«

Der Marqués und der Konnetabel von Kastilien betraten, gefolgt von ihrer Begleitung, das Arbeitszimmer des jungen Königs.

Jetzt war der Augenblick gekommen, daß Manuel zum ersten Mal den Infanten von Angesicht zu Angesicht sah. Sein Herz klopfte bis zum Hals, und seine Knie zitterten.

Er sah, daß Karls blasses Gesicht noch um einen Schatten bleicher wurde, sah das, was keiner sonst erkannte! Die tiefe Erschütterung Karls über dieses einmalige Ereignis. Er sah, wie die schmale Knabenhand die Finger um die Feder preßte und schrieb: »Yo el Rey.«

Und dann hörte er, wie der König sagte: »Mich interessiert jeder Spanier. Wie heißt du? Wie alt bist du?«

Mit fester Stimme antwortete er: »Mein Name ist Manuel García.«

VI.
Tage des Glücks – Jahre des Kampfes

1

Es hatte viel Geduld, viel Diplomatie und viel Geld gekostet, doch die Klugheit und der Geschäftssinn der Fugger in Augsburg hatten Karl geholfen – und waren nicht unbedankt geblieben. Die von Kaiser Maximilian I., dem Großvater Karls, in den Grafenstand erhobene Bankiersfamilie profitierte nicht nur von den Diensten, die sie dem Kaiser erwiesen hatte, sondern auch von dem Reichtum der überseeischen Gebiete, welche die Spanier erobert und die Fugger genutzt hatten.

Kaiser Karl kehrte nach langer Abwesenheit nach Brüssel zurück. Auf Schloß Oudenaarde bereitete man ein großes Fest vor – ein glänzendes Fest, würdig dem seltenen Anlaß. Es war nicht leicht, den düsteren Räumen Prunk und Pracht zu geben. Trotz der zahllosen Wandleuchter, Kandelaber und Kronleuchter, trotz hunderter Fackeln im Park, goldfarbener Vorhänge vor den Fenstern, üppiger Blumenarrangements – die Düsternis ließ sich nicht vertreiben. Erst als eine Schiffsladung Rosen aus Spanien eintraf, bot Oudenaarde den gewünschten festlichen Eindruck. Karl hatte persönlich zwei Edeldamen gebeten, die zahllosen Blüten in hohen Vasen zu arrangieren und im ganzen Schloß verteilen zu lassen. Die beiden Auserwählten, welche die Arbeiten überwachten, waren Johanna van der Gheynst und Margarete van Plonten, die Gattin des Gouverneurs von Oudenaarde. All die Pracht konnte jedoch nicht darüber hinwegtäuschen, daß schwere, graue Novembernebel um das Schloß wehten.

In einer Ecke des Festsaales saß der Kaiser mit dem Grafen de Cavre und dem Herzog von Soria, Wilhelm von Croy, in ein intensives Gespräch vertieft. Schon zum dritten Mal versuchten die alte Gräfin Hooghstraeten und Jacqueline de Lalaing die Tür des Festsaales zu öffnen, um zu lauschen – vergeblich.

»Meine Herren, keiner von Euch vermochte mich zu überzeugen. Mein Platz ist nicht hier, mein Platz ist beim Heer!« sagte Karl V. entschlossen. Noch während er sprach, glaubte er den Grund ihrer starren Haltung zu erraten. »Meint Ihr, ich wüßte nicht, daß es mir noch an Kriegserfahrung fehlt? Fürchtet Ihr, daß ich mich allzusehr in die Befehle des Grafen von Nassau und des Herrn von Frundsberg einmischen könnte? Kennt Ihr mich so schlecht, oder glaubt Ihr, daß ich den Mühen eines Kriegszuges nicht gewachsen wäre? Die Heere in Flandern kämpfen für mich. Oder glaubt Ihr gar, daß ich feige bin?«

»Die Welt beurteilt Herrscher und Feldherren nach ihren Anfängen, Majestät«, erwiderte Wilhelm von Croy vorsichtig. »Euer erstes Schlachtfeld dürft Ihr nur als Sieger verlassen.«

»Fürchtet Ihr eine Niederlage, habt Ihr ungünstige Berichte, die ich noch nicht kenne?« fragte der Kaiser.

Der Herzog nickte mit finsterer Miene. »Frundsberg mußte sich zurückziehen. Graf Nassau kann Tournai nicht nehmen, und König Franz von Frankreich ist seines Sieges so gewiß, daß er geäußert haben soll, daß Gott in diesem Krieg französisch gesinnt sei.«

Karl versuchte, trotz seiner Betroffenheit Zuversicht und Optimismus zu zeigen. Er zwang sich zu einem Scherz: »Wenn der Allerchristliche König von Frankreich und die Katholische Majestät von Spanien einander bekämpfen, kann man wohl verstehen, daß Gott eine Weile in seiner Entscheidung schwankt, wem der Sieg gebührt. Aber keine Sorgen, meine Herren, schließlich wird Gott sich für Spanien entscheiden, für unseren Sieg.« Karl erhob sich. »Wir vergessen, so scheint's, daß in zwei Stunden das Fest beginnt. Begeben wir uns in unsere Gemächer. In Reisekleidern können wir nicht beim Bankett erscheinen!« Er wies auf die kotbespritzten Stiefel der Herren und deren einfache Kleidung. Graf de Cavre und Wilhelm von Croy nickten und baten um Erlaubnis, sich in ihre Gemächer begeben zu dürfen. Der Kaiser zog sich in seine Privaträume zurück. Sofort gab der Oberstkämmerer den Dienern ein Zeichen, daß der Kaiser komme. Die vier Kammerherren, geschmückt mit dem Symbol ihres Ranges, dem großen, vergoldeten Schlüssel an der rechten Hüfte, erhoben sich erwartungsvoll. Noch waren die schweren Brokatvorhänge dicht geschlossen. Sie zu öffnen war das Amt des »Ayuda de Cámera«, eines der Kammerdiener. Alle sanken in die Knie und wartete auf die ersten Worte des Kaisers.

»Erhebt Euch!« befahl Karl, dem es noch immer nicht gelungen war, die angeborene Schüchternheit zu überwinden. Schon Margarete von Österreich, die mit der Erziehung der beiden Infanten beauftragt gewesen war, hatte darüber geklagt, daß Karl so ungewandt im Reden, so leicht zu verwirren war. Auch der erwachsene Mann von zweiundzwanzig Jahren ließ diesen Mangel noch erkennen.

Der Oberstkämmerer erhob sich und nach ihm die Höflinge. Sie beugten noch einmal das Knie, auf die nächsten Worte des Kaisers wartend.

»Beginnt mit Euren Pflichten!«

Karl sprach seit seiner Rückkehr nach Brüssel fast ausschließlich Französisch, obgleich er das volkstümliche Flämisch, das Spanische und die Sprachen der Gebildeten, Latein, ebenso beherrschte wie mittlerweile das Deutsche.

Die Kammerherren begannen mit ihren Obliegenheiten. Einer nahm die Untergewänder und die festliche Kleidung aus den altersdunklen Schränken, prüfte sie und übergab sie dem diensttuenden Kammerherrn, der, die Knie beugend, sie dem Oberstkämmerer übergab. Allein er, Sieur de Chiévres, hatte das Vorrecht, der Majestät beim Auskleiden und beim Anlegen der Festkleidung behilflich zu sein. Einer der Kammerdiener hielt die aus Silber getriebene Schüssel mit Rosenduftwasser, damit der Kaiser sich damit erfrische. Dann reichte er ihm ein Tuch aus blütenweißem flandrischen Leinen. Ein zweiter half ihm beim Anziehen der schwarzgrauen Strumpfhosen, des seidenen Hemdwamses und des enganliegenden, herzförmig geschnittenen spanischen Samtwamses. Um den Hals hängte man ihm das schwarze Band mit dem geweihten Amulett, und dann erst legte ihm der Sieur de Chiévres den kostbaren goldbestickten Mantel um, nachdem er ihm beim Anziehen der mit Edelsteinen besetzten Schnallenschuhe behilflich gewesen war. Auf einem purpurnen Kissen brachte nun der erste Kammerherr die goldene, aus doppelten Gliedern von Goldfiligran gefügte Kette mit dem Goldenen Vlies, dem Wappen einer Vereinigung regierender Fürsten und reichsfreier Ritter, die vom Haus Burgund vor zwei Generationen gestiftet worden war, und legte sie um den Hals des Monarchen.

Solchermaßen gewandet begab sich der Kaiser zu der breiten Treppe, die in die unteren Räumlichkeiten führte, um an dem Fest teilzunehmen.

2

Als Karl auf der Estrade erschien, verstummte die Musik. Der Zeremonienmeister rief mit weit hallender Stimme: »Seine Majestät, der König von Spanien und Kaiser des Heiligen Römischen Reiches!«

Karl war es gar nicht recht, daß sich alle Blicke ihm zuwandten. Er wäre lieber als stiller Beobachter erschienen. So aber mußte er huldvoll lächeln, die Rechte wie zum Gruß erheben. Erst als er sich auf den mit dunkelrotem Damast bezogenen Lehnstuhl niederließ, setzte die Musik wieder ein. Als Graf de Cavre sich dem Kaiser näherte, um das begonnene Gespräch fortzusetzen, winkte Karl ab: »Denkt nicht weiter über die Schlachten nach, Graf. Heute feiern wir ein Fest. Seht lieber zu, wie die jungen Niederländerinnen voll Begeisterung tanzen. Seht Ihr denn nicht, wie ihre Gesichter vor Glück strahlen? Diese Jugend ist die Zukunft Unseres Reiches. Gott möge ihr ein Leben schenken, in dem es keine Kriege, keine Schlachten gibt.«

Der Graf zog sich zurück, als er bemerkte, daß Karls Augen auf eine blutjunge Dame gerichtet waren und er mit einem Lächeln auf den Lippen jeden ihrer Schritte verfolgte.

Nach einer Weile erhob sich der Kaiser und ging zur Tür, die in einen kleinen Saal führte, der über der Schloßeinfahrt lag und von allen Gästen verlassen worden war. Der Herzog von Soria war allerdings zurückgeblieben, und er war es auch, der sah, daß der Kaiser den kleinen Saal betrat. Karl trat an ein Fenster, halb von den schweren Vorhängen verborgen, und sah in die neblige Landschaft hinaus. Er wandte sich nicht um, obwohl er die Schritte des Herzogs, der in den Festsaal zurückkehrte, kaum überhört haben konnte. Wilhelm von Croy wußte, welche Anstrengung es für den jungen Kaiser bedeutete, ruhig und zuversichtlich zu erscheinen. Er wollte ihm Ruhe gönnen, und zog sich möglichst lautlos zurück.

Nun aber erschien – nicht von ungefähr – jene junge Dame, die Karl beobachtet hatte: Johanna van der Gheynst. Sie war eine vielbewunderte Schönheit und zog die Aufmerksamkeit vieler junger Adliger auf sich. Doch den Gefallen des Kaisers zu erregen, war etwas, das sie besonders reizte. Sie hatte bemerkt, daß er den Festsaal verließ, und war ihm gefolgt.

Sie näherte sich Karl, ohne daß ein Wort gefallen wäre, und er bezwang das Verlangen, den Arm um die schmalen Schultern der jungen Frau zu legen.

Johanna van der Gheynst trug ein hellgraues Kleid mit einer erdbeerfarbenen Schärpe. Ihr lockiges Haar ließ den bezaubernden Hals und die Schultern frei.

»Sire, Ihr nehmt die Dinge zu ernst«, sagte sie mit einem zärtlichen Klang in der Stimme. »Noch ist nichts verloren, es findet sich immer ein Weg. Ich wünschte Euch fröhlicher zu sehen. Gelingt es den Damen von Brabant nicht, Euch zu zerstreuen?«

Der Kaiser wandte sich um, das Gesicht verlegen gerötet. »Den Damen? Auch sie können Feinde sein.«

Johanna lachte. »Ich gewiß nicht, Majestät!«

Die Röte verschwand aus Karls Gesicht. Seine Züge entspannten sich. In diesem Augenblick war er nicht Kaiser, sondern einfach ein junger Mann, der ihre Augen, ihre Lippen suchte. Von ihrem Körper ging ein weicher, warmer, betörender Duft aus.

Karl legte die Arme um Johannas schmale Schultern. Sie drängte sich ihm entgegen. Die beiden jungen Menschen überlegten nicht, sie spürten nur den eigenen und den Körper des anderen, dessen Nähe sie mit Leidenschaft und Glut erfüllte. Beide empfanden nur Sehnsucht, von der sie wußten, daß sie sich leise und sanft in Müdigkeit auflösen würde, eine nie gekannte Müdigkeit. Johanna preßte sich an Karl, er fühlte ihre heftiger werdenden Atemzüge, spürte ihre schmalen Hüften, ihren zarten Körper.

Vielleicht ist sie auch so allein wie ich, dachte er, ich werde nicht danach fragen. Er erblickte wieder ihre erdbeerfarbene Schärpe und fragte sich: Warum hat sie mich geküßt?

Plötzlich erschraken beide. Es war aber bloß die Kirchenglocke von Oudenaarde, die sie aus ihre Versunkenheit gerissen hatte. Karl sagte mit einer Bestimmtheit, die ihm bei wichtigen Entscheidungen so häufig fehlte: »Wir sehen uns wieder, Johanna van der Gheynst.«

Die Nebel lösten sich auf, der Mond schien hell in den Schloßhof von Oudenaarde. Die Wachtposten versahen mit festen, gleichmäßigen Schritten ihren Dienst.

Karl fühlte sich plötzlich hellwach. Nur ein Gedanke befiel ihn: Drüben bei Tournai kämpfte Heinrich von Nassau, bei Mézières Georg von Frundsberg. Alle kämpften für ihn, für Spanien, für das Reich. Lüge nicht, Karl von Österreich! Dein Ehrgeiz und des Reiches Größe überwältigen dich, sie sind dasselbe. Wer für das Reich fällt, fällt für dich.

Karl warf den Mantel um, der zu Boden geglitten war. Sein Blick suchte Johanna, aber sie war bereits in den Ballsaal zurückgekehrt.

3

Ein Fieber zwang Karl wochenlang ans Bett. Kaum genesen, reiste er nach Madrid, zu seiner Schwester Eleonore, der Königin-Witwe von Portugal. Zwischen ihr und Karl bestand eine Art Gleichberechtigung, die Karl den anderen Geschwistern nicht zugestand. Sie konnte es sich erlauben, offen mit ihm zu sprechen.

»Dein Schachspiel in Italien, Karl, der nie erzielte Frieden im Land dauert nun schon fast vier Jahre. Und jetzt scheint es mir verloren.«

»Wir haben nur mehr wenige Figuren im Spiel, doch aufgeben? Das war nie meine Sache«, erwiderte Karl hitzig. »Es war richtig, daß ich die Franzosen in Mailand angegriffen habe. Ich habe ja gesiegt. Ich habe auch bei Bicocca gesiegt, und alles schien gut zu sein. Leo X. starb zur rechten Zeit, ich konnte Adriaan Floriszoon von Utrecht zum Papst wählen lassen. Aber Gott schien den Franzosen gut gesinnt und hat Papst Hadrian zu sich gerufen. Seit wieder ein Medici in Rom regiert, habe ich dort einen erbitterten Feind.«

»Aber dein Heer steht in Frankreich«, sagte Eleonore.

»Nein, nein Eleonore, es steht nicht mehr in Frankreich. Der Marquese Pescara, der Marseille belagerte, hat aufgegeben, da König Franz von Frankreich mit einem Heer, wie er noch nie ein stärkeres befehligt hat, gegen Pavia zog.«

»Sei nicht kleinmütig, Karl!«

»Kleinmütig? Meine Soldaten hungern, und diejenigen, die nicht hungern wollen, sind davongelaufen. Ich weiß nicht, über wie viele Männer Pescara heute noch verfügt. Viele sind es nicht mehr.«

»Du mußt Geld beschaffen, Karl!«

»Daß das nötig wäre, weiß ich auch, Eleonore! Aber ich

kann nicht. Die Cortes bewilligen nichts. Sie haben die Kriege satt, die ich für das Reich führe. Die Franzosen sind Herren im Land.«

»Du hast aber ausgezeichnete Feldherren, Bruder!«

»Feldherren mit hungernden Soldaten, die schon zu lange auf ihren Sold warten. Truppen, die herumlungern, die drohen, sich aufzulösen. Sie plündern, vergewaltigen, bilden Banden. Mit solchen Truppen kann kein Feldherr siegen. Überdies verfügt Frankreich über schier unerschöpfliche Mittel.«

Ein Diener betrat den Raum und meldete: »Sire, ein Kurier!«

»Was will der Kurier? Kommt er aus der Lombardei?«

»Ja, Sire! Er bittet, seine Nachricht persönlich übermitteln zu dürfen.«

Karl nickte. Die Hände auf den Tisch gestützt, blieb er bewegungslos stehen, die Augen auf die Tür gerichtet.

»Was habt Ihr zu berichten?« fragte er, als der Kurier vor ihm auf die Knie sank.

»Sire! Bei Pavia ist es zu einer großen Schlacht gekommen. Das Heer Eurer Majestät hat den Sieg davongetragen, die feindliche Armee ist zerstreut, der französische König gefangengenommen worden. Der König befindet sich in Eurer Gewalt, Majestät!«

Karl starrte den Kurier an, der leise wiederholte: »Frankreichs König ist ein Gefangener.«

4

Später erst erfuhr der Kaiser, wie es zu diesem überragenden und für alle völlig unerwarteten Sieg gekommen war.

Der alte Frundsberg hatte nicht verzagt, obwohl die Lage ausweglos schien. Der Kaiser hatte kein Geld mehr, aus Spanien war keine Hilfe zu erwarten, aus England kaum, und vom Papst auch nicht. Aber der getreue Frundsberg ließ seine Güter in Deutschland versteigern. Er, der einst für Kaiser Maximilian Gut und Leben gewagt hatte, tat für dessen Enkel nicht weniger. Er versammelte seine Feldhauptleute, versprach ihnen den nunmehr gesicherten Sold und erweckte in ihnen wieder Begeisterung für Kaiser Karl. »Vivat Carolus! Wir werden uns zu helfen wissen! Wir werden siegen!«

Der Kaiser konnte sich auf seine Getreuen verlassen. Der Konnetabel, der Herzog von Bourbon, der aus Frankreich geflohen war und nur seine Juwelen hatte retten können, verkaufte diese in Augsburg und musterte achtzehn Fähnlein. Erzherzog Ferdinand von Österreich erließ sein Aufgebot. Lodron und Zollern, dem Hause Habsburg treu ergeben, feuerten ihre Soldaten mit den Worten an: »Mailand für das Reich! Hilfe für Pescara, und Pavia wird unser sein!«

Die Stadt selbst, kaiserlich gesinnt, stellte auf eigene Kosten ein Fähnlein auf, obwohl die Bewohner Hunger litten. Selbst die vornehmen Damen arbeiteten mit. Sie flochten Schanzkörbe und brachten den Soldaten Speisen und Wein. Die spanischen Hakenbüchsenträger hielten die kleinen Kugeln im Mund, um rascher laden, schießen und wieder laden zu können. Am 24. Februar 1525 griffen die kaiserlichen Truppen an. Als die Soldaten erfuhren, daß dieser Tag des Kaisers Geburtstag war, bedurfte es nur Frundsbergs Zuruf: »Pavia soll unser Geburtstagsgeschenk an den Kaiser werden! Vivat Carolus!«

Im erbitterten Kampf wurde dem König von Frankreich das Pferd unter dem Leib weggeschossen. Die Spanier umringten ihn. Vizekönig Lannoy reichte ihm die Hand. Der König bewahrte Haltung, küßte die Schärpe seines Widersachers und übergab ihm den Degen.

»Ich habe geschworen, nie zu fliehen. Diesem Schwur dankt Ihr meine Gefangennahme.«

Wochen später schloß Karl mit dem König Frieden, und Franz war ein freier Monarch. Friedensverhandlungen wurden geführt, doch waren es eher unpersönliche Gespräche zweier Herrscher – Floskeln, leere Worte, kaum einzuhaltende Versprechungen, Täuschungsmanöver und Grundsteine zu neuen blutigen Auseinandersetzungen. Das angeblich »ewig währende friedliche Nebeneinander« war mehr Utopie als Wirklichkeit.

Der Marqués de Vasto war der einzige von Karl gewünschte Zeuge der Unterredung mit König Franz von Frankreich. Dieser Auszeichnung verdankte er, der ritterlichste und eleganteste Offizier im Umfeld des Kaisers, daß er, zu Karls persönlichen Diensten beordert, der Günstling des Monarchen geworden war. Er verfolgte das Gespräch mit unbewegter Miene und wurde erst unruhig, als Franz von Frankreich spöttisch sagte: »Ihr selbst liebt den Krieg nicht, Karl. Ihr habt es bisher zumindest verstanden, Euch persönlich nicht in Gefahr zu begeben.«

Der Marqués konnte sich nicht mehr beherrschen und konterte mit aller zu Gebote stehenden Höflichkeit: »Es war nicht nötig! Seine Majestät weiß, daß seine Generäle auch ohne ihn zu siegen verstehen, was er seiner Beliebtheit, der Treue seiner Leute und nicht zuletzt seiner Fürsorge den Truppen gegenüber verdankt.«

»Ist es nicht ungerecht, daß Heere kämpfen müssen, wenn Könige um die Herrschaft ringen? Wäre es nicht gerechter, einen Zweikampf zu führen? Hätten wir beide einander in

Pavia gegenübergestanden, mein geliebter Vetter – der Ausgang wäre ein anderer gewesen!«

Franz sah, daß dieser Pfeil getroffen hatte.

Doch wieder nahm der Marqués das Wort. »Sire! Der spanische Adel liebt seinen König! Keiner von uns hätte auch nur einen Augenblick um ihn gezittert, so gewiß wäre allen sein Sieg!«

Franz lächelte verlegen. »Eure Majestät hat treue Freunde, wie ich höre. Ein Zweikampf kommt nicht mehr in Frage.«

Als Kaiser Karl den König von Frankreich entließ, griff Franz sofort zu Feder und Papier und schrieb einen Brief an den Sultan von Konstantinopel:

»Eure Herrlichkeit! Euer Bundesgenosse wird sich bald erholt haben. Der junge König von Spanien und Kaiser des deutschen Reichs spricht schon wieder davon, einen Krieg gegen Eure Herrlichkeit vorzubereiten. Wir können uns nicht früh genug gegen die Machtgelüste des Hauses Österreich sichern.«

Während Franz von Frankreich dies schrieb, schritt Karl in Begleitung des Marqués die Freitreppe hinunter, die in den Park führte.

»Ich habe Euch zu danken, Marqués, falls Eure Worte die reine Wahrheit waren. Falls sie nicht aufrichtig gemeint waren, nicht minder. Ihr sollt mir nicht Eure Ehrlichkeit beteuern!«

»Das kann ich gar nicht, Sire«, erwiderte der Marqués lachend, »und den Verdacht einer Lüge darf ich nicht gehört haben, sonst müßtet Ihr mich zum Zweikampf fordern.« Er kniete nieder und küßte die Hand des Kaisers. »Ich bitte um eine Gunst, Sire! Wenn einst eine junge Königin in Spanien einzieht, gewährt mir die Ehre, sie geleiten zu dürfen.«

5

Unterdessen warben spanische Gesandte im Namen Kaiser Karls um die Hand der portugiesischen Prinzessin Isabella. Man schrieb das Jahr 1525, als Karl dies dem König von Frankreich mitteilen ließ, der nicht ohne Neid erwiderte: »Isabella von Portugal soll schön und liebenswürdig sein. Ich wünsche Euch von ganzem Herzen Glück!«

Karl antwortete: »Der Gedanke ist naheliegend, daß die regierenden Häuser zweier Reiche, die so eng nebeneinander auf einer Halbinsel liegen, sich vereinen.«

Wochen später, im Frühling des Jahres 1526, bereitete sich Sevilla auf die Ankunft Karls und Isabellas vor. Girlanden wurden über die Straßen gezogen. Die Balkone der Adels- und Bürgerhäuser waren mit den Fahnen Portugals und Spaniens geschmückt. Auf den kleinen Plätzen der Stadt erklang Musik. Das Volk drängte sich auf den Straßen. Es war schwer für die Garde, sich einen Weg durch die Menge zu bahnen. Immer wieder erschollen die Rufe »Viva el Rey! Viva la Reina!« Das Volk von Sevilla schien des Schlafes nicht zu bedürfen und drängte sich in dichten Scharen auf dem von Fackeln erhellten Platz vor dem Schloß.

Erst nach Mitternacht war es stiller geworden, nur hie und da hörte man Gruppen heimkehrender Sevillaner, die immer noch von diesem Tag schwärmten, der das hohe Paar in ihren Mauern zusammengeführt und die Zusammengehörigkeit Portugals und Spaniens besiegelt hatte. Vom Ufer des Guadalquivir erklang leise Gitarrenmusik.

Der Kaiser blickte in den Park hinaus, wo der Marqués de Vasto inmitten anderer Granden stand. Hätte er es nicht vermeiden sollen, der schönen jungen portugiesischen Prinzessin den schönsten Ritter Spaniens entgegenzuschicken? Barg das nicht eine gewisse Gefahr in sich? Hätte nicht ein wenig attraktiver Adliger genügt?

Voll Scheu trat er zur Tapetentür, die in das Gemach der Königin führte. Er lauschte. Nichts war zu hören. Endlich faßte er Mut und betrat das Zimmer Isabellas. Die junge Frau las in einem Buch, doch als Karl erschien, legte sie es beiseite.

»Ich konnte nicht erwarten, mir so rasch die Zuneigung Eurer Majestät zu erobern«, sagte Karl zögernd. »Zumindest möchte ich Euch meine Gesellschaft nicht aufdrängen, nach einem so anstrengenden Tag, der Euch sehr ermüdet haben muß. Wir wollen hoffen, daß wir im Glück Spaniens und Portugals ... »

Isabella lächelte. »Ist es nur Spanien und Portugal?« fragte sie schelmisch. »Wollen wir nicht lieber sagen ›Karl und Isabella‹?« Sie suchte den Blick des Kaisers.

Karls Augen begannen zu strahlen. »Isabella«, flüsterte er. Er fühlte ihr Haar an seinen Lippen, ihren Körper in seinen Armen. »In Euren Armen liegt mein Herz, mein Glück, liegen alle meine Hoffnungen. Wenn es Euch möglich ist, enttäuscht sie nicht, quält sie nicht, sondern fühlt wie ich. Daß ich Euch liebe, weiß ich erst seit einer Stunde, doch diese Liebe soll ewig währen.«

Isabella lag in seinen Armen, die Augen geschlossen. Ihr Puls schlug heftig, Karls Begierde entzückte sie.

Immer noch hörte man die verführerischen Weisen von drüben, von den Ufern des Guadalquivir, hörte leise Stimmen – dann verstummten sie. Die beiden merkten es nicht, denn es waren nicht mehr Spanien und Portugal, es waren Karl und Isabella, seine Gemahlin, seine Geliebte.

ne Feldherren. Die Welt, so scheint es, soll französisch werden.«

Der Graf übergab dem Kaiser ein Schreiben von Admiral Moncada, dessen letzte Worte lauteten: »Es ist alles verloren,

6

»Der Papst hat den Kaiser verraten! Jetzt rächen wir den Kaiser!« Mit diesem Ruf kämpften kaisertreue Truppen an den Grenzen des Kirchenstaates. In Neapel legte Kardinal Colonna die Stola ab und griff zum Schwert, er, der – stets kaisertreu – die Medici nie geliebt hatte.

wenn Eure Majestät nicht selbst nach Italien kommt. Vielleicht ist Euer Erscheinen imstande, die Stimmung zu beleben. Ich selbst werde tun, was ich kann, um die Flotte Admiral Dorias von Neapel fernzuhalten. Seine Kräfte scheinen jedoch den meinen überlegen zu sein.«

Nichtsdestoweniger gab Karl den Befehl zur Abreise mit solcher Ruhe, daß am Hofe zu Madrid das Gerücht umging, der Kaiser habe einen geheimen Verbündeten gefunden, mit dem er die Franzosen aus Neapel zu vertreiben gedachte.

Zwei Tage vor der Abreise sank der Kaiser, der sich schon wochenlang krank gefühlt hatte, ohne diesem Gefühl nachzugeben, beim Ankleiden am Morgen fast ohnmächtig vor Schmerzen zusammen. »Die Gicht?« fragte er mit zusammengepreßten Zähnen den anwesenden Leibarzt. Der nickte. »Gicht? – ich bin doch erst achtundzwanzig Jahre alt. Gicht wäre ein Irrtum der Natur.«

Dr. Berganza strich eine Heilsalbe auf ein Tüchlein, legte es auf die befallene Stelle am Fuß, umwickelte das Fußgelenk und erwiderte tröstend: »Dies wird den Schmerz Eurer Majestät lindern. Die Gicht zu heilen vermag ich leider nicht.«

In diesem Augenblick betrat ein Kurier den Raum und meldete, Admiral Monada habe bei Amalfi gegen Doria gekämpft und Schlacht und Leben verloren. Der Marqués de Vasto sei in Gefangenschaft geraten, Neapel zu Wasser und zu Lande eingeschlossen.

Während sich die schlechten Nachrichten überstürzten, war Graf Mendoza leise ins Arbeitszimmer des Kaisers gekommen. Karl blickte ihn fragend an.

Der alte Graf verneigte sich lächelnd. »Sire«, sagte er – an seiner bedächtigen Ruhe konnte man erkennen, daß er eine gute Botschaft brachte und sie nur genießerisch hinauszögerte – »Sire! Gute Nachricht von Ihrer kaiserlichen Hoheit aus Valladolid, von Eurer Gemahlin Isabella! Sire! Ein Thronfolger!«.

Karl schob die Papiere auf dem Schreibtisch beiseite und erhob sich. »Ich danke Euch, meine Herren.« Er trat ans Fenster und entließ auch Graf Mendoza mit den herzlich klingenden Worten: »Ich danke Euch, Graf. Eine gute Nachricht kann ich wahrhaftig gebrauchen.«

Karl wußte, daß er jetzt beten, Gott danken mußte. Das erstgeborene Kind ein Sohn! Ein Thronfolger für Spanien! Er faltete die Hände, dankte Gott und bat, ja flehte: »Ich weiß, ich gehöre nicht zu deinen Lieblingen, denen du gibst, ohne einen Preis zu fordern. Laß mich nicht zu viel für mein Glück bezahlen, Herr, ich bitte dich!«

VII.
Ein Erbe für Spaniens Thron

1

Der kleine Prinz erblickte am 21. Mai 1527 gegen vier Uhr früh im Palast Don Bernardino zu Valladolid das Licht der Welt – nicht etwa im uralten Alcázar oder im düsteren Königsschloß, sondern in einem der stattlichen, sonnendurchfluteten Adelspaläste.

Glockengeläute von allen Kirchen, Böllerschüsse, festlich gekleidetes, jubelndes Volk verbreiteten die freudige Botschaft in Stadt und Land. Am selben Abend wurde in der St.-Pauls-Kathedrale bei den Dominikanern ein feierliches Tedeum abgehalten. Wenige Tage nach der Geburt trafen Meldungen ein, daß Rom von kaiserlichen Truppen erstürmt und geplündert worden sei, daß die zügellose Meute der spanischen und deutschen Söldner unsägliche Greuel verübt, Frauen vergewaltigt, Männer kastriert, Kirchen zu Pferdeställen entweiht, die Häuser der friedlichen Bürger und die Paläste des Adels in Brand gesteckt habe. Ungeheure Schätze an Gold und Silber seien geraubt worden. Sogar der Heilige Vater sei in der von Rauchschwaden verfinsterten, vom Blut der Ermordeten triefenden Stadt nur mit Mühe der Gefahr einer schmählichen körperlichen Erniedrigung entronnen.

Der Volksmund brachte diese beiden bedeutsamen Ereignisse in abergläubische Verbindung und prägte die düstere Voraussage, dieser Prinz werde der Römischen Kirche dereinst schwer zu schaffen machen.

Peinlich berührt von den Schandtaten seiner Söldnertruppen und den Auswirkungen auf die öffentliche Meinung Europas, begnügte sich der Kaiser vorerst damit, den Papst brieflich seiner schmerzlichen Anteilnahme zu versichern. Rom sei zwar nicht gegen seinen Willen erstürmt worden, ebenso gewiß aber sei die Art und Weise, in der dies vor sich gegangen wäre, von ihm weder gewollt noch werde sie gebilligt. Die Übeltäter würden ihrer strengen Strafe nicht entgehen.

In Spanien hingegen war man weit davon entfernt, sich die Freude an der Geburt eines Thronerben trüben zu lassen.

Unter geziemendem Prunk gingen am 5. Juni 1527 die Taufzeremonien in der St.-Pauls-Kathedrale vor sich. Das Sakrament wurde durch den Erzbischof von Toledo gespendet, dem die Bischöfe von Valencia und Osma, von Barcelona und Madrid assistierten. Der Herzog von Frías trug im Taufzug den Neugeborenen, zu seiner Rechten ging der Herzog von Alba, zu seiner Linken die Hebamme. Als Taufzeugen folgten die Schwester des Kaisers, Königin-Witwe Eleonore, und der Herzog von Béjar. In kurzem Abstand folgte würdevollen Schrittes Maria Sarmienta, die Amme des Säuglings, die aus den Bergen von Altkastilien stammte. Erst dann kamen die Herren und Damen des kaiserlichen Hofstaates.

Am Nachmittag des Tauftages war die Stadt von Lärm und Fröhlichkeit erfüllt. Der sonst zur Sparsamkeit neigende Magistrat ließ auf einem freien Platz einen künstlichen Brunnen installieren, der aus zwei Rohren Weiß- und Rotwein für jeden spendete, der sich daran laben wollte.

Einige Tage später wurden Rohrspeerturniere und Stierkämpfe abgehalten, und jene älteren und vornehmeren Arten des Kampfes, bei denen nicht professionelle Matadore, sondern adlige Kavaliere zu Pferd die Stiere anzugreifen und zu erlegen versuchten.

Valladolid war in jenen Tagen und Wochen der Mittelpunkt Spaniens, Spanien der Mittelpunkt der Erde. Ein Thronfolger, ein künftiger König war in ihrer Mitte, auf heimatlicher Erde, spanischem Blut entsprossen. Die Einheit des Reiches, die Fortdauer der Dynastie, das Erbkönigtum waren nach den vielen unheilvollen Kämpfen, Zerwürfnissen und Aufständen für alle Zukunft gesichert – zumindest schien es so.

Als sich im Lauf der Festlichkeiten bedrohliche Anzeichen einer Epidemie bemerkbar machten, zog der königliche Haushalt mit dem kleinen Prinzen nach Valencia, das vorher alle dort nicht Ansässigen hatten räumen müssen.

Im Frühjahr 1528 wurde der Hof dann nach Madrid verlegt, da dort am 19. April der Landtag von Kastilien in der Kirche des Klosters San Gerónimo in feierlicher Form den Anerkennungs- und Treueid auf den Thronerben ablegen mußte.

2

Man schrieb das Jahr 1529. Es war der 24. Februar, des Kaisers Geburtstag. Wie gut erinnerte sich Karl an das Jahr 1516, als er zum ersten Mal seine Unterschrift als König – »Yo el Rey!« – unter die Treueerklärung an die Cortes gesetzt hatte. Er sah den Konnetabel von Kastilien und den Marqués de Salvatierra in Begleitung zweier Herren und der Diener wieder vor sich, er fühlte die plötzliche Last, die man auf seine Schultern gelegt hatte, als man ihn – noch ein halbes Kind – zum König von Spanien erhoben hatte.

Seit jenem Tag waren dreizehn Jahre verstrichen. Er war neunundzwanzig Jahre alt geworden, hatte Isabella geheiratet und ein unstetes Leben führen müssen. Staatsgeschäfte, blutige Auseinandersetzungen, Intrigen und Streit ließen ihn kaum zur Ruhe kommen. Auch seine Gesundheit bereitete ihm Sorgen: die Gicht, die ihn schon in so jugendlichen Jahren plagte, und jetzt waren auch noch starke Unterleibsschmerzen hinzugekommen, welche die Ärzte bedenklich stimmten.

»Majestät müssen mehr an Ihre Gesundheit denken!« hatten sie ihm gesagt. Wann aber und wie – diese Frage konnten sie nicht beantworten. Einzig Dr. Cortero, der königliche Leibarzt, glaubte Rat zu wissen: »Majestät, Ihr müßt nach dem Süden, Ihr braucht Wärme. Die salzige Meeresluft würde Eurem Leiden guttun. Ihr könntet doch das Nützliche mit dem Angenehmem verbinden, wenn Ihr die südlichste Provinz Spaniens, Andalusien, bereist. Das milde Klima ist die beste Arznei gegen die Gicht, die Euch plagt.«

Dieser Vorschlag gefiel Karl, denn er liebte den Süden, die Wärme und das Meer. In Madrid und Toledo war es die Winterkälte, die ihm in die Knochen kroch und das Leben schwermachte.

Auf nach Andalusien! Es galt nicht viel zu überlegen. In der Tat wäre es von Vorteil, diese Gegend zu besuchen, in die er noch nie gekommen war. Und das Volk wäre froh, den König zu sehen und das Gefühl zu haben, daß nicht nur Madrid, Toledo und Aranjuez den Vorzug genossen, den spanischen Hof in ihren Mauern zu wissen.

Der Kaiser schmiedete eifrig Pläne bezüglich der Reiseroute und schien hocherfreut, endlich einmal der Kälte zu entkommen und die Sonne des Südens genießen zu können. Er wollte als erstes Ronda aufsuchen, die Stadt, von der aus seine Vorgänger Spanien regiert hatten. Dann Sevilla, in dessen Mauern er Isabella zum erstenmal begegnet war. Von dort aus wollte er über Jerez de la Frontera nach Cádiz reisen, die größte maurische Siedlung neben Granada. Er wollte auch die vielen Fischerdörfer entlang der Küste zum Mittelmeer besuchen und so dem Hofzeremoniell entkommen. Vielleicht konnte er sogar einen Teil der Strecke inkognito reisen. Er, der auch den Namen Karl von Gent getragen hatte, würde, als flämischer Kaufmann getarnt, mit den Menschen reden, ihre Wünsche und Freuden, ihre Sorgen und Hoffnungen erfahren.

Karl war von diesen Plänen erfüllt und fand Freude an allem, was ihm bevorstand: Er würde der schweren Last eines regierenden Fürsten für einige Wochen ledig sein, würde leben können, wie es ihm gefiel.

Als Karl auf der Landkarte die vielen kleinen Fischerdörfer sah, die er zu besuchen gedachte, fiel ihm wieder der Tag ein, an dem er den Treuebrief an die Cortes unterschrieben und unter den Dienern des Marqués de Sevilla einen stämmigen jungen Mann gesehen hatte, der am selben Tag wie er, der Kaiser, geboren worden war: am 24. Februar 1500. Er erinnerte sich sogar an den Namen des Dorfes, aus dem dieser junge Mann stammte, und fand es auch auf der Karte: Algeciras, nicht allzuweit von Cádiz entfernt.

3

Ende Juni 1529 erhielt Karl die freudige Nachricht, daß die Kaiserin am 21. dieses Monats eine Tochter geboren hatte.

Sie wurde auf den Namen Maria getauft.

Das unstete Leben Kaiser Karls sowie der häufige Ortswechsel Isabellas brachten es mit sich, daß dem Paar kaum einige Tage des Beisammenseins vergönnt waren. Isabella und ihre beiden Kinder wohnten abwechselnd in Ocana, Toledo, Madrid, Aranjuez und wiederum in Madrid.

Am 25. September 1530 war es dann soweit: Karl konnte in Begleitung des Marqués de Salvatierra die geplante Reise durch Andalusien antreten. Sechs Karossen und eine Kompanie Musketiere brachen von Toledo nach Ronda auf, ihrem ersten Ziel.

Ein wolkenloser Himmel schien es mit Karls Plänen gut zu meinen, milde herbstliche Temperaturen taten ihm wohl, und bald hatte er die ihn fast täglich plagenden Schmerzen vergessen. Der Kaiser saß in der ersten Karosse, in ein lebhaftes Gespräch mit dem Marqués von Salvatierra vertieft. Er wollte mehr über Ronda, die einstige Residenzstadt seiner Großeltern Ferdinand und Isabella, erfahren. Ronda hatte während der letzten Jahre den zweifelhaften Ruf genossen, das grausamste aller Tribunale der Heiligen Inquisition zu beherbergen.

Der Marqués scheute sich nicht, den Kaiser, den die Reise bereits ein wenig ermüdet hatte, über diesen Umstand zu informieren: »In einigen Stunden erreichen wir Ronda. Kurz vor unserer Abreise kam mir zu Ohren, daß man in dieser Stadt mit besonders grausamen Foltermethoden Mauren und Juden zu bekehren sucht.«

Der Kaiser schüttelte mißbilligend den Kopf. »Ihr wißt, Marqués, ich bin ein strenggläubiger Katholik und bekämpfe die Calvinisten, die Protestanten und Hugenotten und auch die Muselmanen, doch ihnen unseren Glauben mit Folter aufzuzwingen, das entspricht nicht meiner Auffassung vom christlichen Glauben«, entgegnete er. »Was können wir ändern?«

»Ändern können selbst Majestät nichts«, erwiderte der Marqués. »Das Tribunal untersteht einzig und allein der Kirche, Eure Macht ist nur weltlicher Natur. Übrigens verfolgt nicht der Bischof selbst die Ungläubigen, sondern sein Koadjutor Lopez de Rueña. Man erzählt, daß er den Folterungen persönlich beiwohnt und die Qualen der Delinquenten geradezu zu genießen scheint.«

»Andersgläubige des Landes zu verweisen, findet meine Zustimmung. Sie zu foltern und gar den Flammen zu übergeben, ist meine Sache nicht«, erwiderte der Kaiser. »Ich kämpfe gegen die Osmanen, die uns immer wieder bedrängen, und habe den Großteil des maurischen Lumpenpacks aus Spanien vertrieben. Aber die Taufe durch Folter zu erpressen und strenggläubige Mauren und Juden zu Tode zu quälen, kann nicht gottgefällig sein.«

In Ronda angekommen, fuhren sie zum Palais des Marqués de Salvatierra, wo sie für zwei Nächte Quartier zu nehmen gedachten.

Am nächsten Morgen erschien der Bischof von Ronda, Fernando de Alvarez, in den Empfangsräumen des Palais, um dem Kaiser seine Aufwartung zu machen. Er wurde von seinem Koadjutor Lopez de Rueña sowie von Geistlichen und Honoratioren der Stadt begleitet. Der Bischof hatte das achtzigste Lebensjahr überschritten, war schon sehr schwach und wurde von zwei Priestern gestützt. Sein Koadjutor aber war erst um die dreißig Jahre alt. Er trug eine schwarze Kutte und ein goldenes Kreuz an einer Kette auf der Brust. So jung er auch war, so sehr sah man ihm den Hang zur Grausamkeit an: schmale, zusammengepreßte Lippen, ein scharfer Blick aus dunkelbraunen Augen, über denen sich buschige Augenbrauen wölbten. Sein Gesicht war bleich, seine Lippen extrem rot, seine Stimme hart, seine Worte aber devot.

Um die Förmlichkeit des Auftritts zu durchbrechen, erklärte Karl: »Ich bin nicht als König von Spanien, sondern als Bürger dieses Landes auf der Durchreise in Eure Stadt gekommen, von der aus meine Großeltern einst regierten, in der meine Eltern und auch mein Bruder vorübergehend lebten. Laßt uns abends in der Kirche Santa Maria la Mayor eine Heilige Messe feiern und für eine gesegnete Weiterreise beten.«

Ein wenig enttäuscht, daß Karl offenkundig nicht bereit war, die Erwartungen der Würdenträger auf pompöse Festlichkeiten zu erfüllen, gab der Bischof die Anweisung, alles für die Messe vorbereiten zu lassen.

Der Kaiser trat zum Fenster, blickte herab und bewunderte den gepflegten Garten: »So prachtvolle Blumenrabatten gibt es weder in Toledo noch in Aranjuez. Ich gratuliere Euch, Marqués.«

Der Koadjutor war als einziger der Delegation zurückgeblieben – unbemerkt. Nun trat er aus dem Dunkel eines Vorhangs hervor, und gegen alle Etikette sprach er den Kaiser an, ohne gefragt zu werden: »Die Heilige Inquisition läßt mich Euch in ihrem Namen in Ronda willkommen heißen, Majestät. Unsere Stadt ist nicht nur ein Juwel der Bauten, Ronda ist auch einer der wertvollsten Edelsteine in der Krone der Kirche und ein Juwel, was die Heilige Inquisition betrifft. Seit mehr als zwei Jahren tagt hier das Tribunal. Morgen findet ein Autodafé statt – dreißig unverbesserliche Ketzer werden den Flammen übergeben. Es wäre für uns alle eine Ehre, wenn Eure Majestät dem erbaulichen Schauspiel beizuwohnen geneigt wären.«

»Übermorgen setzen wir unsere Reise fort«, sagte Karl unwirsch. »Ich habe morgen noch Wichtiges mit dem Gouverneur und dem Bischof zu besprechen. Bis dahin müßt ihr auf Antwort warten. Vielleicht später.«

Der Kaiser drehte sich auf dem Absatz um und verließ, gefolgt vom Marqués, den Raum. Der Koadjutor blickte ihm fassungslos nach.

4

Drei Tage später erreichte die Reisegesellschaft Sevilla. Karl bestand darauf, in denselben Gemächern die Nacht zu verbringen, in denen er Jahre zuvor gewartet hatte, als der Marqués de Vasto die junge Isabella von Portugal zum ersten Mal auf spanischen Boden geleitete. Sein Herz klopfte wie damals, als er die Tapetentür zwischen den beiden Räumen geöffnet und Isabella in die Arme geschlossen hatte. Er vermeinte dieselben süßen Melodien vom gegenüberliegenden Ufer des Guadalquivir zu hören wie in jener Nacht. Die Liebe, die damals zwischen zwei Menschen erblühte, war ungebrochen geblieben, auch wenn Karl oft Wochen, ja Monate fern von Isabella weilen mußte.

Der Kaiser ging eine Weile auf und ab, die Arme auf dem Rücken verschränkt. Dann blieb er vor der Tapetentür stehen, die ihn damals von Isabella getrennt hatte. Er spürte, obwohl er allein war, den Duft ihres Haares, ihren süßen Atem, die starken Gefühle, die sie damals vom ersten Augenblick an verbanden. Er sah Isabella, wie sie mit ihrem Rubinschmuck spielte, seinem Geschenk – jener Kette, die sie heute noch trug, als Pfand seiner Treue und Liebe ...

Zwei Tage später verabschiedete der Kaiser den Hofstaat und die Eskorte, um allein mit zwei Dienern und dem Marqués die Reise über Jérez de la Frontera bis nach Cádiz in einer Kutsche fortzusetzen.

In den frühen Morgenstunden betrat er durch den Patio de los Naranjos die Kathedrale von Sevilla. Er schloß die Puerta del Nacimiento hinter sich, schritt bis zur vordersten Reihe, ließ sich auf die Knie nieder und betete um eine gute Rückkehr nach Toledo.

Als Kaiser Karl V. war er gekommen, als Karl von Gent verließ er das Gotteshaus. Der Marqués de Salvatierra, der mit Karl gemeinsam die Kathedrale besucht hatte, nannte sich von nun an Gerrit van Borke. Beide gaben sich als flandrische Kaufleute aus. Karl wußte, daß diese Reise ohne Hofstaat und Eskorte Gefahren in sich barg. Der Kaiser hatte viele Feinde, und der bürgerliche niederländische Name »von Gent« bot ihm nur wenig Schutz. Dennoch verließ er die Kathedrale leichteren Muts, als er sie betreten hatte. Das Gebet hatte ihm Trost gespendet und die Stärke des Glaubens mit auf den Weg gegeben.

5

Die Fahrt ging weiter gegen Süden. Das Wetter wurde milder, und Karl spürte deutlich, daß sein Leibarzt recht gehabt hatte. Die Schmerzen, eine Folge der Gicht, schwanden, die Freude am Leben gewann die Oberhand, und voll Optimismus sah er in die Zukunft. Die lange Abwesenheit von Hof und Verwaltung würde sicher Schwierigkeiten bringen. Für ihn aber zählte jetzt nur der Augenblick.

Ein einzelner Bote ritt der Karosse voraus, um die Alkalden der Orte davon in Kenntnis zu setzten, daß zwei flandrische Kaufleute, Karl von Gent und Gerrit van Borke, in Kürze das

Stadttor erreichen würden. Man möge Sorge dafür tragen, daß ihnen ein verläßlicher Begleiter mit auf den Weg gegeben werde, da sie die Orte kennenlernen wollten, die in Andalusien, dem südlichsten Teil des spanischen Königreichs, lagen. Man möge überdies bedenken, daß flandrische Kaufleute meist die Möglichkeiten sondierten, mit den besuchten Orten in geschäftliche Beziehungen zu treten.

Bald hatte die kleine Gruppe Jerez de la Frontera hinter sich gelassen und näherte sich Cádiz, der wichtigsten Handelsstadt, die als Hafen für den ganzen Süden große Bedeutung hatte. Die von den Mauren einst besetzten Gebiete rund um Cádiz waren im 13. Jahrhundert von den Christen befreit und neu besiedelt worden. Viele Handelsschiffe liefen von hier aus – auch in den Norden Spaniens und nach den Niederlanden – und brachten auf der Rückfahrt Waren aus diesen Gebieten mit.

Karl stand an der Kaimauer und blickte stumm aufs Meer hinaus. Die unendlichen Weiten des Ozeans ließen ihn ahnen, daß sein Reich ohne Grenzen schien. Neuspanien lag Tausende von Seemeilen entfernt hinter dieser endlosen Wasserfläche.

Ein kundiger Bürger von Cádiz zeigte den hohen Gästen jene weiten Flächen, auf denen einst die Medina, die Kaaba und der Palast des Wesirs gestanden hatten, wo eine der prachtvollsten Moscheen in Spanien errichtet und während der Reconquista zerstört worden war. Nur das Minarett war erhalten geblieben.

Mit Interesse lauschte Karl den Berichten über die Geschichte der Stadt, hörte sich die Sorgen und Hoffnungen der Bevölkerung an und fühlte sich gesundheitlich wohler als je zuvor.

Am nächsten Tag, einem Mittwoch, rollte die Karosse mit

dem Kaiser und dem Marqués über die staubige Landstraße, die von Cádiz nach Algeciras führte. Karl erinnerte sich, wie er in seinem Arbeitszimmer in Toledo das kleine Fischerdorf auf der Landkarte gesucht und gefunden und an den jungen Fischersohn gedacht hatte, der seinerzeit in Brüssel vor ihm gestanden hatte. Im Überschwang der Freude, einmal mit einem Mann aus dem Volk reden und seine Spanischkenntnisse unter Beweis stellen zu können, hatte er ihn nach seinem Heimatort und seinem Namen gefragt. Nun waren sie hier in Algeciras, und Karl fiel auch der Name des jungen Mannes wieder ein: Manuel García.

Er beauftragte einen Diener, nach einem geeigneten Nachtquartier zu suchen und sich auch zu erkundigen, wo er Manuel García finden konnte. Wie sich bald herausstellte, war die einzig in Frage kommende Herberge die »Casa de mi Avuela« eines Don Pedro. Der Besitzer würde auch sagen können, wo der Fischer García zu finden war.

Es war bereits sechs Uhr abends, also die geeignete Stunde, Quartier zu nehmen, und da viele Fischer bei Pedro ihr Abendbrot einnahmen, bestand die Möglichkeit, Manuel García dort zu finden.

Als die Karosse vor dem Haus Don Pedros vorfuhr, erregte sie einiges Aufsehen und war bald von einer Schar Neugieriger umringt. Für Karl und den Marqués war es das erste Mal, daß sie in einem Dorfgasthof zu übernachten gedachten. Sie hofften, zumindest Sauberkeit und Ordnung vorzufinden und freuten sich auf eine einfache Mahlzeit im Kreise der übrigen Gäste. Höfisches Zeremoniell konnten sie hier nicht erwarten, doch es war ja der Wunsch des Herrschers gewesen, das Leben und Treiben des Volkes kennenzulernen, und nichts war dazu besser geeignet, als gemeinsam mit den Fischern an einem Tisch zu sitzen.

Don Pedro trat persönlich an die Kutsche, um die noblen Herren zu begrüßen, die sich als flandrische Kaufleute ausgaben, welche auf der Durchreise hier eine Nacht zu verbringen gedachten. Karl erkundigte sich nach Manuel García und erfuhr, daß dieser gemeinsam mit seinem Vater um sieben Uhr zu kommen und vor der Ausfahrt bei seinem Vetter Don Pedro eine ausgiebige Mahlzeit zu sich zu nehmen pflegte.

Nachdem die beiden Diener das Gepäck in die bescheidenen, aber blitzsauberen Fremdenzimmer getragen und Karl und der Marqués sich erfrischt hatten, betraten sie den großen Raum, der als Speisezimmer für die zahlreichen Gäste diente.

An einem langen Tisch fanden Karl und der Marqués Platz. Sie setzten sich und bestellten einen Krug Rioja-Wein und zwei gut bemessene Portionen Fleisch. Neben dem Marqués saß ein großer, derber Mann mit feuerrotem Bart. Der Marqués wandte sich an ihn und fragte: »Kennst du einen gewissen Hernando García und dessen Sohn Manuel? Wir wüßten gern, wo sie wohnen.«

»Wer kennt sie nicht, die Garcías? Das war einmal eine angesehene Fischerfamilie, ordentliche Leute, auf die man sich verlassen konnte. Seit ein paar Jahren haben sie sich jedoch sehr verändert – das wird Euch jeder hier bestätigen können. Es heißt, daß Manuel einige Monate in den Diensten eines Marqués in Toledo stand und mit ihm an den Hof zu Brüssel reiste, wo er – so wird erzählt – ein Gespräch mit dem regierenden König Karl führen durfte. Seit jener Zeit sind beide wie verwandelt.«

»Wie sollen wir das verstehen?« fragte Karl mißtrauisch.

»Ganz einfach, Euer Gnaden. Die beiden haben behauptet, der König habe Manuel als Dank für geleistete Dienste zwei Fischereilizenzen geschenkt. Die Garcías haben nach der Rückkehr Manuels zwei weitere Fischerboote gekauft, die sie auf Raten zurückzahlten, und fahren nun mit drei Schiffen auf Fang. Mit ihren großen Fängen verderben sie die Preise. Wir müssen durch die Finger schauen – die Garcías aber werden reich. Hernando hat für seinen Sohn einen Bauernhof in Casares gekauft und ihm eine Schusterwerkstatt eingerichtet.«

Karl und der Marqués hatten in der Zwischenzeit ihr Mahl verzehrt und zogen sich nach ein paar Worten des Abschieds an den Rotbärtigen in ihre Räume zurück.

»Nun werden wir wohl darauf verzichten müssen, uns von diesem Manuel den Ort und den Hafen zeigen zu lassen. Ich werde dafür Sorge tragen, daß die beiden einer gerechten Strafe für ihren Schwindel zugeführt werden.« Der Kaiser war bitter enttäuscht. Daß ihn dieser junge Mann aus dem Volk hintergangen hatte, schmerzte ihn mehr als die zahllosen Enttäuschungen, die ihm seine Höflinge bereitet hatten. Von den letzteren erwartete er nichts anderes, aber Manuel García war durch seine bedingungslose Gefolgschaft in der Vorstellung des Kaisers zu einer Art Symbolfigur für das Gute im einfachen Volk, das bessere Spanien geworden. Doch García sollte für seinen Betrug bezahlen!

Am nächsten Morgen verließ die Karosse mit den beiden Herren Algeciras. Kaiser Karl hatte überraschend befohlen, sofort nach Toledo zurückzukehren.

Zwei Wochen später fand der Traum der Garcías von Reichtum und Ansehen ein ebenso plötzliches wie überraschendes Ende, als königliche Büttel vor ihrem Haus standen.

6

Der April 1546 war ungewöhnlich heiß und trocken. Zehn Jahre waren bereits vergangen, daß Hernando García und sein Sohn Manuel, verurteilt zu zwei Jahren Zwangsarbeit wegen betrügerischer Aneignung zweier zusätzlicher Fischereilizenzen, aus dem Straflager entlassen worden waren. Daß sie Unrecht begangen hatten, war ihnen während des Prozesses vor dem königlichen Richter in Cádiz und der langen Haft wohl bewußt geworden. Mehr noch als die harte Strafe bedrückte Manuel das Bewußtsein, daß er die Gnade seines Königs für immer verspielt hatte.

Vater und Sohn verbrachten zwei volle Jahre in den Steinbrüchen oberhalb von San Pedro de Alcántara, wo sie nicht nur hart arbeiten, sondern auch Hunger, Durst und Schläge ertragen mußten. Als sie dann nach Verbüßung ihrer Strafe, krank und abgemagert, nach Hause zurückkehrten, erwarteten sie weitere unangenehme Überraschungen. Elena hatte nicht auf die Rückkehr der beiden Sünder gewartet. Statt dessen hatte sie das Haus der Familie kurzerhand verkauft und war zu ihrer Mutter nach Estepona gezogen. Im Hafen drohten ihnen die Fischer mit den Fäusten, die einst stets blankgeputzte und lackierte »Villa Nueva« lag verkommen am Strand. Die beiden anderen Boote hatte der Richter beschlagnahmt. Die Dorfgemeinde behandelte die beiden Sträflinge wie Aussätzige. Einzig Don Pedro versuchte seinem Schwager Hernando wieder auf die Beine zu helfen. Er schlug den beiden vor, im Hafen von San Pedro um eine Fischereilizenz anzusuchen. Pedro hatte dort einen guten Freund, der versprach, ihnen zu helfen.

Hernando machte also gemeinsam mit seinem Sohn die gute alte »Villa Nueva« wieder flott und segelte damit nach

San Pedro, um sich dort eine neue Existenz aufzubauen. Auch das Haus in Casares war ihnen geblieben, und Manuel wollte mit dem ersten verdienten Geld sein Handwerk als Schuster aufnehmen.

In San Pedro fanden sie Unterschlupf in einer kleinen Kate und begannen ein neues Leben.

Manuel hatte nur noch einen Herzenswunsch: eine Frau zu finden, mit der er den Rest seines Lebens verbringen und eine Familie gründen konnte. Er hatte schon seit einiger Zeit ein Auge auf die Tochter seines Nachbarn in Casares geworfen, und nun wagte er es, das Mädchen anzusprechen.

Luisa hatte schwarzes Haar und rote Lippen, ihr Gesicht war von elfenbeinfarbener Blässe. Sie war keine Schönheit, auch nicht mehr die Jüngste – bereits neunundzwanzig Jahre alt – und hatte sich bereits damit abgefunden, als alte Jungfer zu sterben, aber Manuel war mit seinen fünfundvierzig Jahren auch kein Jüngling mehr. So waren beide zufrieden: Luisa, daß noch ein Mann um sie anhielt, Manuel, daß er eine Braut gefunden hatte, die nicht nach seiner Vergangenheit fragte. Die Schusterwerkstatt versprach genügend finanzielle Sicherheit, Hernando vertrug sich mit Luisa gut, und deren Eltern nahmen Manuel mit Herzlichkeit auf.

Im Frühjahr 1545 wurde in Casares Hochzeit gefeiert. Die traurigen Erlebnisse der vergangenen Zeit schienen vergessen. Im folgenden Jahr schenkte Luisa Manuel ein Kind, das sie auf den Namen Juanito tauften. Damals ahnte keiner, welch steile Karriere dem Jungen winkte. Im Laufe der folgenden Jahre erblickten noch zwei Jungen und ein Mädchen das Licht der Welt. Die Familie García sorgte nicht nur für Nachwuchs, sondern auch für eine solide materielle Basis. Hernando, der Vater, wurde über achtzig Jahre alt – ein ungewöhnliches Alter in dieser Zeit. Sohn und Schwiegertochter nahmen den alten, gebrechlichen Mann in ihr Haus auf, und er konnte seine letzten Lebensjahre sorglos im Kreise seiner großen Familie verbringen. Von Elena hörte er nie wieder.

So vergingen die Jahre, die Kinder wuchsen in Frieden und Ordnung heran, und Manuel verdiente genug, um den Seinen ein behagliches Leben zu bieten. Alles, was früher gewesen, schien vergessen, nur eines nicht: die Fahrt nach Brüssel. Manuel hoffte im tiefsten Inneren, daß Juanito, sein ältester Sohn, eines Tages die Träume seines Vaters verwirklichen würde …

VIII.
Vom Papst gekrönt

1

Die kaiserliche Galeere »Imperator« lief Mitte Februar 1530 mit dem Kaiser an Bord aus dem Hafen von Barcelona mit Kurs auf Italien aus.

Karl wußte, daß er sich selbst an die Spitze jener Kräfte stellen mußte, die eine Bestätigung der Kaiserwürde durch den Papst forderten. Denn die Wahl durch die deutschen Kurfürsten war nur die eine Seite des Kaisertums, da nur die Krönung mit der Eisernen Krone der Lombardei und die Salbung durch den Papst den Anspruch auf Reichsitalien vor der Welt legitimierte. Alle Kaiser des Heiligen Römischen Reiches hatten nach dieser Krone – der Krone Karls des Großen – gestrebt, aber nicht allen war es vergönnt gewesen, sie zu tragen

Papst Klemens VII. hatte sich schließlich einverstanden erklärt, Karl V. zu krönen und zu salben – allerdings nicht in Rom. Zu tief steckte noch der Haß auf die Kaiserlichen in den Herzen der Römer – schließlich waren seit dem »Sacco di Roma« noch keine drei Jahre vergangen. So war man übereingekommen, die feierlichen Zeremonien in Bologna zu vollziehen. Der Kaiser würde sich in Bologna aufhalten, um in Italien Frieden zu stiften, und dorthin sollte ihm der Papst folgen.

Klemens VII. fügte sich, denn er war sich der Macht der kaiserlichen Truppen und der kaiserlichen Flotte bewußt. Zu viel riskieren war seine Sache nicht, und so erfüllte er ohne viel Hin und Her den Wunsch des Kaisers. Überdies verfolgte er einen Plan, zu dem er den Kaiser gnädig stimmen mußte, damit Karl ihn nicht von vornherein ablehnte. Dieser Plan sah eine Verbindung des Hauses Habsburg mit dem Haus Medici vor: In den Niederlanden lebte ein kleines Mädchen, das am Hofe der Regentin Margarete von Österreich erzogen wurde und dem sein Vater bis zu jenem Tag keinen Namen gegeben hatte. Die Mutter des jungen Edelfräuleins, die kurz nach der Geburt verstorben war, hatte Johanna van der Gheynst geheißen, und es bedurfte nur eines kaiserlichen Wortes, um dieses Mädchen mit dem Namen des Vaters in Verbindung zu bringen: Margarete von Parma – die spätere Regentin der Niederlande.

Alessandro de Medici, der Neffe des Papstes, würde die Ehre einer solchen Verbindung zu schätzen wissen. Klemens VII. hoffte, durch eine solche Heirat seinen Einfluß auf die Entscheidungen des Kaisers stärken zu können.

2

Sowohl Karl V. als auch Klemens VII. hatten den Wunsch, die Besprechung über den Ablauf der Salbungszeremonie möglichst ohne Zeugen zu führen – der Papst in der Hoffnung, dem Kaiser vielleicht doch noch irgendwelche Zugeständnisse entlocken zu können, der Kaiser, weil er den diplomatischen Konflikt mit dem Papst fürchtete und nicht zu einem öffentlichen Schauspiel machen wollte. Papst Klemens, der Redegewandtere, würde ihn leichter in die Enge treiben, sobald es Zeugen der Unterredung gab, und Karl, der immer noch an gelegentlichen Sprachschwierigkeiten litt, fürchtete, daß er dann gewissen Forderungen der Kurie nachgeben würde.

Der Beratungsraum lag zwischen den Zimmern des Kaisers und den Räumlichkeiten des Papstes. Jeder von ihnen besaß einen Schlüssel zu den Verbindungstüren.

Täglich öffneten sich die Türen, täglich saßen sie einander gegenüber, Papst Klemens in der Pracht purpurnen Samtes und kostbarer Brüsseler Spitze, Kaiser Karl in der betont einfachen Kleidung, die das spanische Hofzeremoniell vorschrieb. Täglich brachten sie einen Punkt nach dem anderen zur Sprache, doch Karl lehnte die meisten Wünsche des Papstes ab.

»Ich habe das Unglück, mit all meinen Vorschlägen auf den Widerstand Eurer Majestät zu stoßen.«

»Eure Heiligkeit müssen zugeben, daß wir uns schon in vielen Punkten geeinigt haben.«

»Es wäre aber für den Kirchenstaat von besonderer Wichtigkeit, daß das Salzregal in Mailand ...«

»Es schmerzt mich, von diesem Wunsch Eurer Heiligkeit nicht früher erfahren zu haben«, unterbrach Karl den Papst. »Das Salzregal wurde Österreich für seine Kriegshilfe zugebilligt. Schon heute verkauft man österreichisches Salz in Mailand.«

Klemens war wütend, doch verstand er es, sich zu beherrschen. »Oh, das hat Eure Majestät bereits zu verfügen geruht! Ich verstehe, daß sich da nichts mehr ändern läßt. Somit wären wir in der Frage des Salzregals mit Eurer Majestät so uneins wie in den anderen Punkten! Ich werde alt, Sire. Ich bin einem so geschickten jungen Politiker nicht mehr gewachsen.«

Der Papst hatte alle Möglichkeiten erschöpft. Er hatte zu drohen versucht, dann zu fordern. Er hatte an des Kaisers christliches Mitleid appelliert. Er hatte versucht, Karl durch geschickte und boshafte Ironie aus der Fassung zu bringen. Nun, da alles nichts fruchtete, rang er sich zu einer aalglatten, schmeichelnden Höflichkeit durch, die wohl die stärkste Belastungsprobe für Karls Selbstbeherrschung war. Aber er bestand sie. Nicht eine Sekunde verlor er die Beherrschung, sein höfliches, aufmerksames Verhalten. Ohne Schärfe, ohne Bedauern, sich stets der Würde als Kaiser und König bewußt, gab er in einzelnen, unwichtigen Punkten nach. Ohne seinen Triumph zu zeigen, ließ der Kaiser den besiegten Gegner erkennen, daß er es war, der zu verfügen, und der Papst, der zu gehorchen hatte.

Karl hatte die hohe Schule der Diplomatie rasch gelernt. Dem Mailänder Sforza, wurde sein Verrat gegen einen günstigen Vertrag verziehen. Der Herzog von Modena wurde wieder in Gnaden aufgenommen, doch mußte er dafür zahlen. Venedig mußte sich Ruhe und Frieden erkaufen. Durch diese geschickte Taktik hatte der Kaiser genug Geld und vor allem die Hände frei, um nach Deutschland zu ziehen und von dort aus das zu unternehmen, was für Ungarn, für das Reich, ja für das gesamte Abendland entscheidend war: den Krieg gegen die Türken.

Alles, was Karl auf seiner Reise durch Südspanien erfahren und gelernt hatte, sein Vorsatz, keine Kriege des Glaubens wegen zu führen, schien vergessen. Der Traum vom Frieden zwischen den Völkern war ausgeträumt, das Töten des Feindes wurde wieder zum Alltag. Was ein Karl von Gent sich einst vorgenommen hatte, schien dem König und Kaiser Karl wieder abhanden gekommen zu sein.

Es scheint in der Natur des Menschen zu liegen, dem Andersgläubigen und Andersdenkenden nach dem Leben zu trachten. Das Höchste, was die Menschen bislang erreicht hatten, war bestenfalls ein zeitbegrenztes Nebeneinander – nie jedoch ein Miteinander.

Eigentlich hätte sich Papst Klemens VII. über Karls Pläne freuen können. Denn sie entsprachen den politischen Interessen des Heiligen Stuhls. Doch der Medici konnte seine Gefangennahme durch die Kaiserlichen nicht vergeben, und er hatte die Eroberung Roms nicht verschmerzt. Überdies wurden ihm während der Verhandlungen täglich neue Qualen zugefügt: Ganz Oberitalien war mit Karl verbündet, Süditalien in des Kaisers Hand. Karls Machtstellung war in diesen Tagen unerschütterlich.

Der Geburtstag des Kaisers, der auch der Tag der Salbung sein sollte, rückte immer näher, und dieser Kaiser wollte über die Alpen ziehen, um seine Macht im Norden, in den deutschen Gebieten des Heiligen Römischen Reiches, noch zu vergrößern – indes dort gleichzeitig die Macht der Kurie im Zuge der Reformation immer mehr dahinschwand. So nahm es nicht wunder, daß Papst Klemens seufzte, wenn er dem Kaiser gegenübertreten mußte – eine Belastung für den alten Mann, die zu ertragen ihm die letzten Kräfte raubte, ihn schwächte und kränkeln ließ.

3

Der Marqués von Astorga, der erst am vorhergehenden Abend aus Spanien nach Bologna gekommen war, überbrachte dem Kaiser aus Toledo einen Brief der Königin Isabella. Das Päckchen war wie üblich fünffach versiegelt und trug die Anschrift: A su Majestad, El Rey de España, De la Reina.

Der Kaiser konnte seine Augen nicht von den wenigen Worten lösen, wußte er doch, daß die ersehnten Briefe im Umschlag eine andere Anrede trugen: »A mi Carlos.«

Die Königin begann persönliche Briefe nicht mit der förmlichen Anrede »Monsieur«, wie es die Etikette vorschrieb – sie schrieb »Carlos«, so wie sie ihn in jener Nacht in Sevilla zum ersten Mal genannt hatte. Diese Worte erinnerten ihn immer wieder von neuem an jene zarte Melodie jenseits des Guadalquivir, er spürte den Duft ihres Haares, ihre weichen Lippen und vergaß für einen Augenblick die Welt um sich herum. Er fühlte Isabellas Hand, er hörte ihre Stimme, er sah ihre graublauen Augen vor sich, er spürte das Klopfen ihres Herzens – es war, als hielte er sie in seinen Armen, seine geliebte Frau.

Karl faltete das Papier langsam und vorsichtig und schob es in die Stulpe seines linken Handschuhs. Er fühlte es an seiner Handfläche, preßte seine Finger darauf und spürte, wie Sehnsucht sich in ihm regte.

Der Papst wartete unterdessen, umgeben von der hohen Geistlichkeit, in der Basilika am Petronio von Bologna auf das Erscheinen des Kaisers und Königs. Karl jedoch weilte noch immer in seinem Gemach, in Gedanken versunken. Spanien lag so weit entfernt und mit ihm das Schloß zu Toledo. Er mußte seine Gefühle zügeln und seinen Pflichten nachkommen, obgleich er alles darum gegeben hätte, erst die Zeilen der Geliebten lesen zu können...

Kardinal Colonna stand hinter dem Herrscher und hielt in seinen Händen den schweren, edelsteinbesetzten Krönungsmantel. Vier Diener waren ihm dabei behilflich. Karl wandte sich um und fragte: »Ist es schon Zeit?«

»Bald«, erwiderte der Kardinal und ließ den Mantel in die Hände der Diener gleiten, die ihn dem Kaiser umlegten.

Alle Glocken Bolognas begannen zu läuten. Die Tore in den großen Saal des Papstes wurden geöffnet. Spanische Edelknaben, die den Festzug eröffneten, schritten die Treppen herab, würdevoll und ernst, im gleichen Rhythmus.

Kardinal Colonna näherte sich dem Kaiser und sagte leise: »Ich habe eine Bitte. Ich weiß, Eure Majestät wird sie mir erfüllen.«

»Wenn Ihr das wißt, Kardinal«, wehrte Karl freundlich ab, »so wartet damit bis morgen.«

»Die kaiserliche Majestät war unserem Haus gegenüber immer gnädig«, fuhr der Kardinal hastig fort. »Die kaiserliche Majestät wird meinem Neffen verzeihen, ich bitte Euch!«

»Kardinal, dies ist nicht der Augenblick für solche Bitten!«

»Mein Neffe hat an der Seite Sforzas gekämpft; seit gestern weiß ich, daß er General Antonio Leyvas Gefangener ist. Helft ihm, Majestät! Ich liebe ihn wie meinen Sohn. Die kaiserliche Majestät hat meine Dienste stets reich belohnt.«

»Eben deshalb«, sagte Karl ungeduldig, »scheint es mir nicht richtig, daß Ihr noch weitere Belohnung von mir fordert.«

Der Kardinal trat einen Schritt zurück und verneigte sich tief. Er merkte, daß er zu weit gegangen war. Des Kaisers Gunst leichtfertig zu verspielen, konnte er sich nicht leisten.

Dies ist noch kein Todesurteil für Euren Neffen, Kardinal, dachte Karl. Gewiß werden wir Leyvas Gefangenen befreien. Habe ich mit Sforza Frieden geschlossen, kann ich Leyva bewegen, Gnade walten zu lassen.

Kardinal Farnese trat zwischen den Kaiser und Colonna und verkündete mit lauter Stimme: »Majestät, die Fürsten warten!«

»In Gottes Namen, gehen wir!« befahl der Kaiser.

Schon hatten die spanischen Edelknaben den Holzbau zwischen dem Palast und der Basilika betreten. Daß man diesen einer Estrade ähnlichen Bau errichtet hatte, erwies sich nun als vorteilhaft. So konnten alle Bürger Bolognas das prachtvolle Schauspiel mit ansehen, vor allem den Kaiser in seinem Krönungsornat und die Kardinäle im Purpur bewundern. Der höchste Adel Spaniens war versammelt – Mendoza, Alba, Cueva, Toledo, Salvatierra, Astorga und viele andere. Der Markgraf von Montferrat trug das Zepter; der Herzog von Urbina das Schwert. Dann folgten der Pfalzgraf Philipp mit dem Reichsapfel und der Herzog von Savoyen mit der Krone des Deutschen Reiches.

Kardinal Farnese sprach den Kaiser an: »Sire!«

Karl, in Gedanken verloren, schrak auf.

»Darf ich die kaiserliche Majestät bitten, mir zu folgen?«

Karl nickte. Keine Sorge, Kardinal, dachte er, ich habe meine Rolle gelernt. Fürchtet nicht, daß ich dieses Schauspiel verderbe. Er folgte den Kardinälen Farnese und Colonna.

Der Krönungsmantel schien aus Blei, als symbolisiere er die Last der Regierung.

Schrittweise bewegte sich der Zug weiter. In atemlosem Schweigen folgte das Volk von Bologna dem einzigartigen Schauspiel: der Krönung eines Kaisers durch den Papst in der Basilika der Stadt!

Plötzlich brach ein ungeheurer Jubel los. Blumen sonder Zahl fielen auf den Weg, den der Kaiser entlangschritt. Karl warf einen kurzen Blick auf einen Zweig blühender Rosen und erinnerte sich plötzlich an jenen Tag, da er als Knabe über einen verdorrten Zweig gestolpert war und sich verletzt hatte. Er dachte an den Bischof von Utrecht, an Herzog Soria, an seinen Bruder Ferdinand, vor allem an die belehrenden Worte Bischof Adriaans, daß er noch öfter dornige Zweige am Weg sehen werde und sie meiden möge. Dieser Rosenzweig, den er vor seinen Füßen sah, konnte ihn nicht verletzen, im Gegenteil; er schien ihm ein Zeichen der Liebe seiner Völker zu sein.

Fahnen, Standarten, Banner und bunte Wimpel flatterten im Wind, Musik dröhnte – der Jubel kannte keine Grenzen, wie auch sein Reich keine Grenzen kennen sollte.

Es war nur eine kurze Strecke vom Palast zur Basilika San Petronio – Gott sei's gedankt: nur eine kurze Strecke, die dennoch kein Ende zu nehmen schien. Tausende Blicke hingen am Kaiser, Hoffnungen, Wünsche, aber auch Worte des Triumphs und Stolzes drangen an die Ohren des Kaisers, der ansonsten die Stille so liebte. Diese Augenblicke erfüllten ihn mit Demut und frommer Inbrunst. Lautlos betete er ein Vaterunser.

Der Kaiser blickte starr vor sich hin, um den Tausenden Blicken zu entgehen, um ihnen nicht begegnen zu müssen. Sie alle, dachte er, erwarten – erhoffen sich etwas von mir. Wie kann ich diese Erwartungen erfüllen? Ich muß meine Pflicht tun, wenngleich ich mich manchmal zu schwach fühle, ein andermal zu stark. Gott allein kennt das richtige Maß, ich kann es nicht kennen. Manchesmal werde ich zu milde sein, manchesmal zu hart, ein andermal gleichgültig oder zu müde oder gar zu stolz. War ich es nicht eben jetzt? Da geht Kardinal Colonna vor mir, und alle Farbe ist aus seinem Gesicht gewichen, weil ich ihn enttäuscht habe. Jetzt scheint es mir unerträglich, auch nur daran zu denken, doch vor wenigen Minuten habe ich sein Anliegen unbedacht abgewiesen.

Colonnas gebeugter Nacken schien Karl plötzlich wie das Sinnbild der vom Leid geknechteten Menschheit. Wie hatte er Schmerzen sehen können und nicht versucht, sie zu lindern? Mit wenigen Worten hätte er auch jetzt noch auslöschen können, was er vordem Verletzendes gesagt hatte: Kardinal! Ihr habt mich mißverstanden. Eurem Neffen soll nichts geschehen. Doch nun konnte er den Festzug nicht stören.

Sollte ich während der endlosen Zeremonie an das verzweifelte Gesicht des Kardinals denken müssen und seinen gebeugten Nacken vor mir sehen? dachte Karl. Laut sagte er: »Kardinal Colonna!« Doch der Kardinal hörte ihn nicht. Er konnte ihn auch nicht hören, denn die Musik dröhnte, die Menge jubelte, alle Glocken läuteten. Eine Sekunde lang vergaß der Kaiser die feierliche Würde des Festzuges und ging – trotz der Schwere des Ornats – einige rasche Schritte nach vorn, um Colonna zu beruhigen. »Kardinal Colonna!« Der Kardinal aber hörte ihn immer noch nicht.

In diesem Augenblick spürte Karl Wärme an seiner linken Hand – es war das Schreiben Isabellas, das er in den Ärmel gesteckt hatte. Es zu lesen hatte er sich für später vorgenommen – vielleicht um die Erwartung der Liebe zu verlängern. Karl wußte, daß all ihre Schreiben – trotz unterschiedlicher Berichte über das Hofleben in Toledo, Madrid oder Aranjuez – stets jene Liebe ausstrahlten, die er so bitter nötig hatte.

Ein tausendstimmiger Schreckensschrei unterbrach die feierliche Musik in der Basilika. Das Gebet der Dominikaner im Chorgestühl war nicht mehr zu hören. Knapp hinter dem Zug der Edelknaben aus den österreichischen Erblanden brachen Balken, stürzte die hölzerne Estrade, die von Hunderten Menschen überfüllt schien, zusammen.

Die Zeremonie wurde durch das Unglück nicht unterbrochen: Der Papst stand vor dem Altar, den Blick starr auf den Kaiser gerichtet, das heilige Salböl in den Händen und sprach mit schallender Stimme: »Segen wird über dein

Haupt gegossen. Möge Gott diesen Segen in die Tiefe deines Herzens dringen lassen!«

Kardinal Farnese, der zur Rechten des Kaisers stand, sowie Kardinal Colonna zu dessen Linken jedoch erschraken, und trübe Gedanken gingen ihnen durch den Kopf: Ein böses Omen! Des Kaisers Reich wird keinen Bestand haben!

Der Turm der Basilika San Petronio schien die untergehende Sonne zu spalten. Die Häuser warfen Schatten, die Dämmerung brach an. Dieser 24. Februar 1530 war der wohl einschneidendste Tag in Karls Leben. Er hatte erreicht, wonach viele seiner Vorgänger vergebens gestrebt hatten: die Krönung durch den Papst, und das in Bologna und nicht in Rom, wie der Heilige Vater es gewollt hatte. Nicht der Stellvertreter Gottes auf Erden, nicht der Medici Klemens VII. hatte seinen Willen durchgesetzt, sondern er, Karl, nunmehr versehen mit allen Insignien, die dem Kaiser des Heiligen Römischen Reiches seit den Tagen Karls des Großen zukamen. Beinahe schien es ihm in dieser Stunde vermessen, die Kurie in die Knie gezwungen zu haben, da er doch aus ihren Händen die Heilige Salbung empfing. Sei es wie auch immer, dachte Karl, ich bin nun das weltliche Oberhaupt eines Reiches, dessen Reichtum und Macht den Lauf der Zeit bestimmt und hoffentlich noch lange bestimmen wird.

Wiederum spürte er die Wärme in seiner Linken, den Brief Isabellas, den er, endlich in den Palast zurückgekehrt, entfaltete.

Karl dachte an Isabella, an Madrid, wo gerade das Abendrot zu schwinden begann. An das Rufen der Turmfalken, das verstummte. Langsam hoben sich die gewichtigen schwarzen Türme des Doms zu Madrid vom dunkler gewordenen Himmel ab. Langsam versank Madrid in der Nacht. Nun geht Isabella durch die hellerleuchteten Säle des Schlosses, dachte Karl. Er hielt ihre Zeilen in den Händen, betrachtete sie, ohne sie zu lesen, als wolle er das Glück der Lektüre noch ein wenig hinauszögern.

Karl wußte, daß Isabella es nicht liebte, sich Kaiserin zu nennen, ja diese Würde als etwas Fremdes, Feindliches empfand. Mit keinem Wort hatte sie Karl gebeten, ihn auf der Reise begleiten zu dürfen. Sie wußte, daß es ihre Pflicht war, Königin von Spanien, Regentin des Landes zu sein, solange er fern seiner Heimat weilte. So sollte es auch bleiben.

»Ich lege die Regierung Spaniens in die Hände meiner Gefährtin, in deine Hände, da ich dir grenzenlos vertraue«, hatte er gesagt. Noch klangen diese Worte nach, als wären sie erträumt, zur Wahrheit gewordene Liebesworte, die ihm tief im Herzen lagen. Immer wieder mußte er an diese Worte denken, an die sichere Heimstatt seines Glücks.

Karl brach das letzte, das privateste Siegel ihres Schreibens auf und las mit der Hingabe eines Geliebten:

»Mi Carlos querido!

Die Uhr des Doms schlägt die elfte morgendliche Stunde. Soeben kehrte ich mit dem Infanten Don Felipe und meiner Freundin, der Hofdame Doña Leonora de Mascarenhas, von der Heiligen Messe aus der Kathedrale zurück, zurück zu unserer Tochter Maria, die, behütet von Doña Iñes de Alcántara und Doña Francisca de Mendoza, in ihrer Wiege schläft. Ihr seid es, der uns allen fehlt, uns dreien gleichermaßen, mi caro Carlos, Kaiser, König, Geliebter und Vater unserer Kinder.

Zum ersten Mal in seinem jungen Leben hat der Infant der Messe beigewohnt, ohne von Doña Leonora getragen oder von mir an der Hand geführt zu werden. Aufrechten Hauptes stand er neben mir, als wäre er ein erwachsener Mann, als bedürfe er unserer Hilfe nicht mehr. Als Bischof de Guevarra mit dem rechten Daumen ein Kreuz auf die stolze Stirn zeichnete, sah er zu Boden, um kurz darauf wiederum zum Gekreuzigten, der unseren Altar schmückt, emporzublicken.

Wie schade, daß Ihr, Carlos querido, nicht zugegen wart, als Felipe die erste Frage nach Eurem Rang stellte: ›Doña Leonora! Es verdad que mi padre es el rey de España?‹. Das hat die Hofdame in Verlegenheit gebracht. ›Es verdad, Don Felipe!‹ war ihre klare Antwort, und ich glaubte Stolz in den Augen unseres Sohnes zu erkennen.

Ihr fehlt uns allen! Ihr fehlt vor allem Spanien! Ihr fehlt mir! Wie häufig denke ich an die einschmeichelnden Weisen, die von jenseits des Guadalquivir bis in unseren Raum in Sevilla klangen. Damals glaubten vielleicht auch wir, daß Spanien und Portugal aus Staatsräson zueinander gefunden hätten. Bald aber wußten wir mehr. Ihr und ich waren es, die zueinandergefunden hatten, zwei Liebende, die wußten, daß sie zueinandergehörten. Heute sind wir eine Familie – Vater, Mutter, der Infant Felipe und Doña Maria!

Nichts sehne ich mehr herbei, als Euch wieder in meine Arme schließen zu können, Eure Lippen zu spüren. In innigen Gedanken lege ich ein Kreuz auf Eure erhabene Stirn, ein Kreuz, das Euch behüten soll. Möge gelingen, was immer Ihr entscheidet, was immer Ihr tut!

Es umarmt Euch in Liebe, in Trauer ob der langen Trennung, Carlos querido,

Eure Euch über alle Maßen liebende,
treu ergebene

Isabella

IX.
Alles hat seinen Preis

1

Mitte März 1530 rollten zwölf Karossen, eskortiert von je einer Kompanie Hellebardisten, Pikenieren und Musketieren, sowie drei mit Gepäck beladene Planwagen über die tiefverschneiten Alpen. Obwohl eine Vorausstafette die am Weg liegenden Gasthöfe, Hospize und Klöster von der bevorstehenden Durchreise des kaiserlichen Hofstaates in Kenntnis setzte und man alle Vorkehrungen für die Beherbergung und den Pferdewechsel getroffen hatte, litt Kaiser Karl doch an der bitteren Kälte. die ihm in die Knochen kroch und die Qualen der Gicht unerträglich verschärfte. Trotz zweier Wolfsfelle, trotz der vielen Kissen, die den Füßen Wärme geben sollte, trotz des neben ihm sitzenden Medicus, der ihm nicht nur Mut zusprach, sondern auch schmerzlindernde Arzneien reichte, bereitete ihm jede der zahllosen Unebenheiten des Weges heftige Schmerzen.

»Majestät sollten das Reisen, sei's zu Pferde, sei's in der Kutsche, einschränken. Die Erschütterungen rufen Schmerzen hervor, und Schmerzen sind es, die den Keim des Übels, die Gichtanfälle reizen. Das Klima von Madrid oder Toledo wäre Euer Majestät bekömmlicher«, sagte der Leibarzt.

»Ihr habt sicherlich recht, doch wer erledigt meine Pflichten?« fragte der Kaiser müde. »Trotz der Gicht, trotz der immer noch eiternden Wunde an meinem rechten Oberschenkel, die ich mir zuzog, als ich mit dem Herzog von Sachsen auf der Wolfshatz war, bin ich es, der die kaiserlichen Truppen bei den Fahnen hält, der die Befehlshaber an die jeweiligen Kriegsschauplätze beordert und der weiß, wann eine Schlacht Gefahr läuft, verloren zu werden. Und wer, glaubt Ihr, sorgt für das nötige Geld, um den Landsknechten den Sold auszahlen zu können? Weshalb, glaubt ihr, nehme ich die Beschwernisse einer Reise von Bologna bis nach Augsburg auf mich? Nur um Anton Graf Fugger wieder einmal um Gulden zu bitten. Ansonsten könnte ich dem von langer Hand vorbereiteten Feldzug in Marokko niemals zum Erfolg verhelfen. Und die Saadier in Marrakesch? Und Algier und Tunis? Glaubt Ihr, daß sie nur für einen Handschlag oder ein gnädiges Lächeln Spanien einen breiten Streifen Landes am Mittelmeer abtreten würden? Alles hat seinen Preis, und wenn auch ich es bin, der den Preis bestimmt, und nie meine Partner, so muß ich doch über entsprechende Summen verfügen können.«

Gegen Mittag des 14. März erreichten die Karossen und die Eskorte Augsburg. Die Sänfte, in die der Kaiser umständlich und mit Hilfe zweier Diener umgestiegen war, wurde an Reihen fackeltragender Diener durch das offene, hell erleuchtete Tor des Fuggerhauses getragen. Für einen Augenblick lehnte sich Karl mit entspannten Zügen in den Schatten der Vorhänge zurück. Es bedurfte einer großen Willensanstrengung, aus dem wohltuenden Dunkel in das helle Licht zu treten. Aber schon öffneten sich die Vorhänge der Sänfte, und da stand Graf Fugger in braunem, goldbesticktem Samt und verneigte sich tief.

»Wir wollten«, sagte Kaiser Karl, »an Augsburg nicht vorüberziehen, ohne Euch zu begrüßen.«

Graf Fugger bot dem Kaiser die Hand, um ihm das Verlassen der Sänfte zu erleichtern. »Das Haus Fugger weiß die Ehre und Gnade zu würdigen«, erwiderte er. »Gott gebe, daß Eure Majestät, wenn schon nicht in Augsburg, so doch in Deutschland länger verweile!«

Der Kaiser, die eine Hand noch an der Tür der Sänfte, zögerte und sagte scherzend: »Wünsche an mich, Fugger? Noch ehe ich Eure Schwelle überschreite?«

Graf Fugger lachte. »Eure kaiserliche Majestät mögen sich darob nicht wundern. Der Wünsche habe ich so viele, daß ich beizeiten damit beginnen muß, sie Euch vorzutragen.«

Es sollte wie ein Scherz klingen, doch dahinter stand bitterer Ernst. Der Kaiser hatte Wünsche an Fugger, aber auch Fugger wollte so manches vom Kaiser. Später sollte darüber gesprochen werden.

In der Halle, am Fuß der Treppe, standen Gäste, die kurz vor dem Kaiser das Haus betreten hatten, vor allem Ratsherren aus Augsburg, Regensburg und Ulm. Man nannte dem Kaiser ihre Namen, doch achtete er nicht sonderlich darauf. Er glaubte zwar, sich des einen oder anderen Namens zu entsinnen, doch konnte es auch Täuschung sein. Die Hand am Arm Fuggers, blieb Karl stehen und sprach die üblichen gnädigen Worte: »Unsere guten Städte Augsburg und Ulm und Unser edler Rat von Regensburg, seid mir allesamt begrüßt.«

Die Herren verneigten sich, die Damen in ihrer Begleitung – wohl die Gemahlinnen und Töchter – sanken in die Knie.

Halle und Treppe lagen im warmen Schein vieler Kerzen, sanft warfen die holzgetäfelten Wände ihn zurück. Selbstbewußt und selbstzufrieden schien dieses Haus, es strahlte Frieden und Ruhe aus. So sehr man den Reichtum ahnte, so wenig sah man ihn. Man spürte den kometenhaften Aufstieg und den unermeßlichen Reichtum des Grafen Fugger, dennoch wirkte alles bescheiden, beinahe nüchtern wie das Haus eines durchschnittlichen Bürgers dieser Stadt.

Graf Fugger hörte das leise Stöhnen des Kaisers und deutete es als körperliche Schwäche. Er rief zwei Diener mit einem Tragsessel herbei.

»Ich hoffe, daß Majestät sich wohl befindet«, sagte er. »Auf alle Fälle aber sollten die Stufen vermieden werden.«

Der Kaiser wandte sich um und streifte mit einem kurzen Blick den Tragsessel. »O nein!« sagte er hastig. »Das ist nicht nötig. Die Gicht verschont mich schon seit einigen Tagen. Euer Arm genügt mir, Graf Fugger.«

Karl schien die Zumutung, sich die Treppe hinauftragen zu lassen, entehrend und beschämend, und als hätte er die Hilfe nicht schon genügend abgelehnt, verbesserte er sich: »Ja nicht einmal Eures Armes bedarf ich.« Er trat eine Stufe hinab, nahm die Hand einer jungen Dame und legte sie in seinen Arm. »Im Gegenteil: Ihr werdet mir erlauben, diese junge Dame zu führen.«

Während er das sagte, wandte er sich wieder Graf Fugger zu. Die junge Dame, auf die seine Wahl gefallen war, hatte er kaum angesehen, ging es ihm doch ausschließlich darum, die Rolle als junger, gesunder Kaiser überzeugend zu spielen. Er wollte heiter, jugendlich, gesund und sorglos scheinen, und niemand sollte ahnen, wie schlecht er sich fühlte.

Die junge Dame an seiner Seite hielt den Kopf gesenkt, Schleier und Kinnband verbargen ihr Gesicht.

Der Kaiser wandte sich an Graf Fugger, der an seiner anderen Seite die Treppe emporstieg, und sagte: »Euer Haus, Fugger, ist schöner geworden, seit ich es das letztemal sah. Was habt Ihr daran geändert?«

»Kaiserliche Majestät, es ist nichts daran geändert worden«, erwiderte Graf Fugger erstaunt.

»Dann«, sagte der Kaiser, »sehen es meine Augen anders.« Karl sprach diese Worte eher automatisch, er achtete mehr auf das Mädchen neben sich. Sie ging still und mit sicheren Schritten, die sich den seinen fügten, als fühlte sie jede seiner Bewegungen im voraus, als wären sie schon oft Seite an Seite gegangen. Ihre Hand lag auf seinem Arm, eine runde, kleine Hand, die Schutz zu suchen schien und gleichzeitig Vertrauen gab. Er fühlte sie nicht als Last, sie lag aber auch nicht so leicht, als müsse man sie stützen.

Auf dem Treppenabsatz blieb er stehen und betrachtete die kostbaren Tapisserien, das junge Mädchen dicht an seiner Seite.

»Graf Fugger, was stellt das Bild dar?«

»Enymion und Selene«, antwortete Fugger und befahl den kerzentragenden Lakaien, den Gobelin besser zu beleuchten.

»Danke«, erwiderte der Kaiser. »Ich sehe. Enymion und Selene.«

Er schritt die Treppe empor, die Treppe im Fuggerschen Haus, dessen Besitzer von Kaiser Maximilian in den Adelsstand erhoben worden war – er, Karl von Gent. War er nicht doch ein ganz gewöhnlicher Niederländer? Man sprach vom Krieg. Konnte er die Tür seines Hauses versperren, so wie die Fugger es konnten? Der Friede eines Bürgerhauses tat ihm wohl.

Meine liebe kleine Gefährtin, dachte Karl. Es ist schön, daß ich meinen Gedanken lauschen darf, die du nicht kennst, die niemand kennen darf.

Zögerte der Kaiser? Zögerte das junge Mädchen? Auf der letzten Stufe standen sie beide still. Unter dem weißen Schleier sah ein reizendes, errötetes Gesicht zu Karl empor. Er ließ ihre Hand sanft von seinem Arm gleiten und winkte den Herren zu, die am Ende der Treppe warteten, um ihn zu begrüßen.

»Graf Arco! Herr de Marignan und Graf Fugger haben mit Euch über den Geldmarkt gesprochen?«

»Im Hause der Grafen Fugger spricht man häufig über Geld und Gold«, sagte Graf Arco. »Zumindest während der Tagesstunden. Abends, nach dem Mahl, unterhält man sich über andere, erfreulichere Dinge.«

Der Kaiser wandte sich Graf Fugger zu und sagte: »Ich schätze, Ihr wißt, worüber ich mit Euch sprechen will?«

Fugger lächelte. »Sooft Euer erhabener Großvater, Kaiser Maximilian, einem Mitglied unserer Familie die Ehre eines vertraulichen Gespräches erwies, handelte es sich stets um das eine: Er wünschte Geld!«

Der Kaiser zeigte Sinn für Humor. »Ich bin nicht in der Lage, Fugger, von den Gepflogenheiten meines Hauses abzuweichen!«

Graf Fugger antwortete nicht sogleich. Er trat an einen Tisch, nahm eine eiserne Kassette, öffnete sie und entnahm ihr einige Papiere. »Ich wünschte, Eure Majestät hätten Zeit und Lust, dies durchzusehen«, sagte er.

»Was ist's?«

»Schuldscheine«, antwortete Fugger knapp. »Schuldscheine der kaiserlichen Kanzlei.«

»Die fällig sind?«

»Längst fällig.«

Der Kaiser wog sie in der Hand. »Graf Fugger, ich kann Euch in diesem Augenblick weder Kapital noch Zinsen zahlen.«

Fugger seufzte resigniert. Er hatte es nicht nötig, sich das von seinem Souverän wiederholen zu lassen: Die kaiserliche Kanzlei hatte es ihm schon mitgeteilt und ausführlich begründet.

»Sire«, fuhr er fort, »für diese Zinsen, die ich nie bekommen werde, die ich auf unbestimmte Zeit der kaiserlichen Kanzlei stunde, erbitte ich eine Gnade.«

»Und die wäre?« fragte der Kaiser.

»Ich möchte offen sprechen dürfen und sicher sein, daß Eure Majestät mir deswegen nicht zürnt.«

»Darauf gehe ich ein, Fugger«, sagte Karl lachend. »Wir haben Euch immer die Rechte eines Freundes eingeräumt.«

»Danke, Sire. Vor fast dreißig Jahren hat das Bankhaus Fugger für die Wahl Eurer Majestät große Summen vorgestreckt. Wir taten es nicht allein aus Anhänglichkeit an das Haus Habsburg. Wir taten es, weil das Deutsche Reich einen mächtigen Herrn brauchte, der über den Streitigkeiten stand. Wir taten es, um uns nicht an Frankreich oder England auszuliefern, und wir taten es endlich, um der alten Kirche eine feste Stütze gegen die bedrohlichen neuen Lehren Luthers und Calvins zu geben. Wir taten es aber auch, um einer neuen Zeit die Tore zu öffnen.«

Graf Fugger hielt inne. In der Stille hörte man das Ticken einer Uhr.

»Wir sehen vor uns die Umrisse eines Weltreiches, in dem von Dänemark bis Afrika, von Arabien bis nach Westindien friedlicher Handel und Wohlstand blühen sollten. Ein Weltreich, geeinigt durch die Person eines Kaisers und durch die Macht der Kirche.«

Der Kaiser nickte. »Als Knabe, als ich noch nicht die Krone Spaniens trug, ahnte ich schon, daß die von den Spaniern eroberten Gebiete den deutschen Kaufmann brauchen, um Wohlstand zu bringen.«

»Der deutsche Kaufmann, Sire, versteht noch mehr: Er kennt nicht nur die Größe Eurer Ziele, sondern auch die unsagbaren Schwierigkeiten, die im Inneren Eures Reiches liegen, ganz zu schweigen von den äußeren Feinden, die Euch zu immerwährenden Kämpfen zwingen. Nun will ich Euch und mir selbst – da mein Geld an der Seite Eurer Soldaten kämpft – mutig und ehrlich gestehen: in Deutschland, Sire, sind wir gescheitert.«

Der Kaiser schwieg.

»Mit einer Leibgarde von fünfhundert Reitern beginnt man keinen Krieg, waren die Worte Eurer Majestät in einem Gespräch mit dem Landgrafen von Hessen.«

»Ich erinnere mich an diese Worte«, bestätigte der Kaiser.

»Aber mit fünfhundert Reitern verteidigt man sich auch nicht. Die österreichische Grenze ist nahe. Kommt es zum Äußersten, könnt Ihr das Land verlassen. Einer Sache jedoch, der Ihr selbst nicht mehr vertraut, vertraut auch das Bankhaus Fugger nicht. – Sire, ich kann der kaiserlichen Kanzlei keine Kredite mehr bewilligen.«

Der Kaiser, an den Kamin gelehnt, fragte: »Muß ich denn mit Waffengewalt siegen? – Ja, Fugger, ich weiß, ihr alle glaubt es, Ihr und Granville, Avila und Madrucci, daß das kaiserliche Ansehen gefährdet ist und daß ich zu lange zögere, meine Truppen zu sammeln. Ich weiß, daß der Bund von Schmalkalden mir gerüstet gegenübersteht und daß jede Nachgiebigkeit heute Schwäche hieße. Aber sollte es nicht möglich sein, einen Sieg zu erfechten, der kein Blut kostet?«

Graf Fugger schüttelte den Kopf.

»Fugger«, sagte der Kaiser lächelnd, »seid Ihr ein armer Mann, weil Ihr, wenn Ihr jetzt in die Tasche greift, nur wenige Münzen darin findet? Ich habe nur wenige Truppen bei mir; aber heute steht die Welt auf meiner Seite! Noch einmal werde ich zum Frieden mahnen, und zwar in Regensburg. Die katholischen Fürsten stehen mir bei. Hier liegt das Bündnis mit dem Papst, das nur meiner Unterschrift harrt, hier der Friedensvertrag mit Frankreich. An meiner Seite sind das Recht und die altgewohnte Ordnung der Dinge. Fürsten vom Schmalkaldischen Bund, ihr seid besiegt! Erspart uns den Krieg!«

»Majestät, Ihr unterschätzt den geschlossenen Block der Protestanten!«

»Und hier«, fuhr der Kaiser fort, »sind die Verbündeten, die ich in den Reihen der Protestanten gefunden habe: die Fürsten von Braunschweig, Brandenburg und Küstrin sowie Herzog Moritz von Sachsen!«

»Das ist unmöglich, Sire!« sagte Graf Fugger erregt, »Herzog Moritz ist nach Schmalkalden geladen!«

»Und von mir nach Regensburg!«

»Ich kann es nicht glauben! Er wird nicht kommen!«

In diesem Augenblick öffnete sich die Tür.

»Ein Eilkurier für Seine Majestät!«

Der Kurier trat ein, staubbedeckt von seinem langen Ritt. Den Hut in der Hand eilte er auf den Kaiser zu und fiel auf die Knie:

»Euere Majestät! Eine Meldung der kaiserlichen Gesandten in Sachsen: Herzog Moritz ist unterwegs nach Regensburg!«

Der Kaiser spürte, wie seine Erregung nachließ. »Bin ich gescheitert, Fugger? Ein beruhigtes Deutschland wird diese Papiere einlösen.«

»Ein beruhigtes Deutschland, Sire«, rief Fugger begeistert, »bietet dem deutschen Kaufmann mehr als nur die Einlösung dieser Papiere. Welche Summen soll ich für Euch flüssig machen?« Er beugte sich nieder und warf die Schuldscheine in die lodernden Flammen des Kamins. Eine unwillkürliche Bewegung Karls wollte ihn daran hindern. Zu spät, sie zerfielen zu Asche.

»Fugger, was tut Ihr?« Jetzt erst wurde dem Kaiser bewußt, was dieses Verbrennen der Schuldscheine bedeutete. »Zuerst so wenig Zuversicht? Und nun soviel Vertrauen in meine Sache?«

Graf Fugger nickte. »So grenzenlos ist mein Vertrauen, daß ich erst jetzt den wahren Preis für die Schuldscheine nenne. Wie meine Vertrauensleute mir mitteilten, sind drei Karacken der spanischen Flotte auf dem Rückweg in die Heimat. An Bord befinden sich einhundertfünfzig Landsknechte, die seit zwei Jahren ihren Dienst in Neuspanien versahen. Einhundertfünfzig Soldaten wurden mit denselben Schiffen aus Spanien gebracht, um den Dienst zu übernehmen. Die restliche Fracht besteht aus jenen Früchten, die wir Kartoffeln nennen, und einhundert Bewohnern des neuentdeckten Landes, die dem Hof zu Madrid zur Verfügung gestellt werden sollen. All das interessiert den deutschen Kaufmann nicht. Sollten die Schiffe jedoch Gold und Silber geladen haben, so erbitte ich die Hälfte für das Bankhaus Fugger als Gegenwert.«

Der schlaue Fuchs versteht sein Geschäft, dachte Karl. Es blieb ihm jedoch nichts anderes übrig, als ja zu sagen, denn er wußte, daß er die Fugger auch in Zukunft brauchen würde. Also willigte er ein.

»Die alten Schulden sind getilgt, und neue werden folgen. Ich glaube an Euch, Majestät, ich glaube an Deutschland. Ihr bringt uns den Frieden«, erklärte Fugger.

2

»Sire! Für Euch habe ich eine Welt erobert!«

Diese stolzen Worte sagte Don Hernando Cortez, im Audienzsaal des Schlosses von Valladolid zu Kaiser Karl V., der in betont einfacher Kleidung, die Hände auf der Schreibtischplatte gefaltet, ein geöffnetes Andachtsbuch vor sich, hinter dem Arbeitstisch saß. Kaum hatte Cortez sie ausgesprochen, schienen sie ihm zu hochtrabend und unangemessen. Bescheidener und leiser fuhr er fort: »... und das, Sire, ist Euer Dank!«

Seine langen, schmalen Finger, ausdrucksvoll wie die eines Künstlers, wollten ein Papier entfalten – Hast und Erregung machten ihn ungeschickt. Karl streckte die Hand aus, nahm das Papier und entfaltete es selbst. Es handelte sich um einen Bescheid seiner Kanzlei und trug am Kopfende in großen goldenen Buchstaben die Worte: El Emperador.

Karl blickte Cortez fragend an.

Der Eroberer Mexikos trat einen halben Schritt zurück, richtete sich zu seiner vollen schlanken Höhe auf und sagte mit beherrschter Stimme: »Ich habe zu keinem anderen Zweck um diese Audienz gebeten, als um aus dem Munde Eurer Majestät selbst zu hören, ob dieser Bescheid dem Wunsch und dem Willen meines gerechten und gnädigen Kaisers entspricht.«

Karls Augen glitten von dem kunstvoll verzierten »El Emperador« über das Blatt hin bis zu seiner Unterschrift. »Gewiß«, sagte er. »Ich habe es ja unterschrieben.«

»Dann«, erwiderte der Eroberer, »habe ich nichts mehr zu fragen und nichts mehr zu bitten.«

Der Kaiser, noch immer den Bescheid in der Hand, zögerte, ihn Cortez zurückzugeben. Es war nicht notwendig, ihn neuerlich zu lesen, da er jedes Wort kannte, das da geschrieben stand, und jedes Wort war reiflich überlegt.

»Sire«, sagte Cortes und wies auf das kaiserliche Schreiben, das Karl noch immer in der Hand hielt, »nach dieser Verfügung, die mir die Statthalterwürde in Mexiko verweigert und mich unter den Befehl eines anderen stellt, habe ich nichts mehr zu fürchten. Ich kenne mein Schicksal: Es wird dem des Columbus ähnlich sein. Er hat die Neue Welt entdeckt – ich habe sie erobert. Er ist unbeachtet und arm gestorben. Und hat jetzt – ich weiß – dreißig Jahre nach seinem Tode durch die Gnade Eurer Majestät ein Ehrengrab erhalten. Auf ein solches Ehrengrab zu hoffen, Sire, bleibt auch mir noch unbenommen.«

Cortez verneigte sich, die Hand am Degen, und wartete auf seine Entlassung.

»Ein Ehrengrab?« sagte Karl trocken. »Ganz recht – was sonst wolltet Ihr erreichen, Cortez?« Der freundliche Ton nahm dem Spott das Verletzende.

Hernando Cortez schöpfte wieder Hoffnung. Würde der Kaiser ihn anhören, so gelänge es vielleicht, ihn zu überzeugen.

»Was ich erreichen will, Sire? Die Verwirklichung meiner Pläne.«

»Und diese Pläne sind?«

»Sie lassen sich in zwei Worte fassen. Die Welt, die ich für Euch erobert habe, will ich für Euch unterjochen. Die Länder, die ich im Norden und im Süden dieser Welt ahne, will ich erobern, um sie Euch ebenfalls zu unterwerfen. Ist es dieses Ziel, das ich da nenne und das ich – ich allein, Sire! – fähig bin zu erreichen, wenn man mir freie Hand läßt, ist es dieses Ziel nicht wert, das Papier dort, das Eure kaiserliche Unterschrift trägt, zu vernichten und mir die Statthalterwürde zu übertragen?«

Als Karl nicht sofort antwortete, öffnete sich der schmale, harte Mund zu einem ungeduldigen: »Sire?«

Karl legte das Papier auf den Tisch, strich darüber und beschwerte es mit einem Papiermesser. »Für mich erobern?« fragte er leise. »Für mich unterjochen?« Das unmerklich betonte »mich« klang wie eine Zurechtweisung.

»Für Spanien erobern und unterjochen, wenn es Eurer Majestät so gefällt«, verbesserte Cortez hastig.

»Und wer sagt mir, daß es Spanien zum Wohle gereicht, wenn Ihr ihm neue Welten unterjocht? Wer sagt mir, daß die Goldschiffe von den neuspanischen Küsten Segen für das Mutterland bringen? Wer sagt mir, ob es von Vorteil ist, daß die Blüte des Landes jenseits des Meeres ihr Glück versucht?«

»Sire, noch niemand hat daran gezweifelt. Wir bringen Spanien den Reichtum, der Neuen Welt das Christentum.«

»Und den Mord! Und die Unterdrückung«, erwiderte Karl kalt.

Das Gesicht des Eroberers wurde aschgrau vor Zorn. »Ich höre aus Eurem Munde die Worte meiner Feinde, Sire: des Statthalters und jenes Priesters, den man den Apostel Westindiens nennt. Mit dem Kreuz allein, Majestät, erobert man kein Reich. Ihr seid ein Feldherr und habt Kriege geführt. Ihr müßt es wissen.«

»Viele Grausamkeiten sind in meinem Namen durch Euch und Eure Gefährten geschehen ...«

»Und viele Heldentaten!« unterbrach ihn Cortez kühn.

»Auch das ...« Der Kaiser stand auf, trat an die Landkarte Neuspaniens heran, betrachtete sie lange und wandte sich endlich um. »Ein fremdes Land und fremde Menschen. Ich habe lange nachgedacht, ehe ich den Bescheid schreiben ließ, mit dem Ihr so unzufrieden sei. Ich habe alle Berichte gelesen: die Euren, die des Statthalters und die der Priester.« »Und nur die meinen haben das Unglück gehabt, keinen Glauben zu finden«, erwiderte Cortez.

Karl schüttelte den Kopf. »Ich habe dem Euren ebensosehr geglaubt wie den anderen. Was ich erkannte: Ihr alle hattet recht.« Cortez spürte, daß in der Stimme des Kaisers Erregung aufglomm. »Und ich, Cortez, der ich das Steuer zu halten habe – was ist meine Pflicht? Was muß ich tun? Soll ich es Euch sagen?«

Unwillkürlich beugte sich Cortez vor, als dürfte er keines der Worte verlieren. Der Kaiser bemerkte es und sagte leise: »Nein, Cortez, – nichts, was ich nicht schon gesagt hätte: Ihr alle habt vielleicht recht. Ich aber muß das Steuer halten und darf es keinem von Euch überlassen. Kein Gedanke, der für sich allein von einem Menschen ersonnen ist, führt zum Ziel. Nur im Widerstreit der Meinungen, nur im Kampf unserer menschlichen Pläne vollendet sich Gottes Plan. Ihr beklagt Euch, Cortez, daß ich Euren Willen hemme. Täte ich es nicht, so täte es ein anderer, fände sich kein anderer, so täte es Gott. Nicht, daß ich so vermessen wäre, den Willen des Herrn zu kennen. Aber eines wird uns offenbar, wenn wir in uns gehen: Die Welt nach unserem Wunsch zu formen, das läßt der Herr nicht zu. Alles, was er uns gestattet, ist, es zu wollen. Ich weiß nicht, ob es recht ist, andere Länder zu erobern, wo wir doch jeder ein Mutterland haben. Ob es rechtens ist, das fremde, eroberte Land zu unterjochen, bezweifelt mein christlicher Glaube. Den Bewohnern dieser Länder unseren Glauben aufzuzwingen, kann dem Allmächtigen nicht recht sein, wenn die Kirche dem auch widerspricht.«

Cortez verstand, daß diese Worte nicht mehr ihm galten, ja daß der Kaiser vielleicht sogar vergessen hätte, was sie ausgelöst hatte.

Flüchtig glitt ein Lächeln über Karls Gesicht. »Aber dieser Wille allein, Cortez, allen Hindernissen zum Trotz etwas zu erreichen – dieser Wille allein mag vielleicht genügen, daß die Nachwelt uns beiden ein Ehrengrab zubilligen wird.«

Eine Sekunde lang vergaß der Eroberer seine Enttäuschung über dem stolzen, brüderlichen Wort »uns beiden«, das ihm der Kaiser gönnte.

Fast im selben Augenblick fand Karl in kühle Unnahbarkeit zurück. Er nahm den Brief von seinem Schreibtisch und reichte ihn dem Konquistador.

»Es ist ein wohlerwogener Bescheid«, sagte er, »an dem Wir nichts mehr ändern wollen und nichts mehr ändern können. Auch ist Don Antonio Mendoza schon zum Statthalter von Mexiko ernannt. Doch sollen Eure Leistungen nicht unbelohnt bleiben. Deshalb ernennen Wir Euch hiermit zum Marqués de la Valle de Oajaca, – Marqués, erhebt Euch! Wir danken Euch.«

Cortez verneigte sich tief und verließ den Arbeitsraum seines Kaisers. Bedachte er die Worte, die er eben gehört hatte, mußte er Seiner Majestät zubilligen, ein Mann des Entschlusses, des unverrückbaren Entschlusses zu sein, der sich durch nichts von seinem Vorhaben abbringen ließ. Immerhin, so mußte er sich eingestehen, hatte ihm der Kaiser die Niederlage angemessen versüßt, indem er ihn, den einfachen Hidalgo, in die Reihe der spanischen Granden erhob. Er, Cortez, hatte also allen Grund, seinem Kaiser auch weiterhin loyal zu dienen.

X.
Zeit des Kampfes, Zeit der Trauer

1

Kaiser Karl V. verließ bald nach diesem Gespräch Toledo, um in Madrid die Zustimmung der Cortes für die Eroberung weiterer Landstriche um Tunis und Algier entgegenzunehmen und über die unermeßlichen Schätze zu bestimmen, welche die drei spanischen Schiffe aus Neuspanien in die Heimat gebracht hatten.

Vor allem aber mußte er den Granden begründen, und zwar plausibel begründen, warum er dem Grafen Fugger die Hälfte des Goldes zugesagt hatte.

»Grandes de España!« begann er seine Rechtfertigung. »Das Bankhaus Fugger hat meinem Reich und somit auch Spanien stets geholfen. Graf Fugger hat sämtliche Schuldscheine meines Großvaters Kaiser Maximilian vor meinen Augen verbrannt und mir weitere Mittel für den Feldzug in Nordafrika zur Verfügung gestellt. Siegen wir im Norden des Kontinents, wird Spanien einen breiten Streifen der beiden Länder am Mittelmeer erobern und seine Brückenköpfe in Marokko und Tunis weiter ausbauen können. Wie anders wäre dies möglich als mit dem Geld für unsere Truppen. Die Saadierfürsten in Marrakesch würden uns zu Dank verpflichtet sein und uns ebenfalls Truppen zur Verfügung stellen, falls wir sie zu unserer Verteidigung nötig haben. Neuspanien ist für uns eine unermeßliche Geldquelle, und ein Teil dieses Goldes dem Hause Fugger zu verpfänden, schafft uns sogleich flüssige Mittel, die nicht nur Spanien, sondern die gesamte europäische Christenheit von den Osmanen befreien und somit den katholischen Glauben vor seinen Feinden retten können. Und wie anders wäre dies möglich als durch ein großes Heer? Hunderte Schiffe mit Söldnern, erfolgreiche Feldherren – das kostet Geld! Überdies ist uns das Haus Fugger verpflichtet und wird uns helfen, wo immer es kann. Als Kaiser des Heiligen Römischen Reiches und als König von Spanien verpflichte ich mich trotz alledem, die Fuggerschen Gelder nur dort einzusetzen, wo der Erfolg größer ist als der Einsatz unserer Mittel. Zum letzten sollt Ihr wissen, daß Neuspanien noch über weitere ungeahnte Goldvorräte verfügt, die imstande sind, Spanien unermeßlichen Reichtum zu bringen. Ich bitte um Eure Zustimmung und danke Euch für Euer Vertrauen gegenüber dem Haus Fugger und gegenüber Eurem König.«

Diese Worte stimmten die Cortes um. Sie bewilligten die Transaktion des Kaisers mit dem Haus Fugger.

Karl wußte, daß er dem Grafen Fugger die Goldschätze persönlich überreichen mußte. Überdies hoffte er, das junge Mädchen wiederzusehen, mit dem er damals die Treppe emporgestiegen war. Seine Liebe zu Isabella sollte zwar in keiner Weise getrübt werden, aber es reizte ihn, nicht nur als Kaiser und König, sondern auch als Mann seine Kräfte unter Beweis zu stellen.

Noch hielt ihn der Umstand in Valladolid fest, daß Isabella, hochschwanger, stündlich ihre schwere Stunde erwartete. Karls Nerven waren aufs äußerste angespannt – war doch die

Geburt eines dritten Kindes in ihrem Alter mit gesundheitlichen Gefahren verbunden.

An einem Frühlingstag des Jahres 1535 gebar Isabella eine zweite Tochter, die Infantin Juana.

Sobald Karl sicher war, daß die Königin die Geburt gut überstanden und Doña Juana die ersten Wochen auf Erden gesund und kräftig verbracht hatte, beschloß er, Valladolid zu verlassen und seinen kaiserlichen Pflichten nachzukommen.

Erstes Ziel seiner Reise waren die Niederlande, wo es Frieden zu stiften galt. Diesmal waren es die Calvinisten, die Unruhe brachten. Die spanischen Truppen mußten auf einen Angriff vorbereitet und durch die Anwesenheit des Kaisers in ihrem Kampfgeist gestärkt werden.

Von Brüssel aus reiste Karl direkt nach Augsburg, um sich dort der weiteren Unterstützung des Hauses Fugger zu versichern. Im Winter 1536 erreichte er die Stadt und führte Unterredungen, die ihn seinen Zielen näherbrachten. Graf Fugger und die Ratsherren, die hinzugezogen worden waren, stimmten einem beachtlichen Kredit zu, mit dessen Hilfe die Eroberung der nordafrikanischen Gebiete finanziert werden sollte. Sie erhofften sich davon ähnliche Gewinne, wie sie von deutschen Kaufleuten seit einer Reihe von Jahren in Neuspanien erzielt worden waren.

Am späten Abend dieses Tages eilte Karl, nur von einem Diener geführt, durch den weiten Flur des Fuggerschen Hauses und öffnete rasch eine Tür, hinter der gedämpfte Stimmen zu vernehmen waren. Vor dem Kamin, in dem ein helles Feuer flackerte, erhob sich würdevoll Graf Fuggers große graue Dogge und schob die Schnauze vertrauensvoll in die Hand des Kaisers.

Am Feuer standen Herr von Granvelle und der Großkomtur de Avila, der Fuggers Einladung zuerst abgelehnt hatte, weil er nicht gut und nicht gerne Deutsch sprach.

»Don Luis«, sagte der Kaiser, »was gibt es, das nicht bis morgen warten könnte?«

»Wir wollten Eure Majestät nicht stören …«

»Wenn man den Kanzler vom Tisch des Kaisers rufen läßt, dann ist der Kaiser gestört«, erwiderte Karl mit einiger Schärfe. »Was gibt es also?«

Der Großkomtur klopfte mit den Fingerspitzen der rechten Hand gegen ein Papier, das er in der Linken hielt.

»Krieg.«

Ein Wort, das man immer wieder hörte, an das man stündlich dachte, müßte seinen Schrecken verlieren, dachte Karl. Krieg! Der Kaiser sagte es vor sich hin, spanisch und deutsch, französisch und lateinisch, flämisch und italienisch – ein sinnloses Spiel übermüdeter Gedanken. Krieg und Sieg – in Deutsch klang es am besten, wurde zu einem Reim, der nicht zu trennen war; andere Sprachen wagten eine solche Verbindung nicht. Vielleicht, grübelte der Kaiser, müßte, wer den Geist der Sprache ganz erfaßt, den Geist des Volkes daraus erkennen.

Karl sandte Granvelle und Avila zu den übrigen Gästen und verlangte, daß man ihn mit den eben eingelangten Depeschen allein lasse. Als er sie gelesen hatte, wunderte er sich über Avilas Erregung. Da war nichts, was er nicht vorausgesehen hatte!

Gedächte er der Größe seiner Aufgaben, müßte er erlahmen. Gedächte er ihrer nicht, verlöre er sie aus den Augen, so gliche er einem Kämpfer, der blindwütig nach allen Seiten ausschlägt, und wüßte einen Sieg nicht mehr zu nützen.

Es gab Stunden, in denen er davon träumte, die Bürde von seinen Schultern gleiten zu lassen. Das hieße nicht, sich seiner Pflichten zu entziehen, es hieße vielmehr, sie nicht mehr erfüllen zu können. Jeder Mensch hat ein Recht auf Ruhe, Stille und Gebet, auch ein Kaiser.

2

Am folgenden Tag verließ der Kaiser Augsburg und das gastliche Haus der Fugger. Trotz eines heftigen Gichtanfalls mußte er nach Frankreich weiterreisen. König Franz von Frankreich schien endlich geneigt, mit Karl eine Allianz einzugehen, um gemeinsam mit den österreichischen Erblanden und den italienischen Staaten gegen die ständig drohende Gefahr einer weiteren Ausbreitung des Islam nach Westen vorzugehen.

Der Kaiser besprach mit dem Konnetabel von Kastilien die Reise, die er zur Beruhigung vieler Konflikte in ganz Europa und Nordafrika unternehmen wollte. Er versuchte diesem klarzumachen, daß er zuallererst Gent besuchen mußte, wo es bedrohlich gärte. »Die Stadt Gent«, erklärte Karl sachlich, »war stets ein unruhiger Boden. Sie rebelliert, nicht weil es ihr schlechter geht, sondern weil es ihr viel zu gut geht. Die Steuern wurden erhöht, das ist richtig. Aber wenn die Bürger das Vierfache verdienen, können sie wohl auch das Doppelte an Steuern zahlen.«

»Sie berufen sich, wie ich höre, auf die angestammten Privilegien.«

»In Gottes Namen«, antwortete Karl. »Sollen Privilegien ewig dauern? Privilegien werden unter gewissen Voraussetzungen gegeben! Wenn alle Voraussetzungen sich ändern, wie können Privilegien noch gelten? Sie wollen alle Vorteile meines Weltreiches genießen und von Asien bis Westindien

Handel treiben, aber sie wollen nichts dafür zahlen! Konnetabel, der Infant Don Felipe wird unter Eurem Rat und Schutz die Regentschaft in Spanien übernehmen. Ich selbst reise in die Niederlande.«

»Auf welchem Weg, Sire?«

»Auf dem kürzesten Weg.«

»Das heißt ...«

»Das heißt«, sagte der Kaiser lächelnd und freute sich am Schrecken Avilas, »nicht über See, sondern mitten durch Frankreich.«

Karl hatte das Für und Wider lange erwogen und ließ sich nicht mehr von seinem Entschluß abbringen. Er kam sich dabei weder tollkühn noch gewissenlos vor. König Franz von Frankreich würde keine Feindseligkeiten wagen, zu unruhig war die Lage in Frankreich selbst. Zu sehr bedurfte der König des Rückhalts der katholischen Welt. Konnte Karl um so rascher in den Niederlanden erscheinen, so war der Vorteil der kürzeren Reisezeit das Wagnis wert.

Zwischen den Gesandten beider Länder war vereinbart worden, daß die beiden Monarchen keinerlei politische Verhandlungen führen sollten, solange sich der Kaiser auf französischem Boden befände.

Königin Eleonore von Frankreich erwartete ihren kaiserlichen Bruder in Lyon. Sie fühlten sich beide bedrückt. Karl, weil er aus Staatsraison und um des Friedens willen seine Schwester zur Qual dieser Ehe verurteilt hatte – Eleonore, weil ihr Einfluß auf König Franz nicht ausreichte, Kriege zu verhüten. »La douce colombe«, wie Avila sie genannt hatte, war sehr gealtert und begegnete ihrem Bruder mit der unsicheren Zerfahrenheit eines Feldherrn, der eine Schlacht verloren hat.

Karl war sich dennoch nicht sicher, keinen Fehler zu begehen, da die Verwandtschafts- und Liebesverhältnisse am französischen Hof für ihn undurchschaubar waren. Da war der König, da war der Dauphin, da war des Dauphins Bruder, der selbst gern Dauphin geworden wäre! Da waren die Herzogin von Etampes, die gegenwärtige Maitresse des Königs, die Comtesse de Chateaubriand, die es gewesen war, und Madame Marie, die es wahrscheinlich demnächst werden würde. Wichtige Rollen spielten ferner Katharina von Medici, die Gattin des Dauphins, und Diane de Poitiers, dessen Geliebte, die so alt war, daß sie seine Mutter hätte sein können. Dafür war die Geliebte des Königs so jung, daß man sie für seine Tochter hielt. Jede dieser Damen haßte die anderen – und man riet dem Kaiser, mit vorsichtiger Überlegung jedes Wort und jedes Lächeln abzuwägen.

Karl, ohnehin nicht sehr gesprächig, konnte sich während des Festmahls im Jagdsaal zu Fontainebleau kaum entschließen, an jemand anderen als den König selbst das Wort zu richten. Und auch da sprach er nur von der Güte des französischen Weins und der unübertrefflichen Zubereitung des Wildschweinbratens. Als der letzte Gang aufgetragen wurde, klangen durch die offenen Fenster südfranzösische Hornsignale, von des Königs Leibjägern meisterhaft geblasen.

Der König sagte mit fröhlicher Miene: »Wenn Ihr erst den Aufstand in Gent gebrochen habt, Sire, sendet mir eine Genter Spitze zum Zeichen, daß Ihr des Abends in Fontainebleau gedenkt.«

»Ich will es nicht vergessen«, antwortete Karl. Seine Heiterkeit jedoch war verflogen. Wie konnte man im Scherz von dem blutigen Aufstand in Gent sprechen? Kannte Franz das Wort Bürgerkrieg nicht?

3

Zwei Monate später ritt der Kaiser nach Regensburg. Zu seiner Rechten begleitete ihn der Landgraf von Hessen, zur Linken Joachim, Herzog von Brandenburg.

»Genug, meine Herren, genug! Ich habe den Bürgerkrieg in den Niederlanden gesehen, ich werde in Deutschland keinen Krieg führen. Hätte mich nicht so manches in Spanien zurückgehalten« – schmerzlich gedachte er Isabellas – »und hätte ich nicht den Aufstand in Gent niederringen müssen, ich hätte es nie zugelassen, daß sich die Lage in Deutschland so verschärft!«

»Es tut wohl«, sagte der Landgraf, dessen Pferd kostbares orientalisches Zaumzeug trug, »die friedfertigen Worte Eurer Majestät zu hören. Wir begehren nichts anderes denn unsere heilige Religion in Frieden ausüben zu können. Nur zur Sicherheit unseres Glaubens wurde der Bund von Schmalkalden geschlossen – zu keinem anderen Zweck.«

»Ich will es glauben.«

»Indes, die Liga der katholischen Fürsten ...«

»Zwei Ufer«, unterbrach ihn der Kaiser, »lassen sich durch eine Brücke verbinden. Ich habe die katholische Liga nicht geschaffen und nicht betätigt. Ich will dem Bund von Schmalkalden nicht einen anderen Fürstenbund entgegensetzen. Das würde Erbitterung schaffen. Aber ich will den protestantischen Bund unnötig machen, so unnötig wie die katholische Liga!«

Er verglich Regensburg mit der traurigen Stille seiner Vaterstadt, des besiegten Gent. Hier herrschte lebhaftes Treiben, Beschaulichkeit – die Menschen schienen alle frohen Mutes zu sein, während in Gent die Toten begraben wurden und Ruhe wie auf einem Friedhof herrschte, dachte der Kaiser.

Nach tagelangen Verhandlungen mit protestantischen und katholischen Fürsten gelang es dem Kaiser endlich, Frieden zu stiften, wenngleich er ahnte, daß dieser Frieden nicht von langer Dauer sein würde. Beide Bünde standen einander so unversöhnlich gegenüber, daß ein Krieg unvermeidlich schien. Dennoch schloß Karl einen engen Freundschaftsbund mit dem Landgrafen von Hessen und anerkannte die Reformen des neuen Glaubens, der gleichermaßen für Calvinisten, Protestanten und Hugenotten galt. Der Landgraf mußte jedoch dafür sorgen, daß der König von England dem Schmalkaldischen Bund nicht beitreten würde. Denn England hatte Geld, und die Protestanten hatten Männer – verhüte Gott, daß sie sich vereinigten. Auch mit Brandenburg schloß er einen Vertrag der Freundschaft.

Insgesamt unterfertigte der Kaiser vier Friedensverträge mit Angehörigen des Schmalkaldischen Bundes. Vier Friedensverträge, grübelte Karl – und dennoch keine Sicherheit für den Frieden. Vier schwankende Brücken über die Kluft der Gegensätze. Wie lange würden sie halten? Wenn sie nur das Ende des nächsten Krieges gegen die Türken überdauerten!

4

Über Mailand reiste Karl nach Genua, um mit dreihundert Landsknechten, acht Kanonen sowie Munition und Artilleristen auf vier Galeeren und einer Galeasse nach Algier überzusetzen. Da die Spanier bereits die Brückenköpfe Tanger, Ceuta und Tetuan ausgebaut und einen breiten Küstenstreifen von Tunis erobert hatten, wollte der Kaiser auch Algier unter spanische Herrschaft zwingen, um so das westliche Mittelmeer zu beherrschen.

Sollten wir umsonst wochenlang in Lucca und Spezia auf die Flotte gewartet haben? ging ein Raunen durch die Reihen der Offiziere. Der Kaiser sollte an den Sieg von Tunis denken! Der Sieg von Algier wird ebenso rasch errungen sein.

Der Kaiser erinnerte sich, von diesen Reden gehört zu haben, als er mit seinen Truppen vor Algier lag.

Die Armee war gelandet. Schon glaubte man, der feindlichen Stadt Bedingungen stellen zu können – denn der Feind war schwach –, da erhob sich ein verheerender Sturm. Die Geschütze konnten nicht an Land gebracht werden, zwei Kanonen samt Bedienung und Munition versanken in den Tiefen des Meeres.

»Aufhören!« befahl Karl. »Zurück! Schlägt der Orkan die Schiffe ans Land, ist jede Möglichkeit der Heimkehr abgeschnitten.« Ohne Geschütze Algier erobern zu wollen, war ein Ding der Unmöglichkeit. »Herr, laß den Sturm enden! Nichts anderes erbitte ich, Allmächtiger Gott!« betete Karl.

Der Kaiser, Oberst Quijada und der Komtur beschlossen, sich am folgenden Morgen zurückzuziehen. Die Galeeren, wieder voll bemannt, nahmen Kurs auf Cartagena und erreichten als geschlagener Haufen Spanien. Dort erwartete sie mehr Spott als Bewunderung. Die Sieger von Tunis waren nun die Verlierer von Algier geworden.

5

Die anfängliche Hitze über dem Mittelmeer, der Sturm und später die kalten Wogen, die über die Planken spritzten, das wechselhafte Wetter und die Anstrengungen hatten der Gesundheit des Kaisers arg zugesetzt. Hinzu kam noch das Gefühl, als Verlierer heimzukehren.

Unterdessen waren Kämpfe in Mailand ausgebrochen – der Kaiser war gezwungen, so rasch wie möglich einzugreifen. Ihm war keine Ruhe gegönnt, die Tage und Wochen zerrannen, geprägt von Schlachten, Siegen und Verlusten – ein Leben, das den sonst so selbstbewußten Kaiser zu zermürben drohte.

Kaum war die Nachricht über die Niederlage in Algier nach Paris gedrungen, begannen an allen Grenzen die Flammen zu lodern – Krieg herrschte an allen Fronten des Reiches.

Karl fand keine Ruhe. Niemand nahm Rücksicht auf seinen Gesundheitszustand, niemand dachte daran, daß der Kaiser und König auch nur ein Mensch war wie alle anderen, eine Familien in Spanien hatte, die er jahrelang kaum zu sehen bekam. Er wurde von Ratsversammlung zu Ratsversammlung, von Schlacht zu Schlacht getrieben ...

Erst im Jahre 1539, kurz nach seinem Geburtstag, war es ihm vergönnt, für einige Monate in Toledo zu weilen, dem Lieblingssitz der Kaiserin. Endlich konnte er Isabella wieder in die Arme nehmen, mit dem Infanten Felipe reden, mit den Töchtern Maria und Juana spielen oder lernen – kurz, Mensch sein, wie es den meisten vergönnt, nur ihm so lange vorenthalten war.

Daß gerade dieses Jahr ihm den größten Verlust bringen würde, schien ihm undenkbar. Der Monat Mai aber brachte das Unheil: Isabella erkrankte, und die Ärzte wußten keinen Rat.

Dr. Baersdorp und Dr. Berganza wandten alle Mühe auf, den quälenden Husten Isabellas durch verschiedene Pflanzenabsude zu lindern, sie legten ölgetränkte Tücher auf ihre Brust, schrieben Diäten vor, die ihren Organismus nicht belasten sollten – doch im Zustand der Kranken trat keine Besserung ein. Karl wartete vor dem Krankenzimmer, denn die Ärzte ließen nicht einmal ihn, den Gemahl, zu der Kranken.

Besorgt blickte er den beiden Ärzten entgegen, als sie das Krankenzimmer verließen.

»Der Zustand Ihrer Majestät ist unverändert und besorgniserregend«, sagte Dr. Baersdorp betrübt.

Karl nickte, da er keine bessere Nachricht erwartete hatte. Dann hob er langsam die Fingerspitzen an die Schläfen und wiederholte flüsternd die Worte, die er soeben gehört hatte. Jedes Wort der Ärzte während der letzten Tage rief er sich ins Gedächtnis – jedes Wort, und die Stimme, die es aussprach: die scharfe Stimme des spanischen Arztes Dr. Berganza und die helle des Niederländers Dr. Baersdorp, den man der Kaiserin wegen nach Toledo berufen hatte. Beide Ärzte waren sich einig: das Leben der Kaiserin war in Gefahr.

Der Spanier hatte anscheinend keine Hoffnung mehr. Dr. Baersdorp aber, der Erfahrenere, Klügere, meinte, daß es immer wieder Wunder gebe und man die Hoffnung nicht sinken lassen dürfe, solange der Kranke noch Atem habe. Der Kaiser war sich darüber im klaren, daß Ärzte solche Worte wählen, wenn sie schonend auf das Schlimmste vorbereiten wollten. Er verstand es und wollte es gleichzeitig nicht verstehen, er klammerte sich an die Worte und leugnete doch ihren Sinn.

Noch wenige Tage zuvor war Karl kaum ernstlich besorgt gewesen, und daß er Baersdorp nach Spanien berufen hatte, war mehr dem Wunsch entsprungen, der Kaiserin seine liebevolle Sorgfalt zu beweisen, als der Angst um ihre Gesundheit.

Es waren ruhige und glückliche Tage gewesen. Der Hof war in Toledo geblieben, der Kaiser hatte Reisen nach den Niederlanden und nach Deutschland verschoben, denn er konnte Doña Isabella die Last der Regentschaft nicht mehr aufbürden. Nur ein- oder zweimal war er nach Madrid und nach Valladolid geritten, aber wenn die Beratungen dort nicht rasch zum Ziel führten, hatte er sie vertagt oder sich durch Bevollmächtigte vertreten lassen, um nach Toledo heimkehren zu können. Denn Doña Isabella hatte ihn ahnungsvoll gebeten, nicht zu lange fortzubleiben.

So wurde es die ruhigste und friedlichste Zeit, die Karl je erlebt hatte. Kein Tag, an dem sich nicht eine Stunde Zeit fand, mit der Kaiserin im Park auf und ab zu geben oder an ihrem Bett zu sitzen, wenn sie sich sehr krank fühlte. An solchen Tagen sprach er wenig, denn sie ermüdete rasch. Aber manchmal, wenn er sie verlassen wollte, glitt ihre Hand in die seine mit der Bitte, noch zu bleiben. Und solche Augenblicke konnten Glück schenken, gleich den heißen Liebesstunden der vergangenen Jahre.

Seit kurzem erst waren die Mienen der Ärzte ernster geworden. Der Kaiser, der jeden Nachmittag ihren Bericht entgegennahm, hatte ihre Besorgnis und die aufkeimende Angst erst mit einem Scherz abtun wollen: »Je größer die Gefahr, aus der der Arzt den Kranken rettet, desto geschickter der Arzt!«

Und heute? Baersdorp hatte zwar Hoffnung gegeben, aber Karl wollte niemanden mehr sehen. Er rief den Diener und befahl, die Audienz für den Großkomtur Avila abzusagen, der über die Lage in Algier und Tunis hatte berichten wollen.

Allein? Dieses Wort hatte einen gräßlichen Klang für Karl, denn wenn Isabella sterben sollte, würde er allein bleiben. »Seul et sans compagne«, so lautete ein Vers eines Liedes, das er irgendwann gehört hatte. Aber noch war er nicht allein. Sollte er einen Blick ins Krankenzimmer werfen? Vielleicht schlief sie? Wenn er an ihre Tür kam, wurde die Kranke stets durch das aufgeregte Hin- und Hereilen der diensthabenden Damen geweckt. Er hatte es gerügt, aber er war dagegen machtlos.

Karl ging den Gang entlang, dort, wo am Ende der Raum lag, der den Soldaten seiner spanischen Leibgarde zugewiesen worden war, die im Schloß Wache hatte. Würfelnd und plaudernd saßen die Soldaten auf den Bänken und fuhren auf, als sie den Kaiser erblickten, wenngleich es ihnen gestattet war, in ihrer Freizeit ungerüstet und ohne Waffen zu bleiben. Kaum aber hatte Karl die Schwelle überschritten, als sie schon in Reih und Glied vor ihm standen, die Augen erwartungsvoll auf ihn gerichtet.

»Habt ihr alles, was ihr braucht? Sorgt man für euch? Habt ihr genügend Speis' und Trank?« fragte Karl.

»Ja, Majestät!« klang es wie aus einem Mund. Der Kaiser nickte grüßend und ging. Die Soldaten der Leibgarde standen noch ein Weilchen in Reih und Glied – keiner hatte Lust, wieder nach den Würfeln zu greifen.

»Gab es ein Unglück?« fragte einer aus Estremadura.

Ein alter Katalane schüttelte den Kopf. »Nein, nein. Nichts davon. Das bedeutet keinen Krieg. Das bedeutet nichts, was uns angeht. Das bedeutet, daß die Kaiserin schwer krank ist und bald sterben wird.«

Karl, der inzwischen, vom diensthabenden Offizier begleitet, die Treppen heraufschritt, war sich keineswegs bewußt, daß sein Besuch bei den Soldaten so eifrig besprochen wurde. Er wäre verwundert gewesen, mit welcher Anteilnahme die Leibgarde an seiner Miene hing, wie sie versuchte, die Trauer in seinen Augen zu deuten, wie sehr die Männer ihn und die Kaiserin liebten und schätzten.

In dem hohen Kreuzgewölbe hallten die Schritte, als Karl in sein Arbeitszimmer zurückkehrte. Er mußte an seine Mutter denken, wie sie durch die klösterlich-stillen Räume des Schlosses Tordesillas irrte. Klangen seine Schritte im Schloß von Toledo nicht ebenso einsam und verloren? Einer plötzlichen Eingebung folgend befahl Karl, ihm die Türen in die Zimmer seiner Kinder zu öffnen.

Man hörte helles Lachen. Warum verstummte es, als er eintrat? Die neunjährige Maria sank in tiefer Verneigung nieder, die vierjährige Juana versuchte es ihr gleichzutun. Es gelang ihr nicht ganz. Noch einmal versuchte sie es, und jetzt gelang es. Stolz erhob sie sich und küßte ihrem Vater die Hand.

Gewohnheitsgemäß fragte Karl nach den Studien Doña Marias.

Doña Maria mache gute Fortschritte in der deutschen Sprache, doch dürfe man über dem Unterricht im Deutschen nicht das Französische vergessen. Auch Doña Juana müsse bald damit beginnen.

Ob die kleinen Mädchen heute schon am Krankenbett ihrer Mutter gewesen waren? Ob Isabella sie habe rufen lassen? – Er stellte diese Frage nicht. Er fürchtete, daß seine Stimme ihm nicht gehorchen würde. Juana war noch zu klein, als daß sie wissen konnte, was Krankheit und Tod waren, Maria könnte es verstehen. Forschend beugte er sich nieder und suchte in den Augen Marias den Widerschein der lähmenden Angst, die er selbst fühlte.

»Worüber habt ihr eben gelacht, Doña Maria, als ich eintrat?«

Die Infantin errötete. Sie hatte darüber gelacht, daß Juanas keines der blauen Hölzchen zu ihrem Spiel finden konnte, weil Maria sie versteckt hatte.

Wie aber konnte man das wohl dem Kaiser sagen, dachte die Edeldame, welche die Infantinnen beaufsichtigte.

»Sprecht doch, Doña Maria! Ihr habt gespielt...«

»Laßt nur, laßt!« Der Kaiser wehrte ab. »Ich muß es ja nicht wissen! Spielt weiter, Juana und Maria!« Er beugte sich hinab und küßte die beiden Kinder auf die Stirn. Er tat es steif, als müsse er sich dazu überwinden und als tue er es nur der Sitte wegen. Die kleinen Infantinnen konnten es nicht als Zärtlichkeit empfinden.

Der Kaiser ging in die Kapelle und schloß die Tür hinter sich. Es war dunkel, auch nachdem sich die Augen an die Finsternis gewöhnt hatten. Der Schein des Ewigen Lichtes reichte kaum, um die Umrisse der Kirchenstühle erkennen zu lassen. Der Regen prasselte an die Fenster, als der Kaiser mit unsicheren Händen eine Kerze anzündete: das Regenwasser strömte als weiße Gischt an den bunten Glasfenstern herab.

Er suchte nach einem Leuchter, um die Kerze zu befestigen, und erst nach Minuten vergeblichen Suchens fiel ihm ein, daß er das Licht ja soeben aus dem Altarleuchter genommen hatte, um es am Ewigen Licht anzuzünden. Als er die Kerze wieder in den Leuchter steckte, schien ihm ihr Flackern wie ein böses Omen zu sein, und er wünschte, die kleine Flamme möge wieder so ruhig brennen, so steil und gerade wie zuvor.

Als das Flackern endlich aufhörte und die zuckenden Schatten feste Formen angenommen hatten, erblickte er ein helles Dreieck, das die Wölbung der Decke zerschnitt – ein Zerrbild des Kruzifixes verbarg diesen Teil der Fresken. Seine Gedanken kamen nicht zur Ruhe. Die Erregung war zu groß.

Karl lehnte sich in die tiefen Chorsessel zurück. Bläulicher Weihrauch, der seit der Stunde des Abendsegens das Gewölbe erfüllte, brachte sanfte, wohltuende Betäubung. In alten Zeiten waren Wunder geschehen – warum könnte

Isabellas Leben nicht durch solch ein Wunder gerettet werden?

Karl saß in sich zusammengesunken, das Kinn auf der Brust. Nun müßte irgend jemand kommen, dachte er, irgend jemand vom Hofe, del Vasto oder Baersdorp, die Herzogin von Toledo oder der Erzbischof. Irgend jemand müßte die Tür öffnen, diese Kapellentür, müßte herantreten, müßte sagen: »Sire, die Kaiserin wird leben!« Bewegte sich nicht die Klinke? Hörte man nicht Schritte? Hörte man nichts? – Nein! Nichts!

Wie würde er Gott danken! Herr, so groß kannst Du nicht sein, so erhaben kannst Du nicht sein, daß Du diesen Dank für nichts achten könntest. Was willst Du von uns? Daß wir Dir dienen, daß wir Dein sind, daß wir Deine Güte und Deine Allmacht erkennen. Herr, Du mußt mich erhören!

Der Kaiser sank auf die Knie, seine Stirn lag auf dem Schnitzwerk der Armlehne. Ich will nicht ruhen! Ich will nicht schlafen! Herr, du mußt mich erhören!

Vater unser – in einer solchen Nacht vor dreiunddreißig Jahren ist meine Mutter wahnsinnig geworden, weil mein Vater starb.

In grenzenloser Angst krampfte der Kaiser die Hände ineinander, betete, ohne an den Sinn zu denken, das alte, halb vergessene Kindergebet, das Adriaan Floriszoon ihn einst gelehrt hatte.

Die Tür öffnete sich leise. Eine dunkle Gestalt. Ein Franziskaner? Es war kein Mensch. Es war der Tod, als Franziskaner verkleidet. Der Tod wählte viele Verkleidungen, aber umsonst. Man erkannte ihn ja doch. »Sire, Doña Isabella wird den Morgen nicht mehr erleben.«

Als der Kaiser aus dem Sterbezimmer trat, wichen alle vor ihm zurück, die im Vorraum gewartet hatten. Niemand hatte den Mut, seinem Blick zu begegnen. Und doch war alles wie sonst. Die Diener öffneten die Türen. Der Kaiser ging mit den gleichen zögernden, etwas steifen Schritten, die eine Hand an der Hüfte. Er wandte sich an der Schwelle um und gab einem Priester Anordnungen.

Er grüßte wie immer die Herren, die auf ihn warteten, mit einer Handbewegung und mit der Andeutung eines Lächelns.

Die Diener hatten schon die Türen in den nächsten Raum geöffnet, als der Marqués de Vasto sich nicht mehr beherrschen konnte, sich abwandte und die Hände vors Gesicht schlug. Der Kaiser blieb stehen, sehr gerade aufgerichtet und ohne ihn anzusehen.

»Marqués«, sagte er leise, »viele Menschen haben gleiches erlitten. Dieses Leid muß zu ertragen sein.«

6

Den zwölfjährigen Prinz Philipp hatte der Tod der Mutter schwer getroffen. Wenn der Knabe auch seit seinem sechsten Lebensjahr von Männern erzogen worden war, blieb doch die Kaiserin die höchste Instanz, die letzte Zuflucht. Ihr Einfluß auf den Sohn war groß. Sie ganz allein hatte die religiöse Formung übernommen, von ihr stammte sein kompromißloser Katholizismus. Sie hatte auch die Neigung des Prinzen gefördert, das Gefühlsleben nicht nur zu beherrschen, sondern unter der kühlen Maske vornehmer Zurückhaltung zu verbergen. Sie war es auch gewesen, die den jungen Portugiesen Ruy Gómez da Silva ins Pagengefolge aufgenommen hatte, der ihres Sohnes einziger Freund und sein Vertrauter fürs ganze Leben werden würde. Nur sie hatte bewirken können, daß Ruy Gómez, dieser heißblütige Draufgänger, vor des Kaisers Zorn und der Strenge des Gesetzes bewahrt und das eigene Kind vom ersten großen Schmerz verschont wurde.

Ruy Gómez entstammte dem portugiesischen Geschlecht der Herzöge da Silva und war als Siebenjähriger im Gefolge Isabellas von Portugal nach Spanien gekommen. Bei ihrer Vermählung durfte er ihre Schleppe tragen, wurde dann wegen seiner gewinnenden Manieren und seines hübschen Aussehens im Hofdienst behalten und später dem Thronfolger als Gespiele beigegeben. Der heranwachsende Prinz gewann den um fast acht Jahre älteren Gefährten, der für ihn unbewußt eine Art Vaterfigur bildete, in Bälde so lieb, daß er unter keinen Umständen mehr auf seine Nähe verzichten wollte.

Eines Tages geriet Ruy Gómez mit einem anderen Pagen in Streit, den der hinzukommende Prinz schlichten zu müssen glaubte. Der kampflustige Portugiese war drauf und dran, dem Gegner einen wuchtigen Hieb zu versetzen, der Bedrohte indes, behend wie ein Eichhörnchen, wich aus, und der Schlag traf den Prinzen. Der Übeltäter wurde auf der Stelle festgenommen und wegen tätlichen Angriffs auf eine königliche Person zum Tode verurteilt. Nur das verzweifelte Betteln des Prinzen vermochte den Kaiser zu einiger Milde zu bewegen, so daß er die Todesstrafe in lebenslängliche Landesverweisung umwandelte. Aber auch damit war der königliche Prinz nicht zu beruhigen. Er verweigerte jedwedes Studium und alles Spiel, aß nur mehr das Nötigste, gab sich tagelang einem stillen, verbissenen Weinen hin und wollte von nichts anderem mehr hören, als daß er »seinen« Ruy Gómez wiederbekäme. Die Kaiserin erreichte schließlich mit vielen Bitten und Drängen, daß der Verbannte zurückkehren durfte und in seine alten Rechte eingesetzt wurde. So festigte sich in dem kleinen Prinzen die Überzeugung, daß seine Mutter nicht nur die mächtigste und weiseste, sondern auch die gerechteste und gütigste aller Frauen war. Um so schwerer wurde er von dem unverhofften Schlag ihres Hinscheidens getroffen, um so erschreckter kroch er in sich zusammen. Der plötzliche Tod der Mutter hatte den Knaben früh gereift, hatte den in seinem Charakter schlummernden Ernst und die Neigung zu melancholischer Resignation allzufrüh geweckt.

7

Der Kaiser, der sich nach dem Tod Doña Isabellas für einige Tage in das Kloster Sosla zurückziehen wollte, zögerte an der Schwelle des Schlosses, als reue ihn sein Entschluß, sich nicht von seinen Kindern zu verabschieden. Er fragte nach dem Infanten Felipe.

»Der Infant befindet sich auf der Terrasse. Befehlen Eure Majestät, daß man ihn rufe?« fragte der Kämmerer.

Karl schüttelte den Kopf und ging selbst die wenigen Schritte durch den Park zurück. Die Fliesen waren feucht vom Frühlingsregen; nun aber war die Sonne durch die Wolken gebrochen und sandte vereinzelte Strahlen durch das Gebüsch von Jasmin und Steineichen. Es roch nach feuchtem Laub und nasser Erde.

Der Infant ging auf der Terrasse auf und ab, die Finger zwischen den Seiten eines Buches, in das er ab und zu einen Blick warf. Er sah den Vater erst, als dieser neben ihm stand. Karl glich seinen Schritt dem des Knaben an und ging an seiner Seite die lange Terrasse hinab bis zu den Stufen, die von griechischen Götterskulpturen gesäumt war.

Der Kaiser legte die Hand auf die Schulter seines Sohnes.

»Ihr habt gelernt, Philipp? Ich hoffe, mit Erfolg!«

»Ich habe zu arbeiten versucht«, erwiderte der Prinz. Er sprach nicht weiter, als wolle er zwar noch etwas sagen, könne es aber nicht.

»Mein Kind«, sagte der Kaiser stockend, »denkt Ihr stets an Eure Mutter?«

Philipp sah starr vor sich hin; keine Miene regte sich in dem zarten, schönen Knabengesicht.

Karl wußte, daß der Infant mit leidenschaftlicher Liebe an seiner Mutter hing. Ihr allein hatte sich sein zurückhaltendes Wesen erschlossen; nur Isabella hatte es vermocht, sein früh erwachtes Mißtrauen, seinen selbstquälerischen Hang zur Einsamkeit zu bekämpfen. Karl erinnerte sich der Worte, die sie einst gesprochen hatte: »Philipp wird nie etwas tun, was gegen seine Ehre wäre. Möge ich nur lange genug leben, ihn zu lehren, nichts gegen sein Glück zu tun.«

Du hättest nicht sterben dürfen, Isabella! dachte Karl. Da ist eine Aufgabe, die ich – du wußtest es – nicht erfüllen kann, so gerne ich es möchte. Aber wann hat sich das Schicksal schon darum gekümmert, ob ich mich meinen Aufgaben gewachsen fühlte!

»Da uns die Kaiserin verlassen hat, mein Sohn, müßt Ihr immer zu mir kommen, wenn Ihr was braucht. Ich meine: Wünsche und Fragen, die ein Kind sonst an die Mutter richtet.« Seine Stimme klang brüchig und hart; sie verbarg, was sie gern verraten hätte: die Zärtlichkeit für den Sohn, das Werben um seine Liebe. »Werdet Ihr das können, Philipp?«

Der Knabe stand ihm mit weit offenen Augen gegenüber, die Tränen mühsam zurückhaltend. Er schwieg einige Augenblicke. Dann sagte er, wobei die Stimme wie die des Vaters klang: »Ich ehre und liebe Eure Majestät von Herzen, wie es meine Pflicht ist.«

Der Kaiser ließ seine Hand von der Schulter des Prinzen sinken. Lieben wir einander, dachte er, wie es unsere Pflicht ist, mein Sohn? Vielleicht lieben wir einander mehr als zuvor. Aber die Liebe wird keine Flamme sein, die uns wärmt, denn wir sind stumm.

8

Im Jahr 1528 hatte Jeanne d'Albret, Tochter des Schattenkönigs Henri d'Albret von Navarra, dessen Reich diesseits der Pyrenäen durch Annexion in den Besitz Spaniens übergegangen war, das Licht der Welt erblickt. Ihre Mutter Margarete war die Schwester des französischen Königs Franz I. Schon im Februar 1537 war das Paar an Karl V. mit dem Vorschlag herangetreten, ihre Tochter mit dem Infanten zu vermählen, und der Kaiser hatte sich dem Plan nicht verschlossen. Denn hier öffnete sich ein Weg, auf dem er in die französische Machtsphäre eindringen mochte. Eile war nicht geboten, denn die beiden Kinder zählten ja kaum zehn Jahre, doch mußte man den Plan geheimhalten und zur gegebenen Zeit in die Tat umsetzen. So war dem künftigen König Philipp II. die erste Gattin schon bestimmt, noch ehe er recht wußte, was dieser Begriff bedeutete.

Zwei Jahre waren vergangen. Im Winter 1539/1540 zog Karl V. nach Flandern und nahm auf Einladung Franz' I. seinen Weg durch Frankreich. Er verbrachte einige festliche Wochen am französischen Hof, gab Versprechungen und Zusagen, mit deren Einhaltung niemand rechnete, suchte in der farbigen Unrast der wechselnden Eindrücke einige Ablenkung von der schweren Trauer, die immer noch auf ihm lastete. Abends, wenn sich die Sonne dem Horizont zuneigte und er manchmal in seinen Gemächern allein war, glaubte er die einschmeichelnden Weisen der Gitarren von jenseits des Guadalquivir zu hören, wie damals in Sevilla, als er Isabella zum ersten Mal begegnet war, als das zarte Pflänzchen der Liebe die ersten Knospen zeigte – Weisen, die er niemals vergessen würde.

Margarete von Navarra benutzte diese Tage und Wochen, um mit dem Kaiser neue Verhandlungen zu führen. Karls Überraschung war groß, als er bald nach seiner Ankunft in Brüssel die Nachricht erhielt, die angestrebte Rückgabe des Herzogtums Mailand sei an die Bedingung geknüpft, daß Philipp von Spanien und Jeanne d'Albret von Navarra zuerst miteinander verheiratet würden. Aber es kam anders.

Im Sommer 1541 trat die kindliche Prinzessin mit dem Herzog von Cleve vor den Traualtar. Der Plan war zerschlagen, Franz I. war aus diesem Schachspiel als Sieger hervorgegangen.

XI.
Der Kaiser und das Bürgermädchen

1

Ehe Karl V. nach Spanien zurückkehrte, hatte er in den Niederlanden nach dem Rechten gesehen, und in Regensburg den deutschen Reichstag abgehalten.

Am Tag seiner Ankunft zog sich Karl nach dem Mittagsmahl in seine Räume zurück. Er setzte sich in den Lehnstuhl am Kamin und ließ seinen Gedanken freien Lauf.

Ich werde alt! Die Gicht plagt mich, und ich habe keine schmerzfreie Minute. Nichts läßt mich die Krankheit vergessen, und wo ist eigentlich mein Heim? In Madrid? Toledo? Avila? Aranjues? Nirgends fühlte er sich zu Hause, nirgends spürte er die Wärme, die Geborgenheit, die Sicherheit, die jedem anderen zur Selbstverständlichkeit wurde. Isabella war nun schon einige Jahre tot. Und die Kinder? Er war viel zu oft auf Reisen, was dem Kontakt mit ihnen nicht zuträglich war. Er hatte auch nie viel Zeit aufgewandt, um sich der Probleme der Kleinen anzunehmen. Es war die Mutter, die ihnen fehlte.

Mein Leben waren Kriege, dachte er, Verhandlungen, Verwaltung und immer wieder Geldsorgen. Wie oft weilte ich in Deutschland, diesem fremden Land, entweder hier in Regensburg, um die ewig zankenden Fürsten zu beruhigen, oder im Fuggerschen Haus,um Kredite zu erbitten. Wie oft hing alles von der Gewogenheit des alten Fugger ab, wie oft mußte ich ihm schmeicheln, ihm Privilegien einräumen, mußte ich mich beinahe demütigen für eine Handvoll Gold.

Die graue Dogge, die mit im Zimmer weilte, hob den Kopf von den Pfoten und blickte zur Tür. Dann stand sie auf, dehnte die mächtigen Glieder und knurrte leise und drohend, als sich die Tür öffnete.

Karl griff nach dem Halsband des Hundes und streichelte den glatten Kopf, um das Tier zu beruhigen. Als er sich nach der Tür wandte, sah er, wie diese soeben vorsichtig wieder geschlossen wurde.

»Wer ist an der Tür?« rief er.

Die Tür öffnete sich wieder. »Verzeiht! Ich wußte nicht, daß Eure Majestät in diesem Raum weilten.«

Es war eine blutjunge Frau mit goldgelocktem Haar und schwarzen Augenbrauen. Sie glich dem Madonnenbild, das Meister Tizian so wundervoll gemalt hatte und das in der Kathedrale von Madrid hing. Ihre Augen waren blau und strahlten Güte aus, ihre Bewegungen waren schlicht und dennoch graziös. Ihre Stimme klang zärtlich und selbstbewußt zugleich.

»Tretet näher, Madonna!« Karl hielt die Dogge am Halsband fest, bis sie sich wieder beruhigt und zu seinen Füßen niedergestreckt hatte. »Da Ihr nicht mich zu sehen erwartet habt, gesteht doch, wen habt Ihr zu finden gehofft?«

Die Worte des Kaisers klangen wie ein väterlicher Scherz. Diese junge, kleine, zarte »Madonna« hätte nicht so erröten müssen, dachte Karl.

»Ich dachte«, sagte sie stockend, »Eure Majestät hätten bereits das Haus verlassen, und da ich mich müde fühlte, wollte ich ...«

Karl unterbrach sie lächelnd. »Ihr fühlt Euch müde, weil Ihr dachtet, ich hätte das Haus schon verlassen? Wäre ich jünger, würde ich es wagen, diesen Worten eine freundliche Deutung zu geben. Nein, nein, erschreckt nicht. Ich weiß, es war nicht so gemeint. Kenne ich Euren Vater?«

»Mein Vater starb kurz nach meiner Mutter, die vom Kindbettfieber dahingerafft wurde. Ich bin in Regensburg daheim und lebe im Gartenhaus meines Onkels, dessen Haushalt ich vorstehe. Mein Namen ist Barbara Blomberg.«

»Ich fragte es«, sagte Karl mit ein wenig Selbstironie, »nicht, weil ich den Namen Eures Vaters wissen wollte, sondern weil ich Euren Namen aus Eurem Mund hören wollte.«

»Der Bürgermeister ist ein entfernter Verwandter, der so gütig ist, mich häufig einzuladen, um mich aus meiner Einsamkeit zu erlösen. Dafür gehe ich ihm zur Hand, wenn Regensburg hochgestellte Gäste beherbergt.«

»Auch ich, der Kaiser, war bereits Gast in Regensburg. Warum sahen wir uns nicht schon früher?«

»Weil ich zu jung bin. Das erste Mal war ich vor knapp zwei Jahren hier, als ich das achtzehnte Lebensjahr erreicht hatte.«

»Eure Stimme klingt wie die Katharinas, meiner jüngsten Schwester, die in Spanien erzogen wurde und die ich nur einige Male flüchtig gesehen habe. Sie wurde in jungen Jahren mit dem Prinzen von Portugal vermählt. Sie hatte eine traurige Jugend, meine kleine Schwester«, fügte er hinzu. »Sie wurde bei der Mutter in Tordesillas erzogen, und meine Mutter – vielleicht wißt Ihr es – war sehr krank.«

Barbara schüttelte den Kopf.

»Ihr wußtet es nicht? Es geschieht manchmal, daß ich Dinge aus meinem Leben erzähle und bemerken muß, daß meine Zuhörer sie besser kennen als ich. Meine Schwester Katharina war ein fröhliches Kind. – Madonna, ich würde Euch gern lachen hören!«

Die blauen Augen Barbaras lachten, der Mund lächelte nur. Karl war wie verzaubert.

»Sicher versteht Ihr es, froh zu sein. Ich will Euch ein Geheimnis aus meinem Leben verraten. Schon als Kind konnte ich weder lachen noch weinen. Euer Lachen scheint mir wie ein Spiegelbild des Herzens meiner Jugendjahre, denn in meinem Inneren spürte ich die Regungen meiner Seele, die Ihr so offen zur Schau tragen könnt.«

»Als Kind?« fragte Barbara zweifelnd. »Wenn man Euch einen Wunsch erfüllte? Oder versagte?«

»Die Würde verbot es mir«, scherzte Karl. »Der sechsjährige Herr der Niederlande war sich seiner Pflichten bewußt, und der Kaiser mußte sich den Pflichten beugen.« Nun lächelte auch er, der ansonsten selten eine Miene verzog.

Der Kaiser fühlte sich plötzlich nicht mehr allein. Barbara lockte Worte auf seine Lippen, die ihm selbst fremd vorkamen und ihn überraschten.

Plötzlich aber zerriß harte Selbstironie den Traum. Der sechsjährige Herr der Niederlande war sich seiner Pflichten bewußt gewesen, der alternde Kaiser schien sie vergessen zu können.

»Ich friere, Madonna. Würdet Ihr den Mantel, der da herabgeglitten ist, wieder um meine Schultern legen?«

Sacht hob Barbara den Mantel auf und legte ihn sorgsam um seine Schultern. Einen Augenblick fühlte Karl die Berührung ihrer Hände, und Wärme durchströmte ihn. Er spürte ihre glühende Wange an der seinen und erbebte, als sie ihm einen Kuß auf die Stirn gab.

Jetzt versteht sie mich, dachte Karl. Gott sei Dank weiß sie nicht, was ich denke. Seit Isabella ihm ihr drittes Kind geschenkt hatte, war sie krank gewesen. Seit vier Jahren fühlte er sich allein, seit vier Jahren fror er in seiner Einsamkeit.

»Wollt Ihr mir nicht das Gartenhaus Eures Onkels zeigen, in dem Ihr lebt?«

Barbara hatte diese Frage erwartet. Nun, da er sie geäußert hatte, schämte sie sich, den Kaiser indirekt zum Besuch aufgefordert zu haben. »Nichts wäre mir lieber als das!« erwiderte sie.

»Doch wie gelangen wir ungesehen dorthin?« sagte er.

»Es liegt ganz nahe von hier. Hinter diesem Haus führt ein kleiner Steg dorthin.«

Barbara warf ihre Mantilla um, öffnete leise die Tür, und als niemand zu sehen, war, schlüpften sie und Karl durch eine schmalen Hintertür, eilten unbemerkt im Schatten großer Obstbäume bis zu einer kleinen Gartentür, und von dort waren es kaum mehr als hundert Meter bis zu dem großen und gut gebauten Gartenhaus, in dem Barbara lebte.

Die junge Frau führte den Kaiser in den Gartensalon, wo sie ihm burgundischen Wein kredenzte.

Die beiden Schmalseiten des großen Raumes waren zur Gänze mit bunten Butzenscheiben verglast. Auf dem Boden standen Jardinieren mit beschnittenem Buchsbaum, dazwischen Töpfe mit Pflanzen, welche die ersten Knospen zeigten, und in voller Blüte stehende Zwergrosen. An einer Längsseite befand sich ein Eßtisch mit Bänken für sechs Personen, gegenüber sah man Truhen und Schreine aus wertvollen Hölzern. Außerdem gab es eine bequeme Truhenbank. In den Ecken standen vierarmige Silberleuchter. Barbara entzündete die Kerzen, die eine Weile flackerten, ehe sie mit stetiger Flamme brannten. Es war ein heimeliger Raum, der selbst Kaiser Karl gefiel. Hier fühlte man sich wohl und spürte nicht jene Kälte, die viele Räume der königlichen

Schlösser ausstrahlten, von denen man den Eindruck gewann, daß sie nie wirklich bewohnt wurden. In diesem Gartensalon hingegen spürte man das Leben einer Familie, hörte die Stimmen von Menschen, die sich zwanglos unterhielten. Karl sagte voll Wärme: »Madonna, das ist ein Haus, wie ich es mir wünschte.«

»Majestät haben doch viele große und herrliche Schlösser. Was ist dagegen der kleine Gartensalon eines deutschen Bürgermädchens?«

»Ich würde mit Euch tauschen, Barbara. Bitte sagt nicht Majestät zu mir, nennt mich Carlos, wie ich Euch Madonna nennen werde. Laßt uns wie die Bürger der Stadt miteinander reden, meidet die höflichen Floskeln, laßt uns gemeinsam die Ruhe, den Frieden und« – Karl schmunzelte – »die Wärme der Liebe spüren. Wenn ich offen und ehrlich sein darf: Ihr seid für mich wie ein Traum, nicht ein Traum, der den Schlaf verschönt, sondern wie einer, den man wach erleben kann.«

Er stand auf, trat hinter den Lehnstuhl, in dem sie sich niedergelassen hatte, nahm ein Glas Burgunderwein und reichte es ihr, das zweite nahm er selbst. »Laßt uns anstoßen, Madonna, auf das Glück, das Ihr mir schenkt, das ich jedoch nicht verdient habe. Meine Hand hat oft den Tod gebracht, meine Befehle kosteten Hunderte von Menschenleben. Entscheidungen, die ich traf, die ich treffen mußte, schickten Menschen in den Kerker, und ich habe manches Todesurteil unterschrieben. Und nun halte ich mit dieser Hand dieses Glas Wein, um mit Euch auf unser gemeinsames Glück zu trinken.«

Karl beugte sich zu Barbaras Kopf nieder. Er drückte einen Kuß auf ihr Haar, sog mit Begierde den Duft ihres Körpers ein, spürte ihren heftigen Pulsschlag, küßte ihre dürstenden

Lippen. Karl und Barbara, der Kaiser und das Regensburger Bürgermädchen, waren eins geworden.

Der Kaiser war müde gewesen, doch sein Herz schien wieder jung zu werden. In jenen glücklichen Tagen strahlte er Freude und Optimismus aus. Er verspürte keine Schmerzen, außer der Furcht, seine »Madonna« bald wieder zu verlieren.

2

Das Glück dauerte nur wenige Tage. Denn in den Verhandlungen des Reichstags zeigte sich nur zu deutlich, daß die protestantischen Fürsten nicht länger stillhalten wollten. Sie waren zu keinerlei Zugeständnissen bereit, und verweigerten dem Kaiser wiederholt die schuldige Ehrerbietung. So war der Krieg unvermeidlich. Dieses Mal hatte der Kaiser vorgesorgt. Über die Alpen und aus den Niederlanden strömten seine Truppen herbei. Karl selbst führte das kaiserliche Heer. Geschickt wich er überlegenen protestantischen Kräften aus, taktierte geduldig und krönte schließlich seine Feldherrnleistung mit dem glänzenden Sieg in der Schlacht bei Mühlberg.

Es dauerte lange, ehe Karl V. nach Spanien zurückkehren konnte. Doch Prinz Philipp und die Infantinnen Maria und Juana brauchten ihren Vater, und er – wenn er ehrlich war – brauchte sie ebenso.

In dem jungen Prinzen fand Karl einen fleißigen, ernsten und klugen Jüngling vor, der mit redlichem Arbeitswillen die Mängel seiner unzulänglichen, pedantischen und schulmeisterlichen Geistesbildung auszugleichen strebte und der mit Pflichtbewußtsein die täglich mehrstündigen Unterweisungen des kaiserlichen Vaters aufnahm.

Der persönliche Einfluß Kaiser Karls hat den späteren Philipp II. nachhaltig geprägt. Der Kaiser liebte seinen Sohn und Erben und war stolz auf ihn. Philipp hingegen konnte für den Vater, den er in den Knabenjahren nur wenig um sich gesehen hatte, nie jene Kindesliebe verspüren, die er für seine Mutter empfunden hatte, aber dafür hatte er um so mehr Ehrfurcht vor ihm. Mit demütiger Gefügigkeit tat er immer nur das, was der Vater für gut und richtig hielt.

Karl V. hatte es sich in jenem friedlichen Jahr 1542 angelegen sein lassen, den Sohn intensiv auf seinen künftigen Beruf vorzubereiten: durch theoretische Belehrung und praktische Anschauungen. Die europäische Politik war für den Prinzen zunächst weniger wichtig: Karl, der rüstige und nur noch von Zeit zu Zeit gichtgeplagte Vierziger, hielt die Zügel noch straff in der Hand; auch hätte der jugendliche Schüler den verwickelten Problemen seiner Zeit und ihrer beängstigenden Vielfalt kaum das nötige Verständnis entgegenbringen können. Aber es bestand stets die Wahrscheinlichkeit, daß Karl V. wieder gezwungen sein würde, auf Monate oder Jahre nach Deutschland oder Flandern, nach Böhmen oder Italien zu reisen und Spanien sich selbst zu überlassen.

Das aber wollte er in Zukunft nicht mehr tun, ohne die Regentschaft in die Hände seines Sohnes zu legen. Der Prinz mußte also vor allem lernen, wie er sich als Stellvertreter des Herrschers innerhalb der Grenzen des Stammlandes und zur bestmöglichen Förderung der spanischen Interessen zu verhalten hatte. Und was die letzteren anging, so erfuhr der junge Prinz zu seiner nicht geringen Verwunderung, bestanden zwei einander befehdende Parteien: auf der einen Seite der Kardinal-Erzbischof von Toledo, Don Juan Pedro de Tavera, der alternde Don Juan de Zuñiga, der vom Prinzen hochgeschätzte Erzieher, sowie Graf Osorno, auf der anderen der

Herzog von Alba und der Staatssekretär Don Francisco de los Cobos.

Philipp konnte die große Menschenkenntnis und das erfahrene Urteil seines Vaters nicht genug bewundern, aber ihm war heimlich bange, wie er selbst einst in diesem Intrigenspiel aller gegen einen würde bestehen können. Nur eines wuchs beständig in ihm: seine grenzenlose Ergebenheit diesem Mann gegenüber, der ihm Kaiser, König und Vater in einem war, der stets das Beste für ihn wollte und das Rechte tat, der in allem Tun und Lassen so unfehlbar war, wie es Menschen nur immer sein können.

Selbständigkeit gab es für Philipp nicht. Er zog von Mozón nach Saragossa, von hier nach Lérida, Tarragona, Cervera, Barcelona und endlich nach Valladolid. Immer schlief er außerhalb der Stadtmauern in einem Kloster oder einem anderen geeigneten Haus, hielt am Morgen festlichen Einzug, wurde von Behörden, Geistlichkeit und Adel auf das prunkvollste empfangen und gehörte zwei, drei Tage dem Volk. Diese Prozedur mußte er über sich ergehen lassen, da er den Treueschwur der Behörden, des Adels und der Volksvertreter als Thronfolger noch nicht empfangen hatte und daher in der betreffenden Stadt nicht nächtigen durfte. Allerdings waren die Spanier durch und durch monarchisch gesinnt, und die Habsburgerdynastie war, da sie mütterlicherseits von einer Spanierin abstammte, schon in der zweiten und dritten Generation quasi zu einem spanischen Geschlecht geworden. Die politische Tradition verlangte jedoch die Einhaltung von Förmlichkeiten, die den wahren Gefühlen des Volkes Hohn sprachen.

Als Karl V. seinen Sohn und Erben dem Herzen des Volkes genügend nahegebracht hatte, konnte er Kraft und Trost aus dieser monarchisch-dynastischen Volksverbundenheit ziehen.

Bei den Heiratsplänen für seinen Sohn ließ sich der Kaiser immer nur von zwei Gesichtspunkten leiten: die ins Auge gefaßte Eheschließung mußte entweder der Einkreisung und Schwächung des Erbfeindes Frankreich dienen, oder aber sie brachte eine so hohe Mitgift, daß damit die allezeit drückenden Kriegsschulden für eine Weile beglichen werden konnten.

Einem Ehebund mit Maria von Portugal, der Tochter seiner jüngsten Schwester Katharina und des portugiesischen Königs Johann III., stand Karl wohlwollend gegenüber, da er mit dem erklecklichen Strom portugiesischer Golddukaten den leeren kaiserlichen Staatssäckel aufzufüllen hoffte.

Am 1. Dezember 1543 wurden in Lissabon die Heiratsverträge abgeschlossen und die stattliche Summe von 800 000 Cruzados de oruo floß als Mitgift in die spanische Staatskasse. Am 6. Mai 1544, sechs Monate nach der tatsächlichen Eheschließung, konnte Prinz Philipp weitere 300 000 Cruzados in Empfang nehmen.

Dennoch stand die Verbindung unter einem unglücklichen Stern. Nach einer schweren Geburt erblickte am 8. Juli 1545 ein schwächlicher Knabe, Don Carlos, das Licht der Welt. Vier Tage später erlag Maria von Portugal dem Kindbettfieber. Auch ihr Bruder starb, bevor sich sein Hochzeitstag zum zweitenmal jährte. In beiden Toten war das Blut der wahnsinnigen Johanna geflossen, ihr Tod war von Gerüchten umsponnen, Valladolid wurde die Stadt des Todes genannt.

3

Kaiser Karl V. weilte nach langer Abwesenheit wieder in Regensburg, umsorgt von Johannes Wagner, einem alten Diener im Hause Thurn und Taxis. Dieser wurde von seinem Herrn immer für die persönliche Bedienung des Kaisers abgestellt, wenn dieser in der alten, ehrwürdigen Reichsstadt weilte. Johannes wußte schon seit mehr als zwei Jahrzehnten um die Eigenheiten Karls, er verstand es, jeden Wunsch von des Kaisers Lippen abzulesen, stellte alles an seinen richtigen Platz, half Karl beim An- und Auskleiden, zog die Vorhänge des Abends zu und öffnete die Fenster, sobald die ersten Sonnenstrahlen ins Zimmer drangen – kurz, der Kaiser war umhegt und versorgt, wie in kaum einem von seinen Schlössern.

»Johannes, nun war ich schon längere Zeit nicht mehr hier. Wie ich hörte, bewohnt Barbara Blomberg nicht mehr das Gartenhaus ihres Onkels. Warum das?«

»Sie gebar vor einem Jahr ein Kind, Majestät, dessen Vater unbekannt ist. Hier in Regensburg wiesen die Leute mit dem Finger auf sie, sobald sie sich in der Öffentlichkeit zeigte. Ihr eigener Onkel war nicht imstande, von ihr den Namen des Vaters zu erfahren. Darum wollte er nicht mehr unter einem Dach mit ihr leben und verbannte sie in zwei kleine Räume, die nicht mehr zum Haus selbst gehören. Barbara erhält monatlich eine bescheidene Rente und lebt zurückgezogen nur für ihr Kind. Ein wahrer Jammer, Majestät!«

»Und du, Johannes, weißt auch nicht, wer der Vater ist?«

»Um ehrlich zu sein, wie ich es nun schon seit mehr als zwanzig Jahren zu Eurer Majestät bin, sobald Majestät in Regensburg weilen – ich weiß es! Ich sah Euch damals mit Barbara den schmalen Steg zum Gartenhaus gehen und weiß auch, daß Eure Majestät erst in den frühen Morgenstunden zurückkehrten. Vergebt mir, Herr, daß ich so ehrlich bin und sage, was ich damals sah und was ich denke.«

»Dir brauche ich nicht zu vergeben, Johannes. Im Gegenteil. Ich danke dir für deine Treue und Verschwiegenheit.«

Dem Wunsch Karls entsprechend führte Johannes den Kaiser am Abend zu dem kleinen Gartentor, durch das man über eine schmale Holztreppe zu den beiden Zimmern gelangte, in denen Barbara mit ihrem Kind hauste.

Am Fuß der Treppe kehrte Johannes um, und Karl erklomm mühsam die schmalen, ausgetretenen Stufen. Jeder Schritt verursachte ihm Schmerzen, und sein Herz pochte heftig. Das schlechte Gewissen, daß er sich so lange nicht um Barbara gekümmert hatte, plagte ihn, so daß er sich mit jeder Stufe schuldiger fühlte. Er wußte ja von dem Kind, hatte er doch durch einen Vertrauten des Hauses Fugger von seiner Geburt erfahren, er wußte auch, daß es ein Knabe war – ein Sproß des Hauses Habsburg.

Als er einen Augenblick vor der kleinen Tür verharrte, die in die beiden Räume führte, stieg ihm der Duft von Lavendel, frisch gewaschenem Leinen und feuchter Erde in die Nase. Die untergehende Sonne erhellte den kleinen Hof, es war sechs Uhr abends, eine Stunde vor dem Nachtmahl. Der abgegriffene Riegel lag leicht in seiner Hand, und mühelos öffnete er die Tür, die ins Dunkel führte.

Die junge Frau wiegte gerade das Kind in den Schlaf, als sie die Schritte des Besuchers hörte.

»Guten Abend, Madonna!« Karl schloß die Tür hinter sich, trat ein paar Schritte näher zur Wiege und ließ Barbara Zeit, sich zu fassen. »Mußtet Ihr nicht erwarten, Madonna, dem Vater Eures Kindes noch einmal zu begegnen?«

Langsam streifte er den Handschuh ab, schob zögernd den Vorhang der Wiege zurück und warf einen langen Blick auf das Gesicht seines Kindes.

»Das also«, sagte er leise, »ist der jüngste Sproß des Hauses Habsburg. Ich danke Euch, Madonna.«

»Sire!«

»Sire? So lange Zeit ist seit jener Nacht vergangen, in der Ihr mich anders zu nennen wußtet? Ich bin zu keinem anderen Zweck gekommen, Barbara, als dem, den kleinen Prinzen zu sehen und Euch zu fragen: Was kann ich für Euch tun?«

»Was könntet Ihr sonst noch tun, Sire, als Euch manchmal – wie heute – jener Nacht zu erinnern, in der Ihr mein Leben zerbrochen habt?«

Der Kaiser sah die junge Frau an und fand lange keine Antwort. Der Raum, der ihn mit so friedlichem Behagen empfangen hatte, schien ihm plötzlich verändert. Endlich beherrschte er den dumpfen Schmerz in seinem Herzen, zwang die Stimme, die ihm nicht gehorchen wollte, zur Ruhe.

»Ich kann mehr, Barbara, als mich nur dieser Nacht zu erinnern, ich kann weit mehr!«

Er legte den Arm um sie, führte sie zu dem schlichten Hocker, der an an der Wiege stand. Unwillkürlich schmiegte sie, sich zurücklehnend, den Kopf in seinen Arm, als wollte sie sagen: Vergib mir. Ich war allein und habe viel gelitten.

»Habe ich Euer Leben zerbrochen, Madonna? Nichts kann diesen Vorwurf ungeschehen machen. Ich kann mehr, als mich nur dieser Nacht zu erinnern. Ich kann sie vergessen, und ich kann versuchen, sie Euch vergessen zu machen.«

Sie schüttelte den Kopf. Er wich ihren Augen aus, wenngleich sie seinen zärtlichen Blick suchte.

»Madonna! Ich weiß ein Haus in Gent. Ein schönes Haus mit einem Garten, in dem Rosen und Narzissen blühen. Das Haus hat einen Flur mit blauen Fliesen und eine hölzerne Wendeltreppe.«

»Wie diese hier?«

»Wie diese hier. Darin wohnt eine junge, glückliche Frau mit ihren Kindern. Sie ist längst vermählt und hat mehrere

Kinder. Diese junge Frau soll in ihrer Heimat – man sagt, sie sei aus Augsburg oder Regensburg – Schweres erlebt haben. Doch das weiß niemand so genau. Auch sie selbst hat beinahe schon vergessen, daß einst der Niederländer Karl von Gent ihr Leben zerbrochen hat.«

Als Barbara etwas erwidern wollte, fuhr Karl fort: »Sagt nichts! Laßt mich zu Ende sprechen, Barbara. Manchmal denkt sie noch an ihn, aber dann sind ihre Gedanken freundlich. Und sie weiß: Karl von Gent würde gern ab und zu eine braune Wendeltreppe emporsteigen...«

»Und er? Unser Sohn?« fragte Barbara.

»Ihr habt wohl verstanden«, erwiderte Karl, »daß alles, wovon ich spreche, erst geschehen wird, wenn das Kind der Mutter nicht mehr bedarf. Dann aber wird sein Vater für die Erziehung des Prinzen Juan d'Austria sorgen.«

Der Kaiser verlangte keine Antwort. Er nahm die Handschuhe vom Tisch, warf noch einen Blick auf das Kind und betrachtete kurz das Zimmer in seiner Kargheit, als müsse er dieses Bild unauslöschlich seinem Gedächtnis einprägen.

»Dieser Feldzug hat Euer Haar grau werden lassen«, sagte Barbara Blomberg leise, um den Abschied hinauszögern.

»Ja.« Karl lächelte flüchtig. »Ganz grau.« Er reichte ihr die Hand und küßte nun doch die roten Lippen, die sich ihm boten.

»Denkt daran, Madonna: dieses Kind wird einst die Christenheit Europas retten. Ich ahne es! Dann wird sich das Mysterium jener Nacht erfüllen, und in allen Kathedralen und Kirchen, in jeder Stadt, in jedem Dorf, werden die Glocken läuten und man wird um sein Wohl beten!«

Langsam stieg er die hölzerne Wendeltreppe hinab.

XII.
Im Kloster zu Yuste

1

Karl V. kehrte zu seinen Truppen zurück, die seit Oktober 1552 Metz belagerten. Er hoffte, seine Anwesenheit könnte den spanischen Soldaten neuen Mut einflößen, doch dieser Gedanke erwies sich als trügerisch. Die Truppen waren müde und abgekämpft, und die Hoffnungen auf einen erfolgreichen Abschluß dieser nicht endenwollenden Belagerung waren geschwunden.

Der Kaiser selbst, den das Alter drückte, der nie ohne Schmerzen in die Schlachten gezogen war, hatte sich längst entschlossen, die Krone Spaniens an seinen Sohn Philipp weiterzugeben und auch die Kaiserkrone zurückzugeben. Er hatte jahrzehntelang ein unstetes Leben führen müssen, war immer wieder nur für kurze Zeit bei seiner Familie gewesen. Nun spielte er mit dem Gedanken, einen Platz in Spanien zu suchen, an dem er die Jahre, die ihm noch verblieben, zurückgezogen und fern vom Weltgeschehen würde verbringen können.

Als er im Zeltlager mit einer Gruppe spanischer Offiziere zusammensaß, fragte er daher einen von ihnen: »Oberst Quijada, helft meinem Gedächtnis nach! Wo liegt das Kloster Yuste?«

»In Estremadura, Majestät, in der Vera von Plasencia, nicht weit von Jarandilla.«

Karl dachte an Yuste: Nirgends reifen die Orangen so süß wie in der Estremadura. Dort muß es also warm und sonnig sein – nahe von Jarandilla.

»Wenn es noch lange so weitergeht, fällt das Heer den Seuchen zum Opfer. Aber wir tun alle unsere Pflicht«, sagte Oberst Quijada.

Der Kaiser zuckte zusammen. Er hatte, ganz in Gedanken versunken, nur das letzte Wort »Pflicht« gehört, aber dieses Wort besaß immer noch die Macht, ihn aus seinen Träumen zu reißen.

Von fern hörte man das dumpfe Grollen der Geschütze. Karl V. nahm Papier und Feder zur Hand und erläuterte mit kurzen Worten und Strichen den neuen Angriffsplan, den er für nötig hielt.

2

Der Kaiser hatte den Befehl erteilt, für ihn im Kloster zu Yuste ein kleines Palais zu erbauen. Kein prunkvolles Haus, wenige Zimmer nur, die, freundlich und sonnig, den Blick auf den Klosterhof und die Orangengärten freigaben.

Im Winter schickte der Baumeister die Pläne des neuen Hauses zu Yuste an den Hof nach Brüssel.

Der Kaiser zeigte sie keinem seiner Vertrauten und verbarg sie eifersüchtig vor den Königinnen Maria und Eleonore, seinen Schwestern. Königin Maria, die Witwe Ludwigs II. von Böhmen und Ungarn, würde zwar ohnehin kein Interesse mehr daran haben – sie hatte zu lange die Regentschaft der Niederlande geführt, als daß sie noch an etwas anderes denken konnte als an Steuern und Kriegshilfen, Beschlüsse und Bewilligungen der Generalstaaten. Auch liebte sie es nicht, wenn andere sprachen, und unterdrückte nur ihre Ungeduld, wenn sie zuhören mußte.

Die jüngere Schwester in seinen Diensten war allzu klug und hart geworden, Eleonore, die Königinwitwe von Frankreich, war nach dem Tode ihres Gatten nach Brüssel gekommen, vom Leben zermürbt – von einem Leben, das wiederum kein anderer als er, der Kaiser, ihr aufgebürdet hatte.

Tagsüber war also jeder Gedanke Karls, der nicht der Pflicht diente, verbannt. Aber keine Pflicht verbot es ihm, nachts, wenn er nicht schlafen konnte, die Lampe am Bett zu entzünden und die Zeichnungen des Baumeisters hervorzuholen.

Hier, in diesem Zimmer, dessen Fenster auf den Klosterhof gingen, müßte eine Tür durchgebrochen werden, so daß er zu den Orangenbäumen gelangen konnte, ohne die Vorzimmer zu betreten.

So stellte sich Karl in seinen Gedanken vor, was der Baumeister in seinen Plänen ändern mußte.

Diese Nische an der Nordwand der Terrasse – wie mochte sie im Winter die wärmende Sonne auffangen! Hier sollte man eine Bank aufstellen, denn von hier aus müßte man über das Myrten- und Rosengebüsch des Abhanges weit in die Ebene von Plasencia sehen können.

Da fiel Karl der Wettlauf mit seinem Bruder Ferdinand ein, als er über einen verdorrten Rosenzweig gestolpert war und sich verletzt hatte. Jetzt, im Alter, mußte er vorsichtig zwischen Rosenbüschen promenieren, um nicht einen ähnlichen kleinen Unfall herauszufordern …

3

Karl V. beschloß also, seinem Sohn die Würde des Herrschers der Niederlande und Königs von Neapels zu übertragen. Die Krone Spaniens und aller anderen Besitztümer sollte folgen.

Als er dies Philipp mitteilte, erwiderte der Infant mit versteinerter Miene: »Allergnädigste Majestät – ich wage es nicht, dem Entschluß Eurer Majestät zu widersprechen, weil ich die Überzeugung hege, daß dieser Entschluß nur Euren Wünschen entsprang. Aber es wird kaum möglich sein, die Ruhe in diesen Ländern aufrechtzuerhalten, wenn mir das Königreich Spanien nicht mit seiner Macht zur Verfügung steht.«

»Ihr hättet mir zumuten können, daß auch ich dies erkannte«, erwiderte Karl kalt und musterte seinen Sohn mißbilligend. »Längst schon habe ich mich entschlossen, Euch bald die Krone von Spanien zu übertragen.« Nachsichtig fügte er hinzu: »Es hätte dieser Erinnerung nicht bedurft.«

Als nächstes sandte Karl eine Botschaft an die deutschen Kurfürsten, in der er seinen Verzicht auf die Kaiserkrone zugunsten seines Bruders Ferdinand bekanntgab. Diesem Bruder hatte er ja bereits früher die Regierung in den österreichischen Erblanden und die Stellvertretung im Reich überlassen. Nun schrieb er in einer feierlichen Urkunde, er trete ihm auch das Römische Kaisertum ab, samt Verwaltung, Titel und Hoheit, Zepter und Krone, mit jeglichen Rechten, frei, vollkommen und unwiderruflich. Zum letzten Mal unterzeichnete er eine Urkunde mit: Yo el Rey.

Karl zog sich von Brüssel in das Schloß Sterrebeke zurück und harrte ungeduldig des Tages, an dem alles geordnet sein würde und sein Schiff den Anker lichten konnte.

Königin Eleonore wollte mit ihm reisen, und auch Königin Maria dachte daran, ihre letzten Jahre in Spanien zu verbringen. Sie ließ sich nicht dazu überreden, dem jungen König mit ihrer Erfahrung in der Regierung der Niederlande beizustehen.

»Soll ich mich nun an die Launen meines Neffen gewöhnen, nachdem ich mich endlich an die meines Bruders gewöhnt habe? Ich bin zu alt, als daß ich noch einmal mit dem ABC beginnen möchte.«

Der Kaiser war damit zufrieden, da die Königinnen versicherten, ihn nicht zu oft in Yuste besuchen und keine Verwirrung in das stille Klosterleben bringen zu wollen, das er zu führen gedachte. Oberst Quijada, der dem kaiserlichen Haushalt in Yuste vorstehen sollte, stellte die Liste derer auf, die den Kaiser ins Kloster begleiten sollten. Es waren über zweihundert.

Der Kaiser überlegte lange, denn er hatte mit dem Gedanken gespielt, als einfacher niederländischer Bürger in Yuste zu leben. Er war sich aber darüber im klaren, daß er in diesem Fall kein so großes Gefolge brauchte. Er wußte jedoch nicht, wie er seinen Haushalt einfacher gestalten konnte – und Quijada wußte es offenbar noch weniger. Also ließ er es dabei und entschuldigte sich vor sich selbst mit seinem Alter und mit Gewohnheit.

Die Abreise konnte nicht sofort stattfinden, weil sich die Geldsendungen aus Spanien verspäteten, deren Karl bedurfte, um jenen Teil des Hofstaates, der in den Niederlanden zurückblieb, zu entlohnen. Sie verzögerte sich noch um weitere zwei Wochen, weil König Philipp II. befunden hatte, daß Karl die mühevollen Steuerverhandlungen mit den Generalstaaten für ihn führen sollte, auch wenn er nicht mehr das Oberhaupt der niederländischen Regierung war. Dies zeigte einmal mehr, daß Philipp den Rat seines Vaters auch weiterhin brauchte.

4

Seit fünf Tagen weilte Karl im Schloß zu Valladolid, wo ihn seine Tochter Doña Juana erwartet hatte. Es war Karl nicht leichtgefallen, das kleine Mädchen, das er vor zwölf Jahren in Spanien zurückgelassen hatte, in der großen, schlanken Dame im goldfarbenen Kleid wiederzuerkennen, die niederkniend seine Hand küssen wollte und die er noch rechtzeitig in seine Arme schloß, um ihre Stirn mit seinen Lippen zu berühren. Es war ihm nicht nur schwergefallen, einen Weg zu seiner Tochter zu finden – er hatte eigentlich gar keinen Zugang gefunden.

Doña Juana, die während der Abwesenheit des Königs Regentin Spaniens gewesen war, mochte es nicht anders ergangen sein. Täglich sandte sie ihrem Vater Früchte und Blumen und ließ nach seinem Befinden fragen. Es schien, daß Doña Juana förmlich um die Liebe ihres Vaters buhlte, so wie er alles nur Erdenkliche tat, die Liebe der Tochter zu gewinnen.

Diese Tage in Valladolid waren keine Ruhetage für Karl, und er hatte wohl auch nichts anderes erwartet. Abgesandte der italienischen Länder, Böhmens, Ungarns und Befehlshaber der Truppen, die in Neuspanien ihren Dienst versahen, gaben sich die Türklinken förmlich in die Hand. Es gab kaum einen spanischen Granden, der nicht um eine Audienz bei seinem alten König nachgesucht, kaum einen, der nicht seinen Rat und seine Entscheidung erbeten hätte.

Vergeblich war der Einwand, daß sie sich an König Philipp II. oder an die Regentin Doña Juana wenden sollten. Der

Kanzler bat um seinen Rat bezüglich der Steuerverweigerung der katalanischen Bauern. Der Schatzmeister fragte an, ob Karl es für gerechtfertigt halte, beim Erzbischof von Toledo eine Anleihe aufzunehmen, da König Philipp neue Gelder für Neapel angefordert hatte. Der Konnetabel der italienischen Truppen bat im Namen aller Offiziere kniefällig um die Gnade, der kaiserlichen Majestät seine Truppen vorführen zu dürfen. Wenn er sie schon nicht mehr zum Sieg führen konnte, so wollten sie doch wenigstens einmal unter seinen Augen paradieren, ehe sie sich einschifften.

Der Kaiser lehnte all dies ab und war kaum dazu zu bewegen, auch nur einen Rat zu erteilen. Aber auch das Ablehnen kostete ihn viel Zeit, und er erkannte, daß jeder Faden, der ihn mit der Krone verknüpfte, einzeln gelöst werden mußte.

Doña Juana ließ ihren Vater um eine Unterredung bitten, die der Kaiser sofort gewährte, obwohl der Marqués von Astorga und der junge Graf Mendoza zur Audienz erwartet wurden. Sollten die Herren eben ein wenig warten – das Gespräch mit der Regentin würde nicht allzulange dauern.

»Nun, meine Tochter«, wandte sich Karl an Juana, » in welcher Sache kann ich Euch raten?«

»Ich hoffe, daß Eure Majestät nicht zu sehr durch Arbeit angestrengt ist.«

Hellhörig spürte der Kaiser einen falschen Klang in diesen Worten. »Ich arbeite jetzt nicht mehr, als ich zu leisten vermag«, antwortete er kurz und warf einen forschen Blick auf seine Tochter. »Warum seht Ihr mich so nachdenklich an, Doña Juana? Versucht Ihr Euch zu entsinnen, wie ich vor zwölf Jahren aussah, ehe das Schicksal uns trennte? Damals war mein Haar noch dunkel, und Ihr wart ein kleines, eigensinniges Mädchen, das nicht Französisch lernen wollte.«

Die Prinzessin errötete. Dann hob sie das Kinn noch etwas

höher. »Seither habe ich gelernt und gearbeitet, und ich bemühe mich jeden Tag, meine Pflichten zu erfüllen.«

»Und Ihr erfüllt Eure Pflichten?«

»Diese Worte Eurer Majestät geben mir den Mut, meine Bitte vorzutragen. Es handelt sich ... ich wollte ...«

»Nun?«

»Es betrifft meine erlauchte Tante, Königin Maria.«

Der Kaiser hob die Augenbrauen und sah seine Tochter fragend an. Die Prinzessin saß gerade aufgerichtet, das Gesicht gerötet. Der kleine energische Mund sprach entschlossen weiter.

»Ihre Majestät, die gnädigste Tante, will offenbar am Hof zu Madrid oder Valladolid bleiben. Ich kann als junge Nichte keinen Einspruch wagen, meine aber, daß eines der vielen Schlösser, Mojados oder Tordesillas, oder auch Aranjuez der Gesundheit und Ruhe Ihrer Majestät zuträglicher wäre.«

»Hat sich die Königin Maria in Verfügungen der Regentin von Spanien eingemischt?« fragte Karl. Ungewiß blieb, wem der Spott des Kaisers galt: der Schwester oder der jungen, selbstbewußten Regentin?

»Noch nicht«, sagte Doña Juana. »Aber Maria ist so gewohnt zu herrschen, daß ... Eure Majestät wird verstehen und billigen: Ich möchte, ehe ich in die Lage kommen könnte, meine Rechte verteidigen zu müssen, feststellen, daß ich die Regentin von Spanien bin und nicht Königin Maria.«

Karl nickte. »Ich verstehe und billige Eure Haltung, meine Tochter. Die Jugend kämpft um ihre Rechte, dem Alter wird es schwer, sie frei walten zu lassen. Ich werde mit Königin Maria sprechen und sie dazu bewegen, sich vom Hof zurückzuziehen. Wolltet Ihr sonst noch etwas von mir, Doña Juana?«

»Sonst nichts. Ich danke Eurer Majestät von Herzen.«

Doña Juana erhob sich und neigte den Kopf über die Hand des Kaisers. Ihre bestickten seidenen Gewänder rauschten, als sie sich aufrichtete. »Ich hoffe, daß das rauhe Klima von Valladolid Eurer Majestät nicht schadet. Ich bin sehr glücklich, den unschätzbaren Rat und die Hilfe Eurer Majestät jederzeit gewärtig zu wissen.« Damit verließ die Regentin ihren Vater.

Mit unruhigen Händen schob der Kaiser die Papiere zusammen, die auf seinem Tisch der Erledigung harrten. Das war die gewohnte Tätigkeit, die ihn unversehens wieder erfassen könnte und die er fast wieder aufgenommen hätte – vielleicht im eitlen Glauben, noch etwas Gutes leisten zu können, vielleicht auch nur im zähen Beharren des Alters. Und eines Tages könnte jemand fragen: Wer regiert in Spanien? Noch immer der Kaiser, trotz seiner Thronentsagung? Oder Philipp und seine Regentin?

Entschlossen rief Karl nach seinen Dienern und gab den Befehl, sofort zur Weiterreise nach San Gérónimo de Yuste zu rüsten.

5

Der Kaiser hatte die letzte Nacht, die er mit seinem Gefolge in einer bescheidenen und wenig ansprechenden Herberge in Jarandilla zugebracht hatte, schlecht geschlafen und fühlte sich nicht wohl. Daher waren sie spät aufgebrochen, und es dämmerte schon, als sie das Kloster San Gérónimo de Yuste vor sich liegen sahen. Die untergehende Sonne warf ihre letzten Strahlen auf die dunkelgrauen Mauern der Gebäude.

Ein von der Sierra de Gredos wehender rauher Wind zerrte an den Lorbeerbäumen und bog die Zypressen, die entlang des Zufahrtsweges standen. Die Vera von Plasencia lag im matten, bleiernen Licht des Winterabends farblos und trüb.

Der Kaiser, der das Endziel seiner Reise mit Freude und Erleichterung zu begrüßen gehofft hatte, konnte sich eines beängstigenden Gefühls kaum erwehren, das ihm die Brust zusammenschnürte. Unwillkürlich dachte er in diesem Augenblick an Isabella. Wie sehr fehlte sie ihm, wie sehr vermißte er ihre Liebe gerade jetzt, wo er sein letztes Reiseziel erreicht hatte. Auch ihn, der den Tod nicht fürchtete, stimmte der Anblick dieses Ortes traurig, denn hier wollte er auf das Ende seines Lebens warten. Von einem dieser Fenster aus würde er ein letztes Mal auf das Land hinabblicken, und diese Mönche, die ihn dort am Tor erwarteten, würden seinen Leichnam zur Kirche tragen. Und hier würden zu beiden Seiten seines Sarges die Flammen der Kerzen flackern.

Der Kaiser warf einen Blick auf seine Begleiter. Ihm schien, als wäre die Auswahl, die er getroffen hatte, doch nicht klug gewesen. Außer Quijada und dem Arzt waren nur Diener mit ihm gekommen. Der Arzt war jung und schüchtern. Quijada tat seine Pflicht besser als jeder andere, aber Karl müßte blind gewesen sein, um nicht zu sehen, daß er dem Klosteraufenthalt nicht mit Freude entgegenging. In Kürze würde er ihn entlassen müssen.

Die Sänfte, in der Karl bis zum Klostertor getragen wurde, schonte seine gichtgeplagten Beine. Er stieg erst unmittelbar vor dem Kloster aus. Zu beiden Seiten der Stufen standen fackeltragende Mönche mit Tamariskenzweigen. Hier im Klosterhof fühlte man den harten, winterlich kalten Wind, der draußen wehte, nur als leises Lüftchen, das den Duft von Myrten mit sich führte. Langsam und feierlich erklang der Gesang eines alten lateinischen Liedes – die uralte Sequenz Karls des Großen. Die Mönche von San Gerónimo hatten es zur Begrüßung des Kaisers einstudiert. Der Abt des Klosters schien stolz auf diesen Gedanken, da er mit dieser Hymne Karl V. auf eine Stufe mit dem alten Frankenkaiser stellte.

Karl würdigte diese Absicht kaum. Die Hand auf die Schulter Quijadas gestützt, starrte er auf die dunklen Mauern des Klosterhofes und bemühte sich, den Gesang, der ihm wie sein eigener Grabgesang klang, nicht zu hören. Die seit vierzig Jahren geübte Gewohnheit, Begrüßungsworte und Reden nicht aufzunehmen, sondern inzwischen die eigenen Gedanken zu ordnen, bewährte sich auch in diesem Augenblick.

An König Philipp mußte ein Brief geschrieben werden wegen Erbstreitigkeiten des Grafen von Boussue. Die Regentin mußte darauf hingewiesen werden, daß das Erzbistum von Toledo von der Krone so viele Vorteile genoß, daß eine Anleihe zu den günstigsten Bedingungen gerechtfertigt war. Bei den Verhandlungen sollte dieser Standpunkt vertreten werden. Was die letzten Vorschläge Papst Pauls IV. anbelangte ... Es gab noch unendlich viel Arbeit, die vor ihm lag. Sobald der Gesang zu Ende war, mußte er dem Hieronymitenabt einige freundliche Worte sagen.

Als die Stimmen der Mönche verklangen, kam Karl jäh zu Bewußtsein, daß er an Dinge gedacht hatte, die ihn nicht mehr berühren sollten, nicht mehr berühren durften. Diese Erkenntnis lähmte ihn so, daß auch das, was alle von ihm erwarteten, nicht geschah. Die freundlichen Worte an den Abt wurden nicht gesprochen, und der feierliche Segen in der Kirche San Gerónimo unterblieb. War es denn möglich, daß er, der innerlich stets einsam war und diese Einsamkeit liebte, vor der Stille seines selbstgewählten Exils zurückschrak?

Ein vorsichtiger Blick streifte den Majordomus Quijada, der ihm den hallenden Kreuzgang entlang zu seinen Zimmern folgte. Quijada hatte die Lippen zusammengepreßt und zog die Schultern hoch, als schrecke ihn der Widerhall der eigenen Schritte.

Die Doppeltüren wurden geöffnet. Vertraute und vergnügte Gesichter begrüßten ihn: Auf der Schwelle wartete im weißen Mantel Avila.

Der Kaiser hob die Hand von Quijadas Schultern und eilte mit raschen Schritten auf den Komtur zu. Beinahe hatte es den Anschein, als wolle er ihn umarmen. Erst im letzten Augenblick zögerte er und reichte ihm nur die Hand. »Avila«, sagte er leise, »daß Ihr hier seid, ist gut – sehr gut!«

Am nächsten Morgen schien die Sonne. Das tat dem Kaiser zwar wohl, half aber in keiner Weise den Köchen, denen die Vorräte ungenügend schienen und denen hunderterlei Geräte und Zutaten fehlten, die weder in der schnell eingerichteten Küche des kaiserlichen Haushaltes noch im Kloster zu finden waren. Boten jagten nach Jarandilla und Plasencia. Das half auch nicht den Wäscherinnen und allen anderen weiblichen Bediensteten, die nicht im Kloster, sondern im nahen Dorf Cuacos wohnten und die – »Santa Maria purissima! Welch entsetzliches Land!« – noch nicht wußten, wie sie das Leben in diesen kleinen Häusern ertragen sollten. Es half nicht den Leibjägern und Reitknechten, die die Ställe schlecht, das Futter für die Pferde ungeeignet und ihre eigenen Unterkünfte feucht und zu eng fanden.

Vor allem half die freundliche Sonne Oberst Quijada herzlich wenig, dem alle diese Beschwerden vorgetragen wurden und der vom frühen Morgen an schlichtete und ordnete, bat und fluchte, Befehle erteilte und Wünsche entgegennahm und die Aufgeregtesten der Schar mit der Hoffnung zu beruhigen trachtete, daß das Exil in Yuste nicht lange dauern werde, weil ja auch Seine Majestät es vermutlich nicht auf

Dauer ertragen würde. Der Kaiser hingegen fand alles schön und gut und war mit allem zufrieden.

Er hatte sich schon am frühen Morgen ankleiden lassen und den Komtur Avila verabschiedet, da er sich an die Klostereinsamkeit gewöhnen und sein kleines Paradies entdecken wollte.

Von seinem Zimmer aus führten wenige Stufen in den Hof, in dem eine Vielzahl von Oleanderbäumen stand und einen betörenden Duft verbreitete. Ein kleiner Springbrunnen plätscherte zwischen Myrtenbüschen, an den kleinen Marmorsäulen rankte Wein empor, und im nächsten Jahr würde er es erleben – und er wollte es erleben –, daß diese Reben Trauben trugen.

Er sah die Terrasse, die er in seinen Träumen so oft erblickt hatte. Dort stand die Sonnenuhr vor einer dunklen Wand von Zypressen. Von dort aus sah man weit über die sonnenflimmernde Ebene bis hinaus in das Tal des Tajo.

Karl entdeckte die Bank in der Mauernische, so wie er es befohlen und erwartet hatte. Daß zu beiden Seiten dieser Bank Feigenbäume standen, die im kommenden Jahr Früchte tragen würden und deren Stämme von Blumenbeeten umgeben waren – das war mehr, als er erwartet hatte.

Karl ließ den Abt zu sich rufen, um den Gesang der Mönche zu loben. Später ließ er sich den Text der lateinischen Sequenzen vorlegen und mühte sich selbst, ihn zu übersetzen. Er tat dies in dankbarer Erinnerung an Bischof Adriaan, der sich so häufig in lateinischer Sprache mit ihm unterhalten hatte. Jeden Morgen hörte Karl die Heilige Messe, und abends in der Dämmerung lauschte er der Litanei der Mönche.

Nachts mußte der Kammerherr häufig die Vorhänge beiseite schieben – dann fiel durch ein Fenster, das auf die Kirche hinaussah, das Ewige Licht des Hochaltars in das düstere Zimmer.

Keine Kriegserklärung konnte den Kaiser von hier vertreiben, kein Staatsbesuch konnte ihn zwingen, seine Kräfte anzuspannen, um klug zu sein, klüger als die anderen.

6

Der Erzbischof von Sevilla war es, der den Komtur Luis de Avila mit dem Gerücht konfrontierte, daß der Kaiser das Kloster verlassen wolle – ein Gerücht, dem er nicht Glauben schenken konnte.

»Commendador! Don Luis!« rief ihm der Erzbischof schon am Tor entgegen.

»Was bringt Euch so aus der Fassung, daß Ihr nicht einmal einen Gruß für mich habt?«

»Ich will Euch nicht nur begrüßen, ich will Eure Hände küssen, wenn Ihr mir sagtet, daß es wahr ist! Ihr seid des Kaisers Freund.«

»Vuestra merced! Was soll wahr sein?«

»Daß der Kaiser sein Kloster verlassen will! Daß der Kaiser selbst das Heer nach Frankreich führen wird! Ich sage Euch, seit man davon spricht ...«

»Unsinn!« unterbrach ihn Avila. »Wer sagt das?«

Der Erzbischof zuckte die Achseln. »Ich kann mir denken, daß es noch nicht öffentlich bekannt werden soll. Aber müßt Ihr es mir verbergen, einem alten Freund? Wer davon spricht, fragt Ihr? Ich könnte dagegen fragen: Wer spricht nicht davon?«

Avila dachte bei dieser Nachricht an den müden und kranken Mann, den er in der Einsamkeit von Yuste zurückgelassen hatte, und an die friedlichen Berichte, die Oberst Quijada ihm auf seine Bitte ab und zu sandte. »Unsinn«, sagte er nochmals. »Ich habe kein Wort davon gehört. Das Volk will nur nicht glauben, daß auch ein anderer ein Heer nach Frankreich führen kann. Der Wunsch ist der Vater solcher Gedanken, sonst nichts.«

In einem geeigneten Augenblick hatte Avila den Kaiser unmittelbar auf die kursierenden Gerüchte angesprochen: »Sire, Ihr gedenkt doch nicht Yuste zu verlassen?«

Der Kaiser stand auf, legte seine Hand auf Avilas Arm, führte ihn schweigend zur Tür des Nebenraumes und öffnete sie.

In das düstere Empfangszimmer fiel ein Strom von Sonnenlicht durch das grünumsponnene Fenster, das den Blick auf die blühenden Rosenbüsche des Klostergartens freigab. Die Rosen verströmten einen betörenden Duft. Ein Handwerkstisch stand vor dem Fenster, bedeckt mit Werkzeugen, wie sie Uhrmacher verwenden. Daneben sah man drei kostbare Standuhren, die der Kaiser offensichtlich wieder in Gang bringen wollte. Ein kleines Kätzchen saß auf dem Fensterbrett und tastete mit vorsichtigem Pfötchen nach dem runden Griff des kleinen Meißels.

»Ich bin ein Klosterbruder geworden, Avila, Ihr seht es! Hat denn die Pflicht nie ein Ende? Avila, meint Ihr etwa auch, daß ich fort muß? Was sagen die Gerüchte, von denen Ihr spracht? Sie nehmen die Entschlüsse vorweg, die ich nicht zu fassen vermochte, nicht wahr?«

Der Kaiser setzte sich in den Lehnstuhl am Fenster, nahm das Barett von den weißen Haaren und schloß die Augen, da die Sonne ihn blendete. Oberst Quijada, der eingetreten war, stand neben dem Lehnstuhl und blickte gedankenverloren in den Hof.

Der Komtur entgegnete, von ohnmächtigem Zorn erfüllt: »Liebt der König seinen Vater so wenig, so soll der Kaiser doch wissen, wie sehr ihn Spanien liebt. Sire, das Land hofft auf Euch. Als ich durch Sevilla ritt, war Euer Name in aller Munde. In Badajoz sangen die Soldaten die alten Landsknechtslieder aus den provenzalischen Kriegen. Soldaten, Offiziere, Generäle, aber auch Zivilisten sprachen von nichts anderem als von Eurer baldigen Rückkehr.«

Oberst Quijada ergänzte: »In Méria, Sire, hielten die Bauern auf offener Straße mein Pferd an, fragten, was ich von Yuste wisse. Sie alle wollen noch einmal unter der Führung Eurer Majestät die Waffen tragen.«

Graf Mendoza, der sich zu ihnen gesellt hatte, warf ein: »In Cáceres hörte ich die Kinder darüber streiten, ob Ihr, Sire, in diesem Feldzug Spaniens Farben oder das Wappen Burgunds tragen werdet.«

»Warum wollt Ihr mich wieder zum Leben erwecken, Avila, und Ihr, Quijada und Mendoza? Warum?«

»In den Dörfern, durch die ich kam«, berichtete Avila begeistert, »insbesondere in Andalusien, rief man es mir zu, auf den Straßen erzählten es sich die Reiter, in den Herbergen spricht man von nichts anderem: Kaiser Karl kehrt zu uns zurück! El Rey de España!«

»El rey Carlos?« Unsicher formte der Kaiser den Namen, als klinge er ihm fremd. »Sie sprechen von mir, Avila? Alle sprechen von mir?«

Der Komtur lachte. »Wahrhaftig, Sire, ich habe keinen einzigen Mann im ganzen Land gefunden, der Euch nicht folgen möchte, wenn Ihr ihn ruft.«

»Sie sprechen«, fragte der Kaiser noch einmal, »von mir, Avila? Alle sprechen von mir? Und nicht von König Philipp?«

Der Komtur fand es überflüssig, darauf zu antworten.

»Avila!« Mit einem Mal kehrte dem Kaiser die Sicherheit zurück, die ihm entglitten war. »Wir danken Euch für Euren Besuch. Ihr habt meinen Weg klar erkennen lassen. Was immer mein Sohn, der König, schreiben mag – ich habe nur eine Pflicht.«

»Sire?«

»Die Pflicht eines Verstorbenen, Avila: tot zu bleiben.«

7

Im Herbst und Winter war der Kaiser häufig krank, so daß der junge Doktor Mathys daran zu zweifeln begann, ob das Klima von Yuste wirklich so gut für des Kaisers Befinden sei, wie man gesagt hatte. Im Frühjahr aber erholte Karl sich überraschend gut und schnell, und nun wagte es Quijada endlich, um seine Entlassung anzusuchen. Karl hatte längst bemerkt, wie sehr der Oberst unter der Weltabgeschiedenheit des Klosters litt. Quijadas Gattin, Doña Magdalena, lebte auf einem Gut in Villagarcía in der Nähe von Valladolid und wollte wenigstens das Alter an der Seite ihres Ehemannes verbringen. Quijada wurde von zwiespältigen Gefühlen hin- und hergerissen. Es war beglückend zu wissen, daß der Kaiser ihn so ungern ziehen ließ, andererseits schien es ihm kaum erträglich, auf Dauer in Yuste bleiben zu müssen.

Der Kaiser bot Quijada an, für Doña Magdalena ein passendes Haus in Cuacos zu finden.

»Und was, Sire, falls meine Gattin nach Cuacos käme – was, Sire, soll mit dem Knaben geschehen, den Ihr unserer Obhut anvertraut habt?«

Der Kaiser hatte während des ganzen Gesprächs nichts anderes im Sinn gehabt als das Kind, das nun im zwölften Lebensjahr stand. Er dachte oft an die Begegnung mit seiner »Madonna«, an die Stunden, die ihm so viel bedeutet hatten, daß sie heute noch wie ein Traum in seiner Erinnerung geblieben waren. Er sah Barbara Blomberg vor sich, er sah das Kind in der Wiege und erinnerte sich an jedes Wort, das er gesagt hatte. Nach wie vor war er überzeugt davon, daß dieser Knabe einst Europa retten würde, daß alle Kirchenglocken läuten und alle Menschen um sein Wohl beten würden.

»Ihr könnt den Knaben nicht allein in Villagarcía zurücklassen«, sagte er, Gleichgültigkeit vortäuschend. »Er käme natürlich mit nach Cuacos.«

Das Kind war der eigentliche Grund, warum Karl Quijada in seiner Nähe haben wollte. Denn Géronimo, wie der Knabe genannt wurde, war der Sohn Barbara Blombergs – und sein Sohn.

Karl hatte sich vorgenommen, dem Knaben die Wahrheit über seine Herkunft zu sagen und wie sein wirklicher Name lautete: Don Juan d'Austria.

Quijada war einverstanden. Er sehnte sich nach einem eigenen Haus in der Nähe des Kaisers, dem er Jahrzehnte Treue und Gehorsam entgegengebracht hatte. Er hatte auch weder den Mut noch das Geschick, Karl zu widersprechen. Er sagte, wie er es zwanzig Jahre lang getan hatte: »Majestät haben zu befehlen!«

Er stand schon auf der Schwelle, als der Kaiser ihn zurückrief: »Quijada, das Kind, jener Knabe, hält er Euch und Eure Gattin für seine Eltern?«

»Nein, Sire, der Knabe hat erfahren, daß er der Sohn eines spanischen Edelmannes ist, der in der Schlacht bei Mühlbach sein Leben gelassen hat. Mir kamen oftmals Zweifel, ob wir klug daran taten, Gerónimo das zu sagen. Da es nicht die Wahrheit ist, konnte es nur eine Lüge sein, und lügen ist meine Sache nicht. Ich dachte, er solle seine wahre Herkunft nur auf Euren Befehl und mit Eurem Einverständnis erfahren.«

»Ich sehe Euch an, daß Ihr dennoch Zweifel habt, Quijada.«

»Das Kind ist schwer zu lenken, Sire. Es widerstrebt mir, ihn zu mahnen – mit Strenge wie auch mit Güte in gleicher Weise. Gerónimo war nie dazu zu bewegen, mich oder Doña Magdalena zu küssen, während ansonsten Kinder Zärtlichkeit für ihre Pflegeeltern zeigen. Er ist ein äußerst stolzes Kind und fleißig im Lernen, ob es sich nun um fremde Sprachen oder um all die Wissenschaften handelt, in denen wir Gerónimo auf Befehl Eurer Majestät unterweisen lassen.«

»Gewiß«, sagte der Kaiser. »Solche Zurückhaltung ist an einem Kind verwunderlich.« Er lächelte zufrieden. Was die Sprachen betraf, erinnerte er sich an die ständigen Mahnungen Bischof Adriaans und letztlich an sein Einsehen, daß ein zukünftiger König die Sprachen seiner Untertanen beherrschen muß. Auch der Stolz Gerónimos erweckte Kindheitserinnerungen.

»Wenn der Knabe in Cuacos eintrifft, möchte ich ihn unverzüglich sehen«, sagte Karl beiläufig. Er zeigte nicht, wie sehr er darauf brannte, den Sproß dieser unvergessenen Nacht von Angesicht zu Angesicht zu sehen und den Knaben über seine Herkunft aufzuklären.

8

Der Kaiser saß, in ein Gespräch mit dem jungen Dr. Mathys vertieft, in der Mauernische der Terrasse. Die beiden Männer waren nicht einer Meinung, denn der Arzt war von Bewunderung erfüllt für die römische Dialektik und jene, die sie geschaffen hatten. Der Kaiser hingegen rügte die Eitelkeit des einen, die Überheblichkeit oder die Unterwürfigkeit des anderen. Doch war Dr. Mathys bei diesem Disput im Vorteil, denn er kannte die römischen Autoren weit besser und fand mühelos Zitate, die seine Ansicht untermauerten, während der Kaiser nur sein Gefühl sprechen lassen konnte.

Der junge Arzt betreute Karl mit weitaus mehr Sorgfalt als Dr. Baersdorp. Mathys war nicht nur seiner Aufgabe als Mediziner voll gewachsen, er verstand es auch, anregend zu plaudern, und das in jenem gewählten und flüssigen Französisch, das die Universität in Paris ihn gelehrt hatte.

Lautlos trat ein Diener auf die Terrasse und meldete, daß Oberst Quijada den Kaiser zu sprechen wünsche. Kurz darauf erschien Quijada in Begleitung eines Knaben mit braungelocktem Haar. Der Junge war schlank und nicht allzu groß, sein Gesicht zeigte eine zarte Blässe. Die braunen Augen blickten klug und ein wenig spitzbübisch.

»Was glaubst du, warum ich dich und Oberst Quijada zu mir bitten ließ?« fragte Karl.

Der Knabe stand tapfer und gerade aufgerichtet vor dem Kaiser, als wäre er ein Soldat vor seinem Feldherrn. Karl fiel auf, daß er den Knaben, ohne zu überlegen, auf französisch angesprochen hatte und daß das Kind ihn kaum verstanden haben konnte. Eben wollte er seine Frage auf spanisch wiederholen, als der Knabe antwortete: »Sacrée Catholique et Imperiale Majesté.« In tadellosem Französisch fuhr er fort. »Ich dachte, wegen der Feigen, die einige meiner Freunde und ich von Zeit zu Zeit zu Unrecht genommen haben.«

»Nun, Doktor«, fragte der Kaiser, zu dem Arzt gewandt,

»wer ist der kleine Mann? Ihr kennt doch alle Kinder und Jugendlichen in Cuacos?«

Dr. Mathys glaubte tatsächlich, die ganze kleine Kolonie in Cuacos zu kennen, doch mußte er erwidern: »Die Tatsache, daß ich den Knaben noch nie gesehen habe, Sire, und daß er Französisch versteht, bringt mich zu der Vermutung, daß es Quijadas Pflegesohn ist, der erst seit zwei Tagen in Cuacos weilen soll.«

Der Kaiser blickte den Knaben nachdenklich an, als fragte er sich, ob er den richtigen Zeitpunkt gewählt hatte, Gerónimo die Wahrheit über seine Herkunft zu offenbaren. Nach einer Weile rang er sich zu dem Entschluß durch, den Knaben in Anwesenheit Quijadas und des Arztes seinen richtigen Namen zu nennen und ihm zu verraten, wer sein Vater war.

»Gerónimo«, begann er zögernd, »Oberst Quijada und seine Frau sind, wie du weißt, nur deine Pflegeeltern. Man hat dir gesagt, dein Vater, ein spanischer Edelmann, sei in der Schlacht bei Mühlheim gefallen. Nun bist du alt genug, die volle Wahrheit zu erfahren. Der spanische Edelmann ist nicht in der Schlacht gefallen, sondern war der oberste Feldherr aller Truppen. Dieser Feldherr bin ich, Karl, König von Spanien und Kaiser des Heiligen Römischen Reiches. Auch dein Name wurde dir nur für die Jahre deiner Kindheit gegeben, denn er lautet in Wahrheit: Don Juan d'Austria. Du bist Erzherzog von Österreich aus dem Geschlecht der Habsburger und ein Halbbruder Philipps II., des Königs von Spanien und der Niederlande. Kürzlich erhielt ich die Botschaft von ihm, er wünsche dich so bald als möglich zu sehen. Er wolle dich in seine Arme schließen und dir ein guter Bruder sein. Er schien beglückt, als er von mir ein Schreiben erhielt, in dem ich ihn von deinem baldigen Kommen in Kenntnis setzte. Um dich für deine zukünftigen Aufgaben vorzubereiten, wirst du in Begleitung einer von mir bestellten Eskorte nächste Woche zum Marqués del Vasto reiten. Er besitzt ausgedehnte Ländereien zwischen Cáceras und Badajoz. In seinem Haus wirst du Unterricht in Spanisch nehmen und dir profunde Kenntnisse in Reiten, Waffenkunde, Nautik und Jagd aneignen. Du verstehst zwar Französisch, wie ich mit Freuden bemerkte, Niederländisch hast du schon als Kind mit deiner Mutter gesprochen. Doch mußt du deine Kenntnisse in Spanisch verbessern und überdies imstande sein, auch Deutsch und Italienisch zu sprechen. Dies alles wird dir bei den Aufgaben, die dir bevorstehen, von großem Nutzen sein.«

Der Knabe stand mit weit aufgerissenen Augen vor seinem Vater, dann kniete er nieder und küßte Karls Hand. Der Kaiser kam ihm jedoch zuvor. Er hob den Knaben empor, schloß ihn voll Herzlichkeit in seine Arme und zeichnete ihm ein Kreuz auf die Stirn, die er mit seinen Lippen berührte. Dann entließ er Dr. Mathys und bat Oberst Quijada sowie Don Juan, ihn allein zu lassen.

Einige Tage später ritt Karl auf einem Maultier zu einer Einsiedelei, die er sehr liebte. Er setzte sich an den hölzernen Tisch vor dem Tor des Häuschens, um die wärmenden Strahlen der Sonne zu genießen. Da erblickte er auf einem Teller, von grünen Blättern bedeckt, die schönsten Erdbeeren, die es im Wald von Yuste gab.

Ein leises Geräusch ließ ihn emporschrecken. Hatte er geschlummert? Es schien ihm so. Der Stamm der alten Eiche vor ihm warf einen Schatten quer über den Weg. An diesem Stamm glitt vorsichtig eine kleine Gestalt herunter. Don Juan!

»Juan, mein geliebter Sohn!«

Der Knabe trat näher, sein Gesicht glühte. Er hatte Barbaras Augen, ihre Gesichtszüge und ihre Art, sich zu bewegen, wie Karl sie in Erinnerung hatte.

»Warst du gestern auch schon hier?« fragte der Kaiser.

Don Juan nickte stumm.

»Dann sind die Erdbeeren von dir?«

»Ja, Majestät!«

Diese Ehrlichkeit und Fürsorge tat dem Kaiser wohl, wärmte ihn wie der Sonnenstrahl, der durch das Laub der Eiche fiel und sich auf seine Lider legte. »Von dir, mein Kind? Also hatte ich recht. Ein junger Edelmann nimmt kein Geschenk, ohne an Erwiderung zu denken. Die Erdbeeren sind wohl ein Dank für die Feigen?« Er lachte. »Als du die Feigen pflücktest, wie hoch warst du da oben?«

»Dicht unter dem Wipfel, Majestät«, sagte Juan voll Stolz.

»Keine Angst?«

Juan schüttelte lachend den Kopf. »Ich habe keine Angst. Aber Don Luis Quijada hat immer Angst. Er ist feige!«

»Wieso feige? Weil er nicht auf Bäume klettern kann wie du?«

»Nein, nein«, erwiderte Juan. »Weil er immer Angst um mich hat! Weil er mir nicht erlauben will, auf seinem Pferd zu reiten!«

Karl kannte Quijadas lebhaften Fuchshengst und fand dieses Verbot begreiflich. »Kannst du denn reiten?«

»Ich? O ja, ich könnte es schon!« Dann besann sich Don Juan, vor wem er stand, und sagte scheu und leise: »Ja, Majestät!«

Karl deutete mit dem Kopf nach seinem Maulesel. »Steig auf! Zeig, was du kannst!«

Der Knabe lief hin und schwang sich in den Sattel. Die Steigbügel waren zu lang, sie schlugen lose an die Seiten des

Maulesels. Das störte Juan nicht. Er ritt im Trab den Weg hinab, wendete und kehrte zurück. Er saß aufrecht im Sattel, das strahlende Kindergesicht dem Kaiser zugewandt.

»Die Hände tiefer!« gebot Karl. Ansonsten gab es nichts auszusetzen. »Ich dachte«, fuhr er fort, »du solltest Priester werden?«

»Nein!« widersetzte sich der Knabe heftig. »Doña Magdalena schreckt mich damit, aber es ist nicht wahr. Ich will ...«

»Nun, was willst du?«

»Ich möchte Feldherr werden«, sagte Juan, »ich möchte Schlachten erleben wie jene bei Tunis oder in Flandern, bei Epernay oder bei Mühlberg.«

»Es gab keine Schlacht bei Epernay.«

»Ich weiß«, sagte Juan. »Ich weiß, damals habt Ihr die Franzosen überlistet!«

»Das alles weißt du?« fragte der Kaiser erstaunt.

»Sie erzählen mir noch immer zu wenig davon. Sie quälen mich statt dessen mit lateinischer Grammatik!«

Karl dachte an seine eigene Jugendzeit. Er sah in Juan das Spiegelbild seiner selbst. Die gleichen Wünsche, die gleichen Träume zeigten ihm, daß er, der Vater und Kaiser, und dieser habsburgische Prinz unzweifelhaft zusammengehörten. Eine plötzliche Müdigkeit überfiel ihn. Er stand mühsam auf und sagte zu Juan: »Morgen sehen wir uns wieder. Du bringst mir wieder die köstlichen Erdbeeren. Möglicherweise werde ich dir dann von der Schlacht bei Mühlberg erzählen.«

9

Der Sommer war heiß und drückend. In Jarandilla und Cuacos brach Fieber aus und forderte manches Opfer, besonders unter den Niederländern, die das Klima nicht gewohnt waren. Dr. Mathys achtete gewissenhafter denn je auf das Befinden des Kaisers. Im Auftrag Karls sah er auch täglich nach Don Juan. Als der Arzt dem Kaiser wieder einmal seine Aufwartung machte, voll Sorge um die Gesundheit seines hohen Herrn, sagte Karl lächelnd: »Nun bin ich schon bald zwei Jahre in Yuste. Ich liebe es, hier zu sein. Doktor, hört! Ich bin heute den ganzen Weg zur Einsiedelei gegangen und kann kaum sagen, daß ich müde bin.«

»Oh, Sire! Ihr solltet Euch nicht anstrengen. Ich bitte Euch, unterlaßt solche Spaziergänge!«

Karl bat den Arzt, sich einen Sessel zu holen und zu ihm zu setzen, doch sah er sich vergeblich nach einem Diener um. Da stand der Arzt von der Steinbank vor dem Haus auf, dem Lieblingssitz seines Kaisers, und holte selbst den Sessel aus dem angrenzenden Raum. Als er zurückkam, hatte der Kaiser die Augen geschlossen. Der Arzt hob das herabgefallene Buch auf, das den Fingern Karls entglitten war, rückte den Sessel heran und wartete auf des Kaisers Erwachen.

»Ich habe nicht geschlafen, Doktor Mathys«, sagte Karl leise. »Ich habe nur nachgedacht. Mathys, fühlt den Puls.« Langsam legte er seine rechte Hand in die des Arztes.

Der tat, wie ihm geheißen, und verbarg sein Erschrecken. »Der Puls ist regelmäßig, Sire, wenn auch ein wenig schwächer als sonst.«

»So?« fragte der Kaiser lächelnd. In den müden blauen Augen lag Angst. »Könnt Ihr mich noch retten, Mathys?« flüsterte er. »Ich möchte noch leben. Jetzt möchte ich noch leben, mehr denn je!« Karls Finger umklammerten das Handgelenk des Arztes. »Laßt mich noch hier auf Erden bleiben, bis die Sonne untergeht«, flehte er.

Dr. Mathys neigte sich über ihn. »Es besteht kein Grund

zur Unruhe, Majestät«, sagte er, um die Sicherheit seiner Stimme bemüht.

»Seht doch, Doktor, wie schön es hier ist!«

Die letzten Sonnenstrahlen ließen die Zacken der Sierra de Gredos aufleuchten. Die Vera Plasencia lag wie unter einem Schleier aus goldenen Fäden. Die Rosen, die sich um den Pfeiler der Sonnenuhr rankten, dufteten betäubend. Der Zeiger der Uhr warf einen langen, schrägen Schatten. Wenige Minuten später sank die Sonne, und der Schatten fiel über die ganze Welt.

Ein Fieberschauer schüttelte den Körper des Kaisers, doch er mühte sich aufzustehen. Mit aller Kraft klammerte er sich an das bißchen Leben, das ihm noch gewährt war. »Je me sens mal, docteur«, klagte er leise.

Der Kaiser konnte das Bett nicht mehr verlassen. Doktor Mathys hatte gebeten, daß man auch den alten Leibarzt Dr. Baersdorp nach Yuste berufe, aber Karl wollte nichts davon wissen. Er litt wenig und dachte stets ans Sterben. Die Todesangst, die ihn auf der Terrasse überfallen hatte, kam nicht wieder und auch nicht der Schmerz, daß er jetzt die Erde verlassen sollte, da er sich glücklich fühlte. Es war gut, daß er noch hatte erfahren dürfen, wie schön und friedlich die Welt sein konnte, auch wenn er diese Schönheit bald nicht mehr genießen durfte. Er sah das Gesicht Isabellas vor sich, ihre Lippen, ihre Augen. Er vermeinte, seine »Madonna« zu erkennen, die ihn mit ihren schönen blauen Augen wie aus dem Jenseits ansah, vor allem aber sah er Don Juan d'Austria, wie er die christliche Welt vor einem Unheil bewahrte. Und er hörte die Kirchenglocken in allen Ländern seines Reiches läuten und das Murmeln der Gläubigen, die für sein Wohl beteten.

Doña Juana ließ fragen, ob sie, die Tochter und Regentin,

nach Yuste kommen solle, um Karl zu pflegen, den geliebten Vater. Der Kaiser ließ ihr mitteilen, daß er zu seiner Pflege Doktor Mathys und seine Kammerdiener habe. Er sei ein alter Soldat – diese Pflege genüge ihm. Die Regentin erfüllte ihre Kindespflichten und ließ in der Kathedrale von Madrid während der Heiligen Messe seiner gedenken.

Der Kaiser befahl jeden Morgen, das kleine Fenster zu öffnen, das sein Zimmer mit der Kirche verband. Er ließ Orgelklang und Weihrauch hereinströmen und war bemüht, der Heiligen Messe zu folgen. An der Ruhe, die ihn nach dem Gottesdienst überkam, glaubte er zu spüren, daß Gott sein halb unbewußtes Gebet erhört hatte.

Eines Morgens, als der Nordwind von den Höhen der Sierra de Gredos herabdrehte, fühlte sich der Kaiser besser. Er hatte gebeichtet und die Kommunion empfangen und hatte lange und friedlich, ohne Schmerzen zu empfinden, das Flackern des Lichtes beobachtet, das vor ihm unter dem Christusbild brannte. Er konnte klarer denken als seit vielen Tagen.

Plötzlich hob er den Blick und fragte den Diener: »Wer steht vor meinem Fenster?«

»Niemand, Sire.«

»Ich phantasiere nicht. Die Rosenranken haben sich bewegt.«

Nun blickte der Diener nochmals aus dem Fenster. »Sire, es ist Don Juan.«

Karl wollte das Kind, sein Kind, noch einmal sehen. »Er soll an mein Bett kommen.«

Mit vorsichtigen, leisen Schritten trat das Kind ans Bett des Kaisers.

»Nun bin ich lange nicht mehr bei der Einsiedelei gewesen«, sagte Karl.

»Ich ... ich war gleichfalls nicht mehr dort, Majestät«, erwiderte Juan.

»Reitest du auch jeden Tag? Lernst du Sprachen, studierst du Waffenkunde und Nautik?« erkundigte sich der Kaiser.

»Ich habe kein Pferd, Majestät, aber ich glaube, daß ich recht viel lerne.«

»Ich lasse dir sofort aus den Stallungen ein Pferd zuführen. Ein Sproß des Hauses Habsburg muß auf seinem eigenen Pferd reiten – das soll mein letztes Geschenk an dich sein!«

Mühsam richtete sich der Kaiser auf und ergriff den Arm des Knaben. Seine kraftlose Hand tastete nach dem Lockenkopf. »Morgen reitest du zur Einsiedelei und bringst mir einen Strauß Glockenblumen, die dort blühen. Dann kommst du mit dem Strauß an mein Bett.«

Karl wandte die Augen ab, denn er fühlte, daß der Schatten des Todes schon auf ihn fiel.

Einen Tag später, am 21. September 1558, betrat Avila das Krankenzimmer Karls. »Avila, seid Ihr noch einmal zu mir gekommen, so wie gestern der kleine Juan, so wie Isabella, Barbara, Adriaan Floriszoon und Wilhelm von Croy. Auch meine Mutter Johanna war hier, doch konnte ich ihr Wimmern nicht ertragen.«

Ein Strom von Liebe trug ihn, alle Fesseln fielen von Karls Seele, nie erträumte Wonne sprengte sein Herz, löste seine stummen Lippen mit einem Jubel.

Der Komtur Avila, der sich über den Sterbenden beugte, konnte diesen Jubel nicht hören, denn er erklang aus dem Jenseits.

XIII.
Der Infant und die Königin

1

Nachdem im Januar 1554, vier Jahre vor Kaiser Karls Tod, der Ehevertrag zwischen dem Infanten Felipe und der katholischen Königin Maria Tudor unterschrieben worden war, ließ der spanische Thronfolger von seinem Obersthofmeister, dem Herzog von Alba, eine Liste des Gefolges und der Dienerschaft zusammenstellen, die ihn auf der Reise nach England begleiten sollten. Nur den Herren des unmittelbaren Gefolges wurde gestattet, ihre Ehefrauen mitzunehmen, alle anderen, bis hinunter zu den Stallknechten und Ofenputzern, mußten warten, wie sich die Lage in England gestalten würde.

Die Chronisten berichteten wahre Wunder über das Gepäck des Prinzen, das er mit auf die Seereise nahm: verschiedene Schlafzimmereinrichtungen mit Himmelbetten in Brokat und Seide, kostbare Rüstungen für Schauritte, Einzüge und Turniere, fünf Staatskostüme in rotem und schwarzem Samt, in braunem und in weißem Atlas, zwei aus Seide, jedoch nach französischer Mode geschnitten, vier Hüte, Kettengarnituren in Silber oder Gold mit Edelsteinagraffen, silbernes Tafelgeschirr, Leuchter und allerhand Gebrauchsgegenstände für Tisch- und Wohnräume, einen Koffer mit

Schmuck als Geschenk für die Damen des englischen Hofes. Ferner prunkvolles Sattel- und Zaumzeug für die vom Prinzen zu reitenden Pferde. Es verstand sich von selbst, daß die drei Korps der Leibwache, insgesamt dreihundert Mann, vollzählig in den Schiffen untergebracht werden mußten, ebenso wie der gesamte Riesenapparat des burgundischen Hofzeremoniells, der Zimmerdienst, die königliche Küche und alles, was dazugehörte. Die Inhaber der höheren Hofämter waren mit wenigen Ausnahmen die gleichen, die den Infanten auf all seinen Reisen begleiteten. Sie waren auch in ihrem Auftreten, in ihren Ansprüchen und Gewohnheiten die gleichen geblieben, denn jeder von ihnen beanspruchte wiederum ein eigenes Schiff für den Transport der Dienerschaft, der Reittiere, des Hausgeräts und des Gepäcks.

Auch eine Gruppe von sechs gelehrten Theologen begleitete Philipp. Sie sollten als Gutachter in den sich ergebenden konfessionellen Streitfragen ihres Amtes walten. Unter ihnen befanden sich zwei in der Inquisitionsgeschichte berühmt gewordene Mönche, der Franziskaner Fray Alfonso de Castro und der Dominikaner Fray Bartolomé Carbaza de Miranda.

Am 17. Juli 1554 war es endlich soweit, daß die etwa 125 Schiffe umfassende Flotte, reich bewimpelt mit Fahnen und Standarten, frisch gestrichen und prächtig bemannt, in die Biskaya hinaussegeln konnte. Bei der Abfahrt ertönte von der Festung La Coruña ein so gewaltiger Abschiedssalut, daß die Bürger des Städtchens Angst um ihre Häuser bekamen, die von der Wucht der Kanonenschüsse erzitterten.

Nach fünftägiger Fahrt bei günstigem Wind und ruhiger See tauchte im Dämmerlicht des Morgens die Küste von England auf. Fünfzehn flandrische und fünfzehn englische Kriegsschiffe waren den Spaniern zum Geleit und Empfang eine Tagesreise entgegengesegelt. Ihr Ehrensalut glich dem Getöse einer Seeschlacht.

Im Hafen von Southampton wurden die Anker geworfen, und Philipp wurde von einer englischen Regierungsabordnung, bestehend aus den Earls of Arundel, Derby, Shrewsbury und anderen, an Land geführt. In seinem Gefolge fand sich die Blüte des spanischen und niederländischen Hochadels, unter anderen die Herzöge von Alba und Medina Celi, die Marquéses von Pescara, Las Navas und Beghas, die Grafen Ruy Feria, Olivares, Egmont und Hoorne, der Jugendfreund Ruy Gómez da Silva und der Geheimsekretär Gonzalo Pérez. Sie alle waren, wie auch der Prinz selbst, in schwarzen Samt gekleidet, trugen Degen mit reichem Goldgehänge und auf dem Kopf das schwarze Barett mit weißer Feder. Nicht wenige von ihnen trugen die mattschimmernde schwere Halskette des Goldenen Vlieses.

Beim Betreten des Festlandes erhielt der Infant den Hosenbandorden unter das linke Knie geknüpft und wurde mit der dazugehörigen Georgskette und dem blausamtenen Mantel geschmückt.

Dann trat Sir Anthony Browne vor, der Seine Hoheit im Namen der Königin willkommen hieß und in lateinischer Sprache bekanntgab, daß er die Ehre habe, dem Infanten einen prächtigen Schimmel zuzuführen und während dessen Aufenthalt in England als sein Oberstallmeister zu dienen.

Nun ging der Weg zu Pferde ins Innere der Stadt. Zum nicht geringen Ärger der Spanier traten nun das englische Gefolge und die englische Dienerschaft in Aktion, die von der Königin eigens bereitgestellt worden waren und die man in aller Eile nach burgundischem Zeremoniell geschult hatte. Die rund vierhundert Köpfe starke spanische Dienerschaft des Prinzen und seines Gefolges wurde einstweilen in den Bürgerhäusern von Southampton einquartiert, während die spanische Leibwache und die militärische Bedeckung vorerst auf den Schiffen zurückblieben. Dazu hatte man sich nach reiflicher Überlegung in letzter Minute entschlossen, um die Verbindung vor den Augen des englischen Volkes nicht gleich zu Anfang mit allzuviel Waffengeklirr zu belasten.

Der Ritt nach Winchester, wo die Königin weilte und wo auch die Hochzeit stattfinden sollte, wurde am 24. Juli angetreten. Eine englische Kavalkade erwartete den Prinzen vor den Toren der Stadt. Der Weg führte am königlichen Schloß vorbei, wo Maria aus dem Fenster blickte, um ihren Bräutigam einziehen zu sehen. Am Tor der Stadt übergab der Bürgermeister in Anwesenheit aller Ratsherren dem spanischen Infanten auf einem brokatenen Kissen die Schlüssel der Stadt.

Die Wohnräume Philipps befanden sich im bischöflichen Palast, der vom königlichen Schloß nur durch eine Straßenbreite getrennt war. Die Einrichtung der sieben Zimmer erschien ihm vergleichsweise ärmlich. Sie entsprach eher dem Standard einer spanischen Bürgerfamilie.

Trotz der hochsommerlichen Jahreszeit krachten Holzscheite im Feuer der offenen Kamine. Denn draußen fiel ein kalter Dauerregen, den der Sturm gegen die Fenster peitschte. Der Himmel war trüb und grau, und die an Sonne und Wärme gewöhnten Spanier überfiel das Heimweh.

Um zehn Uhr abends erschien der Lord Chamberlain, der Großkämmerer der Königin, und lud Philipp zu einem Antrittsbesuch bei der Monarchin ein. Über die Straße gelangte man zu einer Tür, die in den Park des königlichen Schlosses führte.

In Philipps Begleitung befand sich eine Schar spanischer

Adeliger. Vom englischen Oberstkämmerer geführt, schlüpften sie einer nach dem anderen durch die kleine Tür in der Mauer und durchquerten den Park, der nur von ein paar Fackeln beleuchtet war. Sie schritten über den regennassen Rasen, der von alten, efeuumrankten Bäumen umstanden war, passierten Stege und Brücken, die über Wasserläufe führten. Ins Schloß selbst gelangten sie nicht etwa über eine prunkvolle Freitreppe, sondern durch eine Geheimtür, von der eine steinerne Wendeltreppe unmittelbar zu den Empfangsräumen der Königin führte. Dieser für die an eine großzügige Bauweise gewöhnten Spanier ungewöhnliche Zugang zu einer Herrscherin machte auch auf Philipp einen unwirtlichen Eindruck.

Maria Tudor trug nach englischer Hofsitte ein schweres, perlenbesticktes Samtgewand, dessen Gürtel mit Diamanten verziert war. An ihren Fingern glitzerten zahlreiche Ringe. »Sie kleidet sich schlecht«, mäkelten die Spanier hinterher. Neben ihr standen der Lordkanzler Gardiner und fünf, sechs Hofdamen. Sie empfing Philipp an der Saaltür und begrüßte ihn, der sich tief verneigte, nach Landessitte mit einem Kuß auf die Wange. Die spanischen Hofkavaliere küßten mit viel Anstand und Grazie die Hand der Königin. Dann schritt das bräutliche Paar Hand in Hand zu den erhöhten Thronsesseln unter einem Baldachin, wo es eine gute Weile in eifriger Zwiesprache beisammen saß.

Philipp sprach Spanisch, da er trotz seiner sorgfältigen Ausbildung nicht imstande war, in einer anderen Sprache eine auch nur einfache Konversation zu führen, Maria bediente sich des Französischen, da sie das Spanische zwar gut verstand, aber nicht geläufig sprechen konnte. Wo sich Schwierigkeiten ergaben, nahm man ein paar lateinische Brocken zu Hilfe, und so plätscherte die Konversation munter fort.

Weniger gut ging es den Damen und Herren der Begleitung. Da folgten auf jede Anrede und jede Frage immer nur ein gewinnendes Lächeln und bedauerndes Achselzucken. Als die Situation peinlich zu werden begann, verfiel man auf den einfachsten Ausweg, indem die Caballeros drauflosschwätzten, als ob sie lauter spanische Partnerinnen oder Partner vor sich hätten, und die Ladies zwitscherten dazwischen, als ob ihnen lauter Engländer gegenübersäßen. Keiner verstand zwar ein Wort des anderen, aber das schien die Angelegenheit nur um so vergnüglicher zu machen. Der Lordkanzler, der von Paar zu Paar, von Gruppe zu Gruppe ging, kam erst nach geraumer Zeit hinter das Geheimnis dieses lebhaften Gedankenaustausches. Einige der Paare fanden Gefallen aneinander, wie zum Beispiel der Graf von Feria an der schönen Lady Jane Dorner, die er später zu seiner Gattin machte und in seine spanische Heimat mitnahm.

Tags darauf, am 25. Juli, dem Fest des spanischen Landespatrons Santiago, fand in der Kathedrale von Winchester die Vermählungsfeier statt. Sie wurde mit einer Verlesung der englischen Übersetzung des kaiserlichen Dekrets beendet, das den Infanten zum König von Neapel ernannte und das im englischen Kreise bereits am vorangegangenen Abend bekanntgegeben worden war. Durch diese erneute und öffentliche Kundmachung sollte dem englischen Volk mit aller Deutlichkeit vor Augen geführt werden, daß seine Königin eine durchaus standesgemäße Heirat einging.

Als die Königin zum Altar schritt, führten sie zwei im Brautstand befindliche Jünglinge, und als sie, vermählt, vom Altar wegtrat, gaben ihr zwei in reiferem Alter stehende Ehemänner das Geleit – ein Stück englischen Brauchtums. Der denkwürdige Tag endete mit einem festlichen Bankett. Nach dem Essen wusch man sich die Hände in Weißwein statt in Wasser. Dann tanzten die Gäste mit Hingabe zu spanischen wie zu englischen Weisen. Um neun Uhr abends zog sich das neuvermählte Paar in das Brautgemach zurück.

2

Die Stunde war da, in der Kaiser Karls V. vermeintlich größter Sieg Wirklichkeit werden sollte.

Der Ehekontrakt zwischen Philipp und Maria Tudor setzte ohne alle Umschweife und mit jeder nur wünschenswerten Deutlichkeit Rechte und Pflichten der Partner fest: Für die Dauer der Ehe sollte Philipp den Titel eines Königs von England erhalten, regierungsfähig sollte indes nur die Königin, also Maria Tudor, sein. Sie durfte Ämter und Benefizien nicht an Spanier oder sonstige Ausländer verleihen. Philipp seinerseits mußte die englischen Gesetze auf das strengste beachten und jedermann in vollem Genuß seiner bisherigen Privilegien belassen. Er durfte keinerlei Güter oder Wertsachen aus dem englischen Krongut veräußern, war aber andererseits verpflichtet, die Land- und Seemacht Englands in jeder Hinsicht zu fördern und die befestigten Plätze in verteidigungsfähigem Zustand zu erhalten. England durfte unter keinen Umständen in die dauernden Kriege des Kaisers mit Frankreich verwickelt werden. Im Gegenteil, den Frieden zwischen Paris und London zu wahren gehörte zu Philipps vornehmsten Aufgaben.

Der erste männliche Nachkomme aus dieser Ehe sollte die Anwartschaft auf die englische Krone haben, zugleich aber auch die niederländischen Provinzen erben. Falls Don Carlos, Philipps Sohn aus erster Ehe mit Maria von Portugal, vor der Zeit oder kinderlos starb, würde ein männlicher Nachkomme Philipps aus der Ehe mit Maria Tudor dessen Rechtsnachfolger auf dem spanischen Thron sein. Die Königin mußte England nicht verlassen, außer auf eigenen Wunsch. Ihre Kinder durften ohne Einwilligung des Parlaments nicht außer Landes gebracht werden, solange sie minderjährig waren. Für den Fall, daß die Ehe kinderlos blieb, erlosch mit Marias Tod jeder Anspruch Philipps auf englische Titel oder Rechte.

So merkwürdig es auch schien: für Philipp enthielt dieses Abkommen nur Verpflichtungen, an Rechten nur einen klingenden Titel und die Erlaubnis, Kinder zu zeugen. Kaiser Karl V., dessen Weitblick Spanien schon viele Vorteile gebracht hatte, verfolgte auch hier universelle Ziele. Was anfangs nur der Einkreisung Frankreichs und der Sicherung der Niederlande dienen sollte, war zu einer europäischen Angelegenheit erhöht und gefestigt worden. Die Nachkommen aus der spanischen-englischen Ehe sollten in seinem Sinn erzogen werden. Karl V. plante, binnen einer Generation England so wie seinerzeit die Niederlande der spanischen Staatsidee zu unterwerfen. Wie er die Kleinstaaten Italiens durch seine Geschwister, Kinder, Neffen und Nichten beherrschen ließ, so hatte er durch diesen Ehevertrag auch das gefährliche und mächtige Inselreich in den Bann seiner Reichsbildung hineingezogen. Schon ein einziger lebensfähiger Nachkomme aus dem Bund Philipps mit Maria hätte genügt, um der Welt zu beweisen, daß der kaiserliche Ahnherr der klügere Rechner, der größere Diplomat, der Erringer des Endsiegers gewesen war.

3

Der feierliche Einzug des königlichen Paares in London fand erst drei Wochen nach der Vermählung statt. Er ging unter geziemendem Aufwand an höfischem Prunk vor sich. Man hatte alles getan, um der grauen Themsestadt ein festliches Aussehen zu geben; sogar die Köpfe der Hingerichteten des Januar-Aufstandes, Wyatt, Suffolk und Genossen, hatte man von den Stangen, an denen sie bisher öffentlich aufgespießt waren, abgenommen und beseitigt.

Philipp, der Erbe der zu Spanien gehörenden überseeischen Länder, brachte siebenundneunzig Kisten voll ungemünzten Goldes in die Ehe, und dieser Schatz wurde beim Einzug des Paares in die Hauptstadt auf festlich geschmückten Wagen und unter stärkster Bewachung, aber offen und für alle Augen sichtbar, zur Schau gestellt.

Die Bevölkerung Londons, die den Gemahl ihrer Königin zum ersten Mal zu sehen bekam, war von dessen Äußerem sehr angetan. Das Gesicht des Siebenundzwanzigjährigen war gut geformt, die Stirn breit, die Nase gerade. Haupt- und Barthaar waren hellblond, die Augen grau. Seine Haltung war männlich, Schritt und Gang waren straff und aufrecht, so daß der Körper nicht einen Zoll an Größe einbüßte. Alles in allem war er äußerst wohlgebildet.

Philipp schien einen scharfen Verstand und ein sehr umgängliches Wesen zu haben. Die Londoner hatten den Eindruck, daß der Spanier, ganz gegen ihre Befürchtungen, gar nicht so abschreckend und unzugänglich, so diabolisch und fürchtenswert zu sein schien, wie sie ihn sich in ihrer Abneigung gegen den ganzen Ehehandel vorgestellt hatten. Ruy Gómez da Silva, ein Vertrauter des Kaisers, schrieb an den Hof zu Madrid, daß Philipp bereits die Herzen der Engländer gewonnen habe. Als der Kaiser das Schreiben in Händen hielt, sagte er mit gutmütigem Spott: »Da muß sich Philipp aber ganz erheblich geändert haben.«

Philipp verstand sich gut mit Maria Tudor. Zwar hatte Ruy Gómez anfangs schwere Zweifel gehegt, ob es wohl gelingen werde, das ungleiche Paar aufeinander abzustimmen. Am Tag der Hochzeit schrieb er: »Die Königin ist viel älter, als man uns sagte. Wenn sie wenigstens spanische Kleidung und spanischen Kopfputz trüge, dann wäre es nicht so deutlich sichtbar, wie alt und wie mager sie ist. Ich muß offen gestehen, es wird viel göttlicher Beistand vonnöten sein, um diesen bitteren Kelch zu leeren.«

Aber man brauche den jugendlichen Philipp nicht als das Opfer einer alten Kreuzspinne anzusehen. Er habe ja vom ersten Tag an gewußt, daß diese Verbindung nicht der Fleischeslust wegen geschlossen worden sei, und er tue sein Bestes, sich und der Frau gegenüber, um das Verhältnis nicht nur erträglich, sondern beinahe glücklich zu gestalten. Zwar sei Maria um ein gutes Jahrzehnt zu alt für ihn, auch habe sie körperlich nicht allzuviele Reize zu bieten. Philipp müsse aber nur im Kern seines Wesens grundgütig und ein vornehm denkender Mensch sein, um von der Liebe, die ihm diese hartgeprüfte, für ihre gewalttätige Zeit viel zu sanftmütige Frau entgegenbringe, innerlich ergriffen zu werden.

Daß Kaiser Karl, der stets auf dem laufenden gehalten und wahrheitsgemäß informiert wurde, vom Fortgang der englischen Angelegenheit in hohem Maße befriedigt war, verstand sich von selbst. Weniger Freude bereitete ihm die Tatsache, daß seine getreuen Spanier sich nicht mit den Engländern vertrugen. Die spanischen Soldaten wären viel lieber auf kargen Stoppelfeldern gewesen als auf den grünen Wiesen Englands. Die adeligen Kavaliere baten scharenweise um die Erlaubnis, zum kaiserlichen Heerbann in den Niederlanden stoßen zu dürfen, um sich dort im Krieg gegen Frankreich nützlich zu machen. Sie hätten mit Freuden die Fleischtöpfe Englands für das trockene Brot der spanischen Heimat gegeben.

Kurz nach den Hochzeitsfeierlichkeiten in Winchester nahmen der Herzog von Medinaceli, die Marquesa des las Navas und de Aquilar, die Condes de Chinchón und de Fuensalida ihren Abschied. Im August 1554 kamen dann Don Diego de Acevedo und dreißig andere Kavaliere zu Philipp und baten ihn um die Erlaubnis, nach Spanien zurückkehren zu dürfen. Schließlich waren es etwa achtzig, die den Krieg in Flandern der Langeweile und Zurücksetzung in England vorzogen. Der Herzog von Alba und Ruy Goméz da Silva, die unentwegt Getreuen, blieben freiwillig, die Condes de Feria und de Olivares sowie Don Pedro de Córdoba und dessen Bruder ließen sich auf ausdrücklichen Wunsch Philipps zurückhalten.

Diese beiden Córdoba, der eine Majordomus, der andere Kammerherr des Königs, beide aus uraltem katholischen Adel und Ritter des Santiago-Ordens, sahen sich eines Tages in den Gassen von London einer peinlichen Belästigung durch den Pöbel ausgesetzt, denn sie trugen ihre weißen Ordensmäntel mit dem roten, einem Schwertgriff ähnlichen Santiago-Kreuz. Das regte den Londoner Mob gewaltig auf. Was sie mit dieser papistischen Maskerade wollten, wurde ihnen unter Gelächter und Johlen zugerufen. Wo sich ein Spanier blicken ließ, wurde er verhöhnt, verprügelt und ausgeplündert. Ein Lakai des Herzogs von Alba wurde im Hof von Westminster Abbey von einem Engländer tätlich angegriffen. Als er den Beleidiger mit einem Schuß niederstreckte, entbrannte ein regelrechter Kampf, bei dem es auf beiden Seiten Dutzende Tote gab.

Im Oktober liefen Gerüchte durch ganz England, daß die Königin ein Kind erwarte. Ein Jahr später erst stellten die Ärzte fest, daß es sich entweder um eine Scheinschwangerschaft oder um einen Tumor gehandelt hatte.

Als die Pläne Kaiser Karls V., die Reichsregierung an seinen Bruder Ferdinand und die Herrschaft über Spanien und die überseeischen Gebiete an seinen Sohn Philipp zu übertragen, bekannt wurden, ging eine Welle der Erregung durch das ganze Reich. Um die Ruhe wiederherzustellen, bestieg Philipp am 29. August 1555 in Dover ein Schiff, um über Calais nach Brüssel zu reisen. Gleichzeitig war es für ihn die Gelegenheit, sich mit Anstand von Maria Tudor zu lösen, die ihm zur Last geworden war. Maria litt an einer mysteriösen Krankheit, die sie meist ans Bett fesselte. Ihre Unfruchtbarkeit, die als erwiesen galt, war Grund genug, daß Philipp die Berufung nach Brüssel als Erleichterung empfand.

Für die Fahrt nach Brüssel berief Philipp nur ein sehr kleines Gefolge. Alle anderen Spanier blieben unter der Aufsicht des Majordomus Diego de Acevedo in London.

Philipp kehrte erst zwei Jahre später wieder nach England zurück.

Am 18. März 1557 ging er in Calais an Bord. Maria reiste dem Ankommenden bis Greenwich entgegen. Von dort fuhren die beiden auf einem festlich geschmückten Schiff themseaufwärts nach London. Philipp blieb jedoch nicht lange, denn die Spanier gerieten an der Grenze zwischen den Niederlanden und Frankreich in militärische Bedrängnis. Er brauchte die Hilfe Englands, und zwar die militärische wie auch die finanzielle, dringender denn je. Da der Privy Council, der geheime Staatsrat, beides ablehnte, half Maria ihrem Gemahl mit einer Summe aus ihrer Privatschatulle.

Am 5. Juli 1557 verabschiedete sich Maria zum zweitenmal

von Philipp. Ihr Trennungsschmerz war grenzenlos – eine dumpfe Ahnung sagte ihr, daß es diesmal ein Abschied für immer war. Der labile Gesundheitszustand der Königin, die Grippeepidemie, die auch sie heimsuchte, Wassersucht und Herzschwäche hatten zur Folge, daß sie für den Rest ihres Lebens ans Bett gefesselt blieb. Ihrer Stiefschwester Elisabeth als der voraussichtlichen Thronerbin legte sie dringend ans Herz, jene Summen zurückzuzahlen, die sie für die Kriegsführung Philipps von der Stadt London und reichen Bürgern in der Provinz geliehen hatte. Außerdem bat sie die Stiefschwester, den Katholizismus in England zu bewahren. Elisabeth versprach beides hoch und heilig – gehalten hat sie nichts davon.

Maria starb am 17. November 1558. Unmittelbar vor ihrem Tod hatte man ihr noch einen Brief Philipps vorgelesen – zu entziffern vermochte sie ihn nicht mehr. Man zerrte ihr den Ehering vom noch nicht erkalteten Finger, um ihn als Symbol des eingetretenen Todes in die Hände Elisabeths zu legen.

Kaum hatte sich die Nachricht vom Tode Marias in Stadt und Land verbreitet, begann der Pöbel mit der Zerstörung der Heiligenbilder in den Kirchen. Die sterblichen Überreste Maria Tudors wurden in der Kapelle Heinrichs VII. im St. James Palace mit höfischem und kirchlichem Prunk beigesetzt. An der gleichen Stelle wurde später auch Elisabeth I. bestattet. Zwei Inschriften am Grabstein geben letzte Kunde von den beiden kinderlosen Königinnen, von denen die Ältere die Edlere, die Jüngere aber die Erfolgreichere war.

Als Philipp II., jetzt König von Spanien, im Juli 1557 aus England aufgebrochen war, hatte er Elisabeth ein kostbares Schmuckstück und einen liebenswürdigen Brief voll der guten Wünsche für eine schöne, friedliche Zusammenarbeit geschickt. Nach Maria Tudors Tod ließ er dem Privy Council seinen Wunsch vortragen, die Nachfolge Elisabeths ohne Aufschub zu sichern.

Zwei Monate nachdem Elisabeth I. den Thron von England bestiegen hatte, machte ihr Philipp durch den Grafen Feria ein Heiratsangebot. Als Grund für eine Eheschließung gab Philipp die gemeinsamen Interessen der beiden Mächte an, die den Vollzug dieser Ehe sehr wünschenswert erscheinen ließen. Elisabeth aber lehnte ab, nachdem sie sich mit dem Privy Council beraten hatte. Sie wagte es nicht, den Antrag anzunehmen, da sie aus einer solchen Ehe neue Händel mit dem Heiligen Stuhl bekommen konnte: Denn nach dem kanonischen Recht war es verboten, den Schwager zu ehelichen. Philipp hatte in dieser Hinsicht keinerlei Bedenken gehegt, da er glaubte, die päpstliche Dispens mit Leichtigkeit erhalten zu können.

Da seine Heiratspläne mit der englischen Thronerbin also nicht von Erfolg gekrönt waren, verlobte sich Philipp II. im Jahr 1559 nach dem Friedensvertrag von Cateau-Cambrésis, der dem Kampf mit Frankreich um die Herrschaft über Burgund ein Ende setzte, mit Isabella von Valois, einer Tochter Heinrichs II. von Frankreich.

3

1558 und 1559 waren denkwürdige Jahre, in denen der Tod reiche Ernte unter den Fürsten Europas hielt.

Am 18. Februar 1558 begann das große Sterben in der Familie der spanischen Habsburger. Eleonore, Königin-Witwe von Portugal und Frankreich, Schwester des Kaisers, war das erste Opfer. Am 21. September 1558 tat Karl V. in San Gérónimo de Yuste den letzten Atemzug. Am 28. Oktober des gleichen Jahres folgte ihm eine andere Schwester, Königin-Witwe Maria, die langjährige Regentin der Niederlande – bis in die letzten Tage ihrer Krankheit dem Bruder und Neffen eine eifrige und gern gehörte Beraterin. Jetzt weilten die gekrönten Kinder Johannas der Wahnsinnigen bis auf zwei – Ferdinand und Katharina – nicht mehr unter den Lebenden.

Am 17. November 1558 hatte auch Maria Tudor, ihrer Herkunft nach eine halbe Spanierin und durch Heirat eine Habsburgerin, ihr an Gram und Enttäuschung reiches Leben beendet.

1559 raffte der Tod dann in kurzer Folge Papst Paul IV. und Heinrich II. von Frankreich hinweg, die der gemeinsame Haß auf Spanien ein Leben lang verbunden hatte.

XIV.
Isabella und Don Carlos

1

Am 3. Januar 1560 passierte Prinzessin Isabella von Valois in einem schweren Schneegestöber bei Roncesvalles die spanisch-französische Grenze. Die Ehrenbegleiter, der Herzog von Vendôme und Kardinal Charles de Bourbon, kehrten nach Paris zurück, während die gesamte französische Dienerschaft bei der Prinzessin verblieb.

Philipp II. hatte der Braut ein Ehrengeleit entgegengesandt. Es bestand aus dem Kardinal-Erzbischof von Burgos, Don Francisco de Mendoza y Bobadilla, dem Herzog von Infantado, den Marqueses von Cenete und Saldanna sowie den Grafen von Coruña und von Fliego.

Die feierliche Übergabe erfolgte in dem einsamen, schneeverwehten Kloster Nuestra Señora de Roncesvalles. Protokolle wurden verlesen und unterzeichnet, Fragen gestellt und beantwortet, Höflichkeiten gemäß dem burgundisch-spanischen Hofzeremoniell ausgetauscht. Während die erst vierzehnjährige Isabella aus Abschiedsschmerz bitterlich weinte, stimmte der Erzbischof von Mendoza den Psalm 44 (audi filia) an, in dem es heißt: »Höre, meine Tochter, schaue und neige dein Ohr, vergiß dein Volk und das Haus deines Vaters.«

Die Spitzenämter des Hofstaates der neuen Königin waren schon lange vor ihrer Ankunft mit Spaniern besetzt worden. Die Einzelheiten des Zeremoniells für den Empfang und das Geleit hatte Philipp mit peinlicher, man könnte fast sagen kleinlicher, Gewissenhaftigkeit festgesetzt. Zum Beispiel mußte der Herzog von Infantado bei einem Rasttag oder Aufenthalt während der Reise auf einem mit Samt überzogenen Polsterstuhl ohne Lehne Platz nehmen, sobald Isabella ihn dazu aufforderte.

Die außergewöhnliche Ehrung für den Herzog fand ein Ende, als Isabella das Ziel erreichte – seine Ansprüche und Vorrechte während der Fahrt wurden auf die eines »gewöhnlichen« Granden reduziert. Philipp war in das spanisch-burgundische Zeremoniell so sehr eingebunden, daß es sein Leben völlig beherrschte.

Die zukünftige Königin reiste über Pamplona, Logrono und Siguenza nach Guadalajara, wo sich Philipp zur Trauung bereithielt.

Am Abend des 30. Januar erreichte Isabella von Valois Guadalajara und bezog die für sie bereitgestellten Räumlichkeiten im Palast der Herzöge von Infantado. Im Innenhof empfing sie die schwarzgekleidete, tief verschleierte Prinzessin Juana, die Schwester Philipps II. Am Abend desselben Tages, gegen zehn Uhr, ritt der König inkognito in die Stadt ein. In seiner Begleitung befanden sich die Herzöge von Alba, von Braunschweig und von Veragua sowie die Marqueses von Denia und Soria.

Am 31. Januar gegen Mittag begegneten Braut und Bräutigam einander zum ersten Mal im Festsaal des Palastes. Sie ließen sich das Gefolge vorstellen und hielten eine zeremonielle Zwiesprache.

Als sich Philipp und Isabella zum ersten Mal gegenüberstanden, schien die Prinzessin die Fassung etwas verloren zu haben – Tränen flossen über ihre Wangen. Mit schneidender Kälte fragte Philipp: »Was starrt Ihr mich so an? Warum weint Ihr? Wollt Ihr etwa prüfen, ob ich schon graue Haare habe?« Philipp war damals zweiunddreißig Jahre alt und konnte kaum ergraut sein.

Im Anschluß an die Präsentationsszene ging die Trauung in der Kapelle des Palastes vor sich. Es folgte ein feierliches Essen zu dritt – der König, seine Gemahlin und Doña Juana.

Dem Gefolge wurde das Festmahl in einem anderen Raum gereicht, wo es Musik und Tanz gab und eine spanisch-französische Annäherung nach allen Regeln höfischer Galanterie. Die königliche Familie jedoch dinierte in andächtigem Schweigen und von zwanzig und mehr Augenpaaren des protokollarischen Dienstes stumm und sorgsam überwacht. Gemäß den Anordnungen Philipps wurde die Isolierungszone auf das strengste gewahrt. Eine kleine Erheiterung und eine Befriedigung ihrer kindlichen Schaulust wurde Isabella immerhin zuteil, als sie am Nachmittag den von der Stadtgemeinde veranstalteten öffentlichen Lustbarkeiten, den Volkstänzen, Turnieren und Stiergefechten als Zuschauerin vom teppichbehangenen Fensterbalkon beiwohnen durfte.

Der Vollzug der Ehe fand jedoch noch nicht statt. Als man den Knaben Philipp mit Maria von Portugal ins Ehebett getrieben hatte, war er noch kindisch und unreif gewesen. Nun war er älter und klüger geworden. Er hatte vor allem einen eigenen, unbeugsamen Willen gefunden und ließ die kleine Isabella in aller Ruhe zur Frau heranreifen, bevor er eheliche Pflichten von ihr forderte, womit er den Vollzug der Ehe noch ein ganzes Jahr hinauszögerte.

Auf der Reise von Guadalajara nach Toledo führte der Weg natürlich über Madrid. Philipp beschloß, festlichen Einzug in der dortigen Residenz zu halten, ein Akt, der einer Thronbesteigung gleichkam.

Der Hofstaat machte in einem nahe Madrid gelegenen Dorf halt und zog von hier aus getrennt in die Residenzstadt ein – der König am Vormittag, Isabella am Nachmittag.

Tags darauf reiste man nach Toledo, wo Hof und Regierung ihren Sitz hatten. Hier wollte man bleiben, bis der Palast in Madrid bezugsfertig war.

In Toledo sah Isabella zum ersten Mal ihren Stiefsohn Don Carlos, den Sohn Philipps aus der Ehe mit Maria von Portugal. Der hinkende, schiefgewachsene und mit Sprachschwierigkeiten kämpfende Jüngling mag für sie kein erfreulicher Anblick gewesen sein. Sie hatte von ihrer Mutter den geheimen Auftrag erhalten, eine Heirat zwischen Don Carlos und ihrer jüngeren Schwester Margarete zustande zu bringen. Nun wurde ihr um ihre Schwester bang, andererseits fühlte sie tiefes Mitleid mit dem kümmerlichen Wicht. Don Carlos, der nie eine Mutter gekannt hatte, immer nur von strengen Tanten und ältlichen Hofdamen umgeben gewesen war, sah in der gleichaltrigen Isabella eine jugendlich-heitere Gespielin, aber auch eine mit Autorität ausgestattete Frau, zu der er »Mutter« sagen durfte.

2

In den Jahren zwischen 1560 und 1568 führte der Zufall mehr unbeschwerte Jugend am Madrider Hof zusammen als je zu zuvor oder danach: die Prinzen Juan d'Austria und Alexander Farnese, ferner die Erzherzöge Rudolf und Ernst, die beiden älteren Söhne von Philipps Schwester Maria aus ihrer Ehe mit dem Habsburger Maximilian II. aus der österreichischen Linie, die in Spanien erzogen wurden. Die junge Königin selbst hatte einen Schwarm gleichaltriger französischer Hofdamen um sich, deren älteste das zwanzigste Lebensjahr noch nicht erreicht hatte. Auch der König war mit seinen dreiunddreißig Jahren gewiß kein Greis und noch ungebeugt von den späteren schweren Schicksalsschlägen. Mehr denn je herrschten an diesem Hof die Jugend und der unbeschwerte Frohsinn. Wiegen standen bereit. Kinder wurden erwartet, Heiratspläne geschmiedet – in kleinem Kreis wurde Blindekuh gespielt, getanzt und musiziert. Man schlief tief in den Morgen hinein, aß und trank und ließ es sich gutgehen. So jedenfalls hieß es häufig in den Briefberichten der Hofdamen an Katharina von Medici, die Mutter Isabellas.

Isabella verdankte ihre für eine Ausländerin ungewöhnliche Beliebtheit ihren äußeren Reizen und der Bereitwilligkeit, sich den spanischen Sitten und Auffassungen anzupassen. Sie sprach fließend Spanisch, was den Spaniern sehr gefiel.

Andererseits war die junge Königin äußerst anspruchsvoll, vor allem was ihre Garderobe betraf. Nie trug sie eine Robe ein zweites Mal – sondern schenkte jedes getragene Kleidungsstück ihren Damen. Stillschweigend zahlte Philipp die horrenden Rechnungen französischer Schneiderwerkstätten. Auch die Ausgaben für Schmuck, Schuhwerk, Pelze und sonstige Annehmlichkeiten stiegen ins Unermeßliche.

Noch im Februar 1561 meldete eine Kammerfrau an den Hof zu Paris: »Le Roy n'est pas encore venu coucher avec la Royne.«

Unterdessen hatten sich aber die Anzeichen weiblicher Reife eingestellt, und ebendieselbe Hofdame schrieb an Katharina, daß der König von einer Körperbeschaffenheit sei, die seiner Gemahlin große Schmerzen verursache. Nur mit äußerster Beherrschung sei sie imstande, ihren ehelichen Pflichten Genüge zu tun. Erst im Mai 1564 kam es zur langersehnten Schwangerschaft. Die Königin litt an Erbrechen, Kopfschmerzen, Schwindelanfällen. Tückische Fieberattacken und die barbarischen Methoden der Ärzte jener Zeit taten das Ihre. Die Fehlgeburt eines Zwillingspärchens, eine tagelange Ohnmacht und Schwäche machten alle Hoffnung zunichte. Aber noch war Isabella jung und widerstandsfähig genug, um wieder zu gesunden.

Zu jener Zeit begann der Konflikt mit Frankreich erneut zu schwelen. In den benachbarten Niederlanden war es zu blutigen Religionskämpfen zwischen Hugenotten und Katholiken gekommen. Philipp II. erkannte die Bedrohlichkeit der Lage. So gleichgültig ihm an sich die inneren Vorgänge im Machtbereich der Valois waren, so wenig wollte er ein von konfessionellen Zwistigkeiten erschüttertes Frankreich als Nachbarland der Niederlande hinnehmen. Ein deutlicher Wink an die entscheidungsscheue Katharina von Medici schien unumgänglich.

Kaum von ihrer Fehlgeburt genesen, mußte Isabella sich an ihren Schreibtisch setzen und einen von ihrem Gemahl entworfenen Brief an die Mutter schreiben. Was wie ein besorgtes Schreiben der Tochter an die Mutter klingen sollte, war in Wahrheit ein Ultimatum an Frankreich, mit den Hugenotten keine Kompromisse zu schließen und entschlossen gegen sie vorzugehen. Wenn Katharina deren Anzahl fürchtete, so möge sie sich an Isabellas Gemahl, den König von Spanien, um Hilfe wenden, der bereit sei, sie jederzeit mit Geld und Truppen zu unterstützen. Wenn sie aber gegen die hugenottische Gefahr nicht einschreite, so müsse er, der König von Spanien, auf eigene Faust handeln, wie er es für richtig halte, auch auf die Gefahr hin, damit ihre Freundschaft zu gefährden. Für ihn stünden lebenswichtige Interessen auf dem Spiel. Ein calvinistisches Frankreich bedeute für Spanien und die Niederlande die Gefahr des Einbruchs der Häresie, einer Zerstörung der Einheit, einer Absetzung der Dynastie.

Als Katharina von Medici dieses Schreiben erhielt, registrierte sie die fortschreitende »Hispanisierung« ihrer kleinen Isabella mit schmerzlichem Erstaunen.

Eine persönliche Aussprache zwischen Philipp II. und Katharina von Medici schien unter den gegebenen Umständen für beide Teile am sinnvollsten. Man hatte eine solche Unterredung schon früher angeregt, sie war aber nie zustande gekommen. Katharina versprach sich davon in erster Linie eine ungeheure Steigerung ihres Ansehens in ganz Europa. Der Besuch des spanischen Königs auf französischem Boden wäre ein großer Triumph für sie gewesen.

Zu so viel Entgegenkommen konnte sich Philipp jedoch nicht entschließen. Das verbot ihm die hohe Auffassung von seiner Würde als spanischer Herrscher. Also reiste nicht er an den vereinbarten Ort der Zusammenkunft nach Frankreich – nach Bayonne nahe der Grenze –, sondern Isabella und mit ihr der zuverlässige und entsprechend instruierte Herzog von Alba.

Diese Lösung schien Philipp die beste zu sein. Einerseits war es ein Staatsbesuch, andererseits ein harmloses Wiedersehen zwischen Mutter und Tochter. Der politische Ernst des Treffens trat nicht offen zutage. Zweck des Treffens, das vom 14. Juni bis 4. Juli 1564 stattfand, war der Abschluß eines tragfähigen verpflichtenden Bündnisses zur Verteidigung des alten Glaubens, der in beiden Reichen ernstlich bedroht schien: in Frankreich durch die Hugenotten, in den Niederlanden durch das Luthertum und den Calvinismus. Dieses

Bündnis enthielt folgende Verpflichtungen: das gegenseitige Versprechen beider Souveräne, alles für die katholische Religion einzusetzen; die Ausweisung aller calvinistischen und lutheranischen Prädikanten, ferner den Ausschluß der Reformierten von allen öffentlichen Ämtern und die Gefangensetzung oder Hinrichtung der gefährlichsten Anführer sowie das Verbot aller reformierten Gottesdienste.

Das Ziel der spanischen Diplomatie bestand darin, die entscheidungsschwache und zum Lavieren neigende Katharina von Medici zu verbindlichen Zusagen zu bewegen. Mit Recht betonte Alba immer wieder, daß sein König nicht geneigt sei, sich in fremde Angelegenheiten zu mischen; die Bedrohung seiner eigenen Länder durch ein von Katholikengegnern beherrschtes Frankreich zwängen ihn jedoch dazu, Vorbeugungsmaßnahmen zu treffen. Er wünsche Klarheit darüber, ob er bei der Ordnung der religiösen Angelegenheiten auf die französische Herrscherin zählen könne.

Katharina jedoch wollte es sich weder mit den Katholiken ihres Landes noch mit den Hugenotten und den Spaniern verderben. Sie suchte Zeit zu gewinnen und veranstaltete rauschende Feste mit arkadischen Schäferspielen, Feuerwerken, Kampfspielen und Komödien. Als sie notgedrungen wieder an die Verhandlungen denken mußte, verschob sie den Schwerpunkt auf ein anderes Gebiet, als sei man von Anbeginn nur zusammengekommen, um die Heiratsmöglichkeiten ihrer Kinder zu erörtern. Margarete von Valois, ihre jüngste Tochter, wünschte sie als Gemahlin von Don Carlos zu sehen. Heinrich von Orléans sollte der Ehemann von Doña Juana werden, der verwitweten Schwester Philipps II.

Auf religionspolitischem Gebiet fand sich Katharina von Medici nur zu zwei Zugeständnissen bereit: zu einem französischen Landeskonzil zur Unterdrückung reformierter Gottesdienste und zur Vertreibung der Prädikanten. Diese Zusagen sollten streng geheim bleiben, sonst fühle sie sich davon entbunden.

Ob Königin Isabella einen nennenswerten Anteil an den politischen Verhandlungen hatte, blieb umstritten. Sie war, soweit sie Gelegenheit fand, an den Besprechungen teilzunehmen, durchaus auf der Seite jener, die von ihrer Mutter dreist an der Nase herumgeführt wurden.

Mutter und Tochter hatten jedenfalls ihrer Sehnsucht, einander wiederzusehen, Genüge getan, und die Festigung der Freundschaft beider Herrscherhäuser war gelungen.

Isabella kehrte strahlend vor Glück und Zufriedenheit aus Bayonne zurück. Die beiden Gatten, so hieß es, waren über das Wiedersehen so erfreut, als wären sie nicht zwei Monate, sondern zwei Jahre voneinander getrennt gewesen.

3

Am 12. August 1566 gebar die Königin ihre erste Tochter, die Infantin Isabella Clara Eugenia. Die Taufe vollzog der spätere Papst Urban VII. Am 17. Oktober 1567 kam eine weitere Infantin zur Welt. Auch sie wurde mit ungetrübter Freude und Dankbarkeit begrüßt, obwohl für das königliche Paar ein Knabe im dynastischen Interesse wünschenswerter gewesen wäre. Sie wurde auf den Namen Katharina getauft.

Um Weihnachten 1567 mehrten sich die Anzeichen einer erneuten Schwangerschaft, die sich jedoch bald als Trug herausstellten. Obwohl die Königin an Erbrechen und Fieber litt und durch ständige Aderlässe und Purgiermittel erschöpft war, wurde sie wieder schwanger. Am 8. Oktober 1568 gebar sie unter schweren Krämpfen im fünften Monat der Schwangerschaft ein Mädchen, das bald darauf an Herzlähmung starb. Wenige Tage später erlag auch Isabella, Königin von Spanien, einem Herzversagen. Ihr Tod war sanft und ohne Qual. Sie starb in Gott ergeben.

Der Schmerz und die Trauer des Königs, des Hofstaates, ja des ganzen Landes waren grenzenlos.

Katharina von Medici aber schöpfte Hoffnung, daß Philipp II. nun ihre jüngste Tochter, Margarete von Valois, zur Gattin nehmen würde.

Das Jahr 1568 war ein Unglücksjahr für den König. Am 24. Juli dieses Jahres war auch sein geisteskranker Sohn Don Carlos gestorben, der auf Grund seiner Behinderung von der Nachfolge ausgeschlossen werden sollte. Als er seine Flucht aus Spanien vorbereitete, wurde er gefangengesetzt, starb aber vor Beginn seines Prozesses.

All diese psychischen Belastungen ließen Philipp in kurzer Zeit altern. Zum drittenmal verwitwet, ohne männlichen Erben, von Feinden und Hassern umgeben, ging er vereinsamt und verbittert einer dunklen Zukunft entgegen.

Frankreich zerfleischte sich in Bürgerkriegen. Die Niederlande erzitterten unter den Schlägen des wie von einem Blutrausch besessenen Statthalters Alba, die Türken bedrohten das östliche Mittelmeer und Italien, die Morisken erhoben sich. Überall gab es Verrat, Haß, Kampf und Blut.

In der Nähe Madrids, am Fuß der Sierra Guadarrama, stand jedoch ein Haus der Einkehr, ein Museum der Künste, Tempel der beschaulichen Andacht und der emsigen Arbeit, Weihestätte einer Idee, Symbol des Lebens: San Lorenzo de Escorial.

XV.
Juanito

1

Während in Spanien, in den Niederlanden, im großen Heiligen Römischen Reich, im übrigen Italien, ja in der ganzen christlichen Welt gravierende Veränderungen, blutige Auseinandersetzungen, friedliche Bemühungen, Kriege und wiederum Friedensschlüsse das Leben der Völker belasteten, verbrachte die Familie des Manuel García ihr Dasein wie die meisten andalusischen Bauern, Fischer und Handwerker.

Die Schusterwerkstätte Manuels hatte sich als gutgehende und befriedigende Arbeitsstätte erwiesen. Er verdiente genug, um seine Frau Luisa und seine vier Kinder zu ernähren und zu kleiden. Alle lebten zufrieden und bescheiden, wie sie es seit Jahren gewohnt waren.

Das einzige Vergnügen, das er sich vergönnte, bestand darin, ein- oder zweimal jährlich nach San Pedro de Alcántara zu fahren und einer Corrida de Toros beizuwohnen. So wie Luisa an Montagen regelmäßig ihren Klatsch mit der Nachbarin hielt, ging Manuel an Samstagen in die nahegelegene Bodega, um ein Gläschen zu trinken und mit den Nachbarn zu debattieren. Dabei wurde meist politisiert und über die Hofhaltung in Toledo gesprochen, wo Philipp II. von Spanien residierte, so wie vordem sein Vater Kaiser Karl V. Ob die Verehrung, die man Karl gezollt hatte, auch auf dessen Sohn übergehen würde, das wußte keiner.

Manuel hütete sich davor, auch nur den geringsten Hinweis zu geben, wie gut er die Hofhaltung kannte und daß er den Infanten Karl persönlich gesehen hatte, als man ihn in Brüssel die Treueerklärung an die Cortes unterschreiben ließ. Er sprach auch nie ein Wort über die leidige Affäre mit den zwei Fischereilizenzen, die er sich durch Lug und Trug erschlichen hatte.

Die Familie lebte also zufrieden und hatte Achtung vor dem Vater, der vor langer Zeit zwei schwere Jahre hinter sich gebracht hatte.

»Ich glaube an Fügungen«, sagte Manuel immer wieder zu Luisa. »Unser ältester Sohn Juanito wird seinen Weg machen, und ich bin es, der ihm den Weg ebnen muß. Ich sehe ihn vor mir, hoch zu Roß, in einer Kompanie Hellebardisten!«

Luisa quittierte diese Spintisierereien meist mit einer nüchternen Bemerkung, mit der sie versuchte, Manuel auf den Boden der Realität zurückzuführen.

»Laß das Träumen! Sei froh und glücklich, daß wir alle gesund sind und ein Dach über dem Kopf haben. Juanito ist noch so jung, arbeitet fleißig bei unserem Nachbarn, und eines Tages wird er die Schusterwerkstatt übernehmen. Gar kein so schlechtes Geschäft. Ein solides Handwerk und obendrein weit und breit keine Konkurrenz. Hör auf! Der Sohn eines Flickschusters aus Casares als Leibgardist beim Bischof! Sag, hast du am Ende Fieber?« Sie griff ihm an die Stirn. »Fieber hast du keines, aber einen soliden Größenwahn. Hast du nicht selbst schon genügend Lehrgeld gezahlt in deiner Jugend? Juanitos Gehorsam und Fleiß in Ehren. Das ist noch lange kein Grund, ihn in die militärische Laufbahn zu zwingen. Deine Erfahrung damals, als du die zusätzlichen Fischereigenehmigungen erschwindelt und ordentlich draufgezahlt hast, müßten genügen, um unseren Sohn vor derartigen Erfahrungen zu bewahren. Nun zwingst du Juanito förmlich, zu den bischöflichen Truppen zu gehen. Du wolltest nie Soldat werden, dein Vater war ein solider Fischer. Du hast ihn mit ins Verderben gezogen. Und jetzt diese Idee! Bildest du dir vielleicht ein, daß er mit den Granden und Seiner Majestät an einer Tafel speisen wird?« Sie lachte und wandte sich wieder den Pflichten im Haushalt zu. Es gab ja genügend Arbeit in Küche und Hof.

In diesem Augenblick zuckte ein Blitz über die Sierra. Nach mehr als dreißig Sekunden folgte ein dumpfes Donnergrollen. Allzuweit konnte das Gewitter nicht entfernt sein. Vom Norden her wehte eine leichte, dunstige Brise, Wolken zogen, vom Mittelmeer kommend, über Casares in die Berge und lösten sich auf, als hätte eine Geisterhand sie zerpflückt. Der aufkommende Wind wurde heftiger, Blitz und Donner folgten in immer kürzer werdenden Abständen. Wenige Minuten später öffneten sich die Schleusen des Himmels über dem Dorf. Ein solcher Regenguß, unter den sich Hagelkörner mischten, war eine Seltenheit im Süden Andalusiens. Der ausgedörrte Bach trat über die Ufer, der trockene, von Rissen durchzogene Boden verwandelte sich im Nu in Morast. Die Wolkenströme aus Süd und Nord flossen ineinander, ein schwarzes Gebräu lag über dem Ort. Der hohe, schlanke Kirchturm schien die Wolken wie mit einem Beil zu spalten.

Die Menschen eilten aus den Häusern, um Schafe, Ziegen, Maulesel und Federvieh in die Ställe zu treiben. Dann schlossen sie die Türen, Fenster und die hölzernen Fensterläden – sie hatten Angst vor den Naturgewalten.

Manuel und Luisa kletterten auf den Dachboden, öffneten

die kleine Luke und bestaunten das Gewitter. Sie kannten keine Angst. Die ständig sich verändernden Wolkenformationen, die sich da und dort zu Türmen erhoben, als wollten sie dem Himmel Paroli bieten – derartige Unwetter hatten es ihnen angetan.

»Sieh doch, Luisa, wie das silbriggraue Laub der Olivenbäume zerfetzt wird, wie mächtig der Sturm braust. Sogar Orangen und Zitronen werden von den Bäumen gerissen. Mir scheint, Himmel und Hölle haben sich über uns vereint.«

»Alles stockfinster! Der Felsen von Gibraltar ist überhaupt nicht mehr zu sehen.«

Um überschwemmte Olilvenhaine, um vernichtete Orangen- und Zitronenfelder brauchten sich die beiden keine Sorgen zu machen, sie besaßen keine Landwirtschaft. Die meisten Einwohner von Casares hingegen waren Bauern, die das Unwetter um die karge Ernte brachte. Dankbar dachte Manuel wieder einmal an seinen Vater, der ihm das Haus gekauft und die Schusterwerkstatt eingerichtet hatte.

2

Als sich das Unwetter verzogen hatte, kehrte Manuel in die Werkstatt zurück und hämmerte weiter an den Stiefeletten des Pfarrers, die er neu besohlen und am nächsten Morgen nach der Frühmesse persönlich überbringen wollte, persönlich deswegen, da er bare Münze brauchte und ein besonderes Anliegen an den Pfarrer hatte. Er hätte wohl auch die Stiefeletten vergessen, doch die Reparatur war ihm eingefallen, als es donnerte und blitzte. War es eine Fügung? Waren es vielleicht die Naturgewalten, die ihm all das in Erinnerung riefen? War es wie damals, vor vielen Jahren, als er den sehnlichen Wunsch verspürt hatte, den Infanten Karl zu sehen – diese Erinnerungen schienen der Gegenwart zu gleichen. Es war ein Wink des Himmels, davon war er überzeugt, eine Mahnung, sein Anliegen nicht zu vergessen.

Seine Gedanken kreisten um seinen ältesten Sohn Juanito. Dessen Klugheit, sein Gehorsam Vater und Mutter gegenüber, sein Fleiß, sein Mut und der feste Glaube an die Lehren der katholischen Kirche sowie die Achtung vor dem regierenden König, Philipp II. – all das ließ Manuel glauben, daß sein Sohn wohl zu Höherem berufen war.

Er dachte auch an seine beiden anderen Söhne und an die Tochter Noménia. Fernando und José waren ihm nachgeraten. Ihre Gesichter waren von der Sonne gebräunt, die Haut wie gegerbtes Leder und ein wenig zerfurcht von der salzigen Meeresluft. Sie waren gedrungener und kleiner von Gestalt als der hochgewachsene, schlanke Juanito.

Noménia, die Tochter, hatte große Ähnlichkeit mit ihrer Mutter. Ihre Wangen waren rund und rot wie ein Apfel. Einige Sommersprossen sprenkelten die freche Stupsnase. Ihr wunderschönes Haar fiel bis auf die Schultern und glänzte im Sonnenlicht. Sie war keine Schönheit im landläufigen Sinn, strahlte aber sehr viel Charme aus. In ihrem Leinenkittel, den schwarzen Stiefelchen und dem Band im Haar sah sie mit ihren vierzehn Jahren beinahe verführerisch aus.

Wie oft schon hatte Manuel überlegt, was er tun könnte, um Juanito den Weg in ein besseres Leben zu ebnen! Er wußte, daß er ein Träumer war und zu Illusionen neigte. Er hatte es sich in den Kopf gesetzt, daß sein ältester Sohn in die Stadt gehen müsse. Dabei dachte er an Ronda, jene alte Stadt, von der aus einst Ferdinand von Aragon und Isabella von Kastilien ihre Königreiche regiert hatten. Ronda war neben Sevilla nicht nur das administrative Zentrum Andalusiens, sondern auch Bischofssitz. Der Marqués von Salvatierra besaß in Ronda ein Palais, kleiner als jenes in Toledo.

Er, Manuel, der strenggläubige Katholik, hoffte, daß der Pfarrer von Casares seinen Sohn dem Bischof empfehlen könnte, der jedes Jahr für ein, zwei Tage nach Casares kam. Er sah Juanito schon in den Diensten Seiner Eminenz Lopez de Rueña als Leibgardist, die Hellebarde in der Hand und in jenem bunten Wams, nach dem auch er sich als junger Mann gesehnt hatte. Er wußte, daß der Pfarrer Bittstellern gegenüber ziemlich abweisend zu sein pflegte, doch vielleicht hatte er Glück und traf den Geistlichen bei guter Laune an.

Seine Eminenz, der Bischof, hatte es sich zur Gewohnheit gemacht, jedes Jahr einmal die Städte und Dörfer seines Bistums zu visitieren. Er wollte sich überzeugen, daß kein Morisko (getaufter Maure) oder Marrane (getaufter Jude), aber auch kein Hugenotte aus dem benachbarten Frankreich, kein Protestant aus Deutschland, der Schweiz oder England und kein Calvinist aus Flandern in den Siedlungen Unterschlupf gefunden hatte. Dem Ketzer wie dem, der ihn beherbergte, drohte unweigerlich die Anzeige beim Tribunal der Heiligen Inquisition, zu deren Mitgliedern und Richtern auch der Bischof von Ronda zählte. Wer vor dem Tribunal erscheinen mußte, den erwartete zumeist der Tod auf dem Scheiterhaufen. Falls der Delinquent Reue zeigte, konnte er auf Milde hoffen: Er wurde dann nicht den Flammen übergeben, sondern zum Tode auf dem Schafott begnadigt. Entschied man – selten genug –, daß der Ketzer nicht des Todes schuldig war, wurde er im günstigsten Fall zu langjähriger Zwangsarbeit auf den Galeeren verurteilt – eine Fron, die nur wenige überlebten. Der Bischof wohnte den Folterungen häufig bei, die man anwandte, um Geständnisse zu erpressen. Es war üblich, den Delinquenten Daumenschrauben anzusetzen, die man auch als Hodenquetschen benutzte, die Unglücklichen mit glühenden Zangen zu reißen und mit Ruten oder Stricken mit eingeflochtenen Haken zu geißeln – Folterwerkzeuge, die vom Teufel erfunden zu sein schienen. Hexen stellte man brennende Kerzen unter die Achseln. Die Folterwerkzeuge wurden vor »Gebrauch« mit Weihwasser besprengt, damit der Teufel seine Untertanen nicht gegen die Schmerzen unempfindlich mache. In der Regel ließen sich unter der Folter alle beliebigen Geständnisse erpressen, auf die sich die unmenschlichen Urteile gründeten, die »im Namen des Allmächtigen« ausgesprochen wurden.

Die Mitglieder des Tribunals, die Heilige Inquisition, ja die Kirche mit der ihr zur Verfügung stehenden Macht – sie alle glaubten fest daran, daß die Moriscos – man nannte sie häufig Conversos – auf die Stunde der Rache gegen die katholische Kirche warteten, um ihre einstige Herrlichkeit, die sie vor allem in Spanien entfaltet hatten, wiederherzustellen. Sie waren meist an den Hof des Großtürken nach Byzanz geflüchtet, wenngleich auch viele in Spanien, vor allem rund um Córdoba, und im nordafrikanischen Marrakesch und Fes Unterschlupf gefunden hatten. Die Marranen hingegen, die meist zu den Protestanten in Deutschland oder in den Niederlanden, zu den Hugenotten nach Frankreich entkommen waren, wollten ihre hohen Ämter an den Höfen der spanischen Granden zurückerhalten, wo sie vor allem als Finanzberater, Verwaltungsbeamte oder Steuereintreiber gedient hatten.

3

Am folgenden Tag ging Manuel ins Pfarrhaus. Er wartete, bis der Geistliche die Heilige Messe beendet und die Kirche verlassen hatte. Erst dann betrat er das zweistöckige Gebäude, die Stiefeletten fest unter den Arm gepreßt. Im ersten Stock befand sich das Arbeitszimmer des Geistlichen, wo er zaghaft anklopfte. Dann fiel ihm ein, daß der Pfarrer schwerhörig war, und er klopfte heftiger. Endlich hörte er eine brummige Stimme »Entra!« sagen. Bescheiden, ein wenig Untertänigkeit zeigend, betrat er den großen Raum, in dem der Pfarrer hinter einem klobigen Stehpult stand und in einer Matrikel blätterte.

Der Pfarrer war ein hagerer Mann von annähernd sechzig Jahren, mit scharfen Zügen und einem furchteinflößenden Blick. Die etwas zu große geratene Nase war rötlich gefärbt – der gute andalusische Wein trug wahrscheinlich die Schuld daran. Seine Kleidung bestand, wie beim Klerus alltags üblich, aus einer langen, schwarzen Kutte, aus der ein weißer Kragen lugte, der dringend einer Reinigung bedurft hätte.

Sichtlich verärgert über die Störung fragte der Geistliche: »Was willst du, hombre?« Noch ehe der Schuster eine Antwort geben konnte, hellte sich das Antlitz des Pfarrers auf, denn er hatte seine geliebten Stiefeletten unter dem Arm Manuels erblickt. Wesentlich freundlicher fuhr er fort: »Was schulde ich dir, mein Sohn?«

Mit fester Stimme erwiderte Manuel: »Vier Silberreales, Hochwürden.«

Der Pfarrer reichte ihm die Münzen über das Schreibpult, ohne zu feilschen, was bei ihm verwunderlich war. »Ich sehe dir an, daß du noch etwas auf dem Herzen hast.«

»Ja, Hochwürden, ich hätte noch ein Anliegen, die Bitte eines Vaters für seinen Sohn. Übermorgen, Montag, kommt doch Seine Eminenz, der Bischof von Ronda, nach Casares. Ich wäre Euer Hochwürden äußerst dankbar, wenn Hochwürden mir bei Seiner Eminenz zu einer Audienz verhelfen könnten.«

»Was willst du vom Bischof, hombre?« fragte der Pfarrer schroff.

»Es handelt sich um Juanito, meinen ältesten Sohn. Er ist fleißig und fromm, ein strenggläubiger Katholik, der nie die Heilige Messe versäumen würde. Er hat auch keine Weibergeschichten, Hochwürden wissen, was ich meine ...«

»So sag endlich, was du von Seiner Eminenz willst!« unterbrach ihn der Pfarrer ungeduldig.

»Ich sähe Juanito so gerne in Ronda, am Sitz des Bischofs. Als Leibgardist! Ich bin alt, und mein Rücken schmerzt. Die Hände wollen auch nicht mehr so recht. Und die Gicht! Hochwürden, die Schmerzen! In Ronda könnte er ein ordentliches Leben führen. Die Schusterwerkstatt übernähme mein Zweitältester, Fernando. Er scheint an dem Beruf Gefallen gefunden zu haben und könnte heute schon die Stiefeletten Eurer Hochwürden so gut besohlen wie ich.«

Der Geistliche überlegte eine Weile, dann sagte er Manuel seine Unterstützung zu. Allerdings sei es eine Frage der Zeit. Der Bischof habe – weiß Gott – wichtigere Dinge zu tun, doch wolle er, der Pfarrer, sich für Manuel verwenden.

»Aber jetzt habe ich noch einiges zu erledigen«, sagte der Pfarrer. »Du weißt: Übermorgen kommt der Bischof, morgen muß ich drei Messen lesen und zwei Trauungen vornehmen, und gar der Montag ... Eine Menge Arbeit für mich!«

Manuel verstand. Er bedankte sich im voraus für die Mühe und verließ rückwärtsgehend den Amtsraum des Pfarrers.

Den Heimweg legte er fast im Laufschritt zurück, denn er mußte Luisa alles brühwarm erzählen.

Zu Hause angekommen, eilte er in die Küche, wo Luisa gerade Fische briet.

»Stell dir vor, der Pfarrer wird dem Bischof meine Bitte vortragen – die Bitte, mir eine Audienz zu gewähren. Überdies zahlte er vier Reales für die Reparatur, ohne mit der Wimper zu zucken. Das Geld reicht für die nächsten zwei, drei Tage, und morgen liefere ich die drei Paar geflickten Schuhe ab. Dann gibt es wieder Geld. Was sagst du dazu?«

Luisa lächelte zufrieden. Die Sache mit Ronda betrachtete sie weiterhin mit Skepsis. Sie wußte nur zu genau, daß ihr Mann sich häufig in Träume verspann und schwer von seinen Ideen abzubringen war. Manuel hingegen war in einer wahren Jubelstimmung. Da ihn Arbeit meist beruhigte, ging er in die Werkstatt, wo er sehr bald von seinen hochfliegenden Plänen abgelenkt wurde.

Abends – es war Samstag – kehrte Juanito von der Arbeit zurück. Seit etlichen Jahren half er einem befreundeten Bauern, die kärgliche Ernte einzubringen, er versorgte das Vieh, säuberte den Stall und versah sonstige Dienste. Während der letzten Tage hatte er mehr als zweihundert Körbe Orangen und Zitronen sowie vier Körbe Oliven geerntet. Die Traubenlese stand bevor. Das alles tat er für zehn Reales Wochenlohn und ein Mittagessen während der kurz bemessenen Pause. Hie und da gab es abends eine zusätzliche Mahlzeit.

Der junge Mann ging in die Küche zu seiner Mutter, doch Manuel hatte ihn kommen hören und eilte aus der Werkstatt, um ihm zu erzählen, was sich beim Pfarrer zugetragen hatte.

»Du weißt doch, daß ich stets nur dein Bestes wollte. Ich war beim Pfarrer, der mir eine Audienz beim Bischof erbitten wird. Ich sähe dich gern in den Diensten des Bischofs von

Ronda, wo du nicht mehr so hart arbeiten müßtest. Du bekämst regelmäßig Sold, Unterkunft und Kost sowie ein prachtvolles Gewand.«

Als der Vater die Küche wieder verlassen hatte, fragte Juanito: »Warum soll ich fort von hier? Ich liebe euch doch alle! Außerdem ist mir ein buntes Wams egal.«

Die Mutter gab ihm einen Kuß auf die Stirn und erwiderte: »Dein Vater ist nun einmal so. Er sähe dich gern hoch zu Roß. Am liebsten wäre es ihm, du würdest, in Samt und Seide gekleidet, mit dem spanischen Adel an der königlichen Tafel speisen.« Lachend wandte sie sich wieder ihren häuslichen Pflichten zu.

Juanito betrat die Kammer, in der er und seine zwei Brüder schliefen. Er wußte, daß sein Bruder Fernando gern die Schusterwerkstatt übernehmen und José einen Spezereiladen eröffnen wollte, da es weit und breit nichts dergleichen gab.

Er ging zum Brunnen, schöpfte mit beiden Händen Wasser, schüttete es übers Gesicht, trocknete sich ab, zog ein frisches Hemd über und kehrte zur Mutter in die Küche zurück, um ihr beim Zubereiten der Abendmahlzeit zu helfen.

Den Abend verbrachte die Familie in der Küche. Alle gingen bald zu Bett, da sie am nächsten Tag, einem Sonntag, um halb sieben aufstehen mußten, denn die Morgenmesse begann um sieben Uhr. Sobald der letzte Glockenschlag ertönte, mußten alle Gläubigen auf den ihnen angestammten Plätzen sitzen – der Pfarrer nahm es da sehr genau.

Um Viertel vor sieben stand die Familie im Hof und wartete auf den Vater, der als letzter kam. Alle trugen ihren schwarzen Sonntagsstaat.

Zu jener Zeit war es in Spanien Sitte, daß das ganze Volk –

Bauern, Fischer, Beamte, hochgestellte Persönlichkeiten und Edelleute, die Mitglieder der Cortes, ja der König selbst schwarze Kleidung trugen. Das gewöhnliche Volk kleidete sich in grobes, schwarzes Tuch, der Adel und der König in Samt, die Edeldamen in Seide. Diese und andere strenge Sitten hatte die Urgroßmutter Philipps II., Maria von Burgund, aus ihrer Heimat nach Spanien mitgebracht. Jahrhundertelang behielten diese Gepflogenheit als Teil des »spanischen Hofzeremoniells« Geltung.

Vor dem letzten Glockenschlag hatte die Familie García ihre Plätze eingenommen. Der Mesner mit dem Kruzifix betrat das Haus Gottes, gefolgt vom Priester und vier Ministranten. Die Gläubigen erhoben sich. Der Geistliche stieg die Stufen zur Kanzel empor. Es herrschte Totenstille. Alle warteten auf die ersten Worte.

Die Gemeinde war es gewohnt, daß ihr Pfarrer, nachdem er das Evangelium verlesen hatte, von der Kanzel polterte und wetterte und den Bewohnern von Casares gründlich die Leviten las. Diesmal sollte es anders sein.

Dem Pfarrer lag vor allem der bevorstehende Besuch des Bischofs am Herzen. Mit strenger Stimme ermahnte er alle, in sich zu gehen, vor allem das Gewissen zu erforschen, ob ja keiner Kenntnis davon habe, daß im Dorf – was Gott verhüten möge – oder in der näheren Umgebung Ketzer verborgen wären oder gar versteckt gehalten würden. Denn das sei gefährlich für ganz Spanien, das den katholischen Glauben stets verteidigt habe, und sei es mit der Waffe in der Hand. Diese Ketzer stellten sich grundsätzlich gegen alles, was der Papst beschlossen und durch seine Priester verkündet habe. Schon beim leisesten Verdacht drohe den Betroffenen die Anzeige beim Tribunal der Heiligen Inquisition, da sie sich gegen die Kirche, den katholischen Glauben, den Heiligen

Vater in Rom, den König von Spanien und daher im ureigensten Sinne gegen Gott versündigt hätten. Jeder müsse seine Umgebung, Bekannte, Freunde, ja sogar die eigene Familie genau beobachten, da Ketzer sich häufig hinter der Maske eines Christen versteckten und trotz Heiliger Taufe immer noch dem ketzerischen Glauben huldigten.

»Seid auf der Hut! Denkt nicht nur an eure Umgebung, denkt auch an Freunde, Verwandte und die eigene Familie. Nichts darf verborgen bleiben. Sie alle könnten Ketzer verstecken, ihnen Unterschlupf gewähren oder von solch einer Untat Kenntnis haben. Betet für Seine Eminenz, der seit Wochen von Dorf zu Dorf, von Stadt zu Stadt unterwegs ist und große Beschwernisse auf sich nehmen muß. So eine Reise kann sehr gefährlich werden! Er muß rauhe Felsen, die sich zum Himmel recken, überwinden, über Klippen reiten. Seine Sänfte wird häufig über schmale Brücken getragen, die über rauschende Bäche führen, Brücken, die jederzeit einzubrechen drohen. Auf jedem Pfad könnten ihn Wegelagerer überfallen. Betet für ihn! Jene unbeugsame Minderheit Ungläubiger, die unser aller Glauben leugnet, ist der eigentliche Feind der katholischen Kirche. Diese Menschen sind Mördern gleichzusetzen. Erst auf dem Scheiterhaufen, angesichts züngelnder Flammen, betteln sie um Gnade vor dem Allmächtigen. Euer fester Glaube und das Gebet können die Todesängste, die der Bischof erdulden muß, lindern. Der langen Reise letzte Strecke wird ihn nach Casares führen, in unseren Ort. Er wird knorrige Korkeichen, alte verkrüppelte Olivenbäume erblicken, es wird ihm jene zarte salzige Brise entgegenwehen, die vom Mittelmeer kommt. Er wird das leise, ein wenig unheimliche Rascheln der grüngrauen Olivenblätter hören und das betörend süße Parfum spüren, das über den Hügeln rund um uns liegt und von den vielen Rosen herrührt, die an den Abhängen gezogen werden. Betet für den Bischof! Betet für die Heilige Inquisition!«

Nach diesen Worten stieg der Pfarrer von der Kanzel und zelebrierte am Altar die Heilige Messe, die er wie üblich schloß: »Der Herr sei mit euch, ziehet hin in Frieden! Amen!«

Beeindruckt und ein wenig überfordert durch die Schilderung der Reise des Bischofs, sagten die Gläubigen wie aus einem Mund: »Amen!« Gesenkten Hauptes verließen sie die Kirche, um sich auf dem Kirchhof zu versammeln. Sobald der Pfarrer außer Hörweite war, begannen sie sich zwanglos zu unterhalten. Dann eilten sie nach Hause, um ein ausgiebiges Frühstück zu genießen. Luisa teilte einen Laib Brot, nachdem sie mit dem Daumen ein Kreuz darüber gezogen hatte. Dann holte sie aus dem Vorratskeller ein Tongeschirr mit Ziegenkäse, den sie zwei Tage zuvor in Gewürze, Lorbeerblätter und Öl gelegt hatte. Manuel, der an der Schmalseite des Tisches saß, stand auf, faltete die Hände, dankte Gott für das tägliche Brot und betete für das Wohl des Königs – ein Gebet, das er während der letzten Tage nur allzu häufig vergessen hatte. Er endete mit den Worten: »Gott möge unseren König und Spanien vor Unheil und schlechten Ratgebern bewahren.«

4

Am Montag erwachte Manuel viel zu früh, Alpträume hatten ihn nicht ruhig schlafen lassen. Er sah sich vor dem Bischof stehen, die Stimme versagte ihm, er brachte seine Bitte nur stammelnd hervor. Wieder und wieder glaubte er eine abschlägige Antwort zu hören. Dann sah er sich vom Tribunal der Heiligen Inquisition zum Tode auf dem Scheiterhaufen verurteilt. Schon züngelten Flammen zu seinen Füßen, ehe er endlich zur Enthauptung auf dem Schafott begnadigt wurde. Er vermeinte glühende Eisen zu spüren, dann wurde er mit Weihwasser übergossen. Das Ganze begann von neuem, bis er endlich schweißgebadet erwachte.

Gegen acht Uhr ging er zum Pfarrhaus. Leise wiederholte er das ihm vom Pfarrer anvertraute Losungswort. Als er im Pfarrhof die Treppen emporstieg, begegnete er dem Geistlichen, der soeben das Gebäude verlassen wollte.

»Viel Glück für die Audienz, hombre«, sagte der Pfarrer, »und vergiß das Losungswort nicht!«

Manuel fiel ein Stein vom Herzen. Die nächtlichen Zweifel schienen beseitigt, er wußte genau, was er zu sagen hatte. Er ging bis zum Arbeitsraum des Pfarrers im ersten Stock, in dem nun der Bischof amtierte und Audienzen gab. Links und rechts von der Tür standen zwei Trabanten, die ihre Hellebarden kreuzten. »Die Losung oder zurück!« sagte einer. Manuel nannte das Losungswort, der Einlaß wurde ihm gewährt. Die Wachen nahmen wieder Haltung an.

Manuel betrat den ihm bekannten Raum, in dem heute der Bischof hinter dem klobigen Tisch saß. Es herrschte eine unheimliche Stille. Nur ein leises Rascheln war zu hören – der Bischof, der in einem Gebetbuch las, hatte gerade umgeblättert. Nach einer Weile blickte er auf, musterte Manuel von oben bis unten und fragte mit strenger Miene: »Was ist dein Begehren?«

Manuel brachte sein Anliegen vor und beantwortete die Fragen des Bischofs. Dann herrschte wieder Schweigen.

Endlich! Mühselig erhob sich Seine Eminenz, den die Leibesfülle und zu allem Übel die Gicht plagten. Die schwarze Kutte war von einer violetten Schärpe umgürtet, das Käppchen in der gleichen Farbe. Das Gesicht schien aufgedunsen, das Doppelkinn ließ den Hals nur ahnen. Der strenge und abweisende Blick verhieß nichts Gutes. Auch unter seinen Amtskollegen war der Bischof als unfreundlicher Mensch bekannt. Manuel zitterten die Knie. Sollten seine Alpträume doch ein Quentchen Wahrheit beinhaltet haben?

Der Bischof rieb sich das Kinn, zog die buschigen Augenbrauen hoch, ging zum Fenster und blickte ein wenig gedankenverloren in den Hof. Erst dann kehrte er bedächtigen Schrittes zum Tisch zurück, nahm umständlich Platz und beantwortete Manuels Bitte mit der Frage: »Wie lautet der vollständige Name deines Sohnes? Der Pfarrer nannte mir José Francisco Juan García, wenn ich nicht irre.«

»So lautet der volle Name, Eminenz.«

»In längstens fünf Tagen – ich wiederhole, in längstens fünf Tagen – soll er nach Ronda kommen, in meine Residenz. Beim Tor der Stadt soll er dasselbe Losungswort nennen wie du hier. Man wird ihn zu mir führen, dann sehen wir weiter. Ohne einige Worte mit ihm gewechselt zu haben, kann und will ich keine Entscheidung treffen. Freu dich nicht zu früh! Vielleicht entpuppt er sich in meinen Augen als Taugenichts. Väter pflegen ihre Söhne meist zu loben – Söhne, die dann alles andere als geeignet sind für den Dienst an einem Bischofssitz. Am wichtigsten ist, daß er schweigen kann. Denn ich bin Richter beim Tribunal der Heiligen Inquisition, und bei mir gehen Persönlichkeiten des öffentlichen Lebens und des Klerus aus und ein. Sollte ich allerdings Gefallen an ihm finden, könnte er mir zu Diensten sein. Es geht dich zwar nichts an, doch will ich dir sagen, warum ich dein Anliegen überhaupt in Erwägung ziehe: Der Kardinal-Fürsterzbischof von Toledo, Seine Eminenz Fernando Niño de Guevarra, fordert von mir wie von allen Bistümern Spaniens je eine Kompanie Pikeniere oder Hellebardisten und Musketiere, die sich in Toledo versammeln und gemeinsam in den Norden ziehen sollen, um in Flandern gegen die Protestanten zu kämpfen. Ich brauche deshalb Nachwuchs. Trag also Sorge dafür, daß dein Sohn in längstens fünf Tagen vor mir steht.«

Von einer derart verheißungsvollen Antwort hätte Manuel nicht einmal in seinen kühnsten Träumen zu hoffen gewagt.

Er verließ, im Rückwärtsgehen Dankesworte stammelnd, den Raum, eilte die Treppen hinunter und nach Hause. Er mußte Luisa sofort Bericht erstatten, doch fand er sie weder in der Küche noch im Hof. Da fiel ihm ein, daß sie, wie an Montagen üblich, einen Plausch bei der Nachbarin hielt. So holte er also die drei Paar geflickten Schuhe aus der Werkstatt und ging, um sie abzuliefern und bare Münze zu kassieren.

Bei einem der Bauern verlangte er für zwei Paar drei Silberreales, beim zweiten, der nicht nur Bauer, sondern auch Pferdehändler war, für ein Paar die gleiche Summe. Er wußte genau, daß Pferdehändler so manchen übers Ohr hauen. Beide zahlten prompt, und Manuel steckte die Münzen in den Lederbeutel. Plötzlich fiel ihm ein, daß er beinahe etwas Wichtiges vergessen hätte. Juanito konnte doch nicht auf Schusters Rappen nach Ronda kommen, er brauchte ein Pferd. Manuel überlegte, denn er wußte, daß ihn der Kauf eines nur halbwegs guten Pferdes den Großteil seiner Ersparnisse kosten würde. Andererseits hatte er mit seiner Frau besprochen, daß die beiden jüngeren Söhne Sonntagsanzüge brauchten und Noménia Stoff für ein neues Kleid. Für Juanito aber tat er alles.

So wandte er sich an den Händler. »Raimondo, ich brauche ein Pferd. Mein Sohn muß in längstens fünf Tagen nach Ronda reiten, um persönlich beim Bischof vorzusprechen. Hättest du – rein zufällig – etwas Passendes für mich? Natürlich keinen arabischen Vollbluthengst, den kann ich mir nicht leisten. Aber keinesfalls eine uralte Mähre.«

Schlau, wie Pferdehändler nun mal sind, sagte Raimondo: »Du hast Glück, amigo. Ich hätte genau das Richtige für dich. Der Vater dieses prächtigen Hengstes kommt aus dem Gestüt des marokkanischen Züchters Abu Ahmal, die Mutterstute ist kräftig und stark gebaut und dient mir heute noch als ausgezeichnetes Kutschpferd. Alles in allem eine perfekte Mischung und obendrein billig. Du weißt, daß du dich auf mich verlassen kannst, da wir ja Freunde sind. Unter Nachbarn überlasse ich dir den Hengst um lumpige dreißig Silberreales.«

»Was?« rief Manuel mit allen Anzeichen des Entsetzens. »Fünfzehn Reales für diese Mähre und keinen Sol mehr. Zusätzlich wirst du meinem Sohn Reitunterricht erteilen, und das während der nächsten zwei Tage. Nicht etwa nur je zwei, drei Stunden, nein, den ganzen Tag, und zwar gratis. Du mußt ihm die Gänge beibringen, wie man das Tier versorgt, womit ich Hafer, Streu und Wasser meine. Morgen wird er um sieben Uhr früh zu dir kommen und bis zum Abend bleiben.«

»Abgemacht!« erwiderte Raimondo in gespielter Verzweiflung. »Du bist noch ärger, als ich dachte, ärger als ein abgefeimter Roßtäuscher.«

Lachend reichten sie einander die Hände zur Besiegelung des Kaufes.

Stolz kehrte Manuel nach Hause zurück. Abends, als alle in der Küche beisammen saßen und das Abendbrot verzehrt hatten, hob er, Aufmerksamkeit heischend, die Hand und sagte: »Kommt alle mit in den Stall.« Das löste Verwunderung aus, vor allem bei Juanito, da der Vater ihn schmunzelnd anblickte. Als alle im Hof versammelt waren, öffnete Manuel das hölzerne Tor des alten Schuppens. Alle staunten, als sie den Hengst erblickten, den Manuel hier untergebracht hatte.

Luisa schien der Kauf gar nicht recht zu sein – sie wußte, was so ein Gaul kostete, schwieg jedoch, denn es war ohnehin zu spät. Ihre Einwände konnten den Kauf nicht mehr rückgängig machen. Daß Manuel den Großteil ihrer Ersparnisse geopfert hatte, wußte sie genau. Die Sonntagsanzüge der zwei Jüngeren und das neue Kleid für Noménia mußten eben noch warten.

Juanito näherte sich vorsichtig dem Pferd, streichelte Mähne und Nüstern und gab dem Hengst einen Klaps auf die Hinterhand, worauf das Tier freudig wieherte.

Der Vater erzählte, was sich beim Bischof zugetragen hatte, und berichtete auch von der Vereinbarung mit dem Verkäufer des Pferdes. »Zwei Tage Reitunterricht sind das mindeste, doch du bist ja immer geschickt gewesen.«

Beim Reitunterricht bewies Juanito dann tatsächlich Talent. Er ritt im Schritt, später im Trab, und am zweiten Tag galoppierte er bereits über die kleine Wiese des Händlers, als wäre er ein routinierter Reiter. Er wußte nun auch, wie man das Pferd sattelte, zäumte und versorgte, wie man das Sattelzeug pflegte, wie man es reinigte und flickte, falls das Lederzeug zerrissen war.

5

Als der dritte Tag, es war ein Samstag im Herbst des Jahres 1568, heraufdämmerte, schlug für Juanito die Stunde des Abschieds von Eltern, Geschwistern, Jugendfreunden, vom geliebten Casares. Es war ein Abschied von der Kindheit und Jugend.

Die Mutter hatte ihm einen Beutel mit Wurst, Käse, Brot, Kuchen und Früchten vorbereitet. Einen Reisesack, in den Juanito Wäsche, Seife, ein Messer und einen Topf gepackt hatte, schnallte er am Sattelbogen fest. Er umarmte alle, küßte die Mutter und die Schwester auf die Stirn. Er konnte noch nicht ahnen, daß die Liebe seines Vaters ihm den Weg zu einem großen Aufstieg geebnet hatte.

»Laß möglichst bald von dir hören. Ronda liegt nur fünfzig Meilen von hier entfernt, also nicht aus der Welt. Gott mit dir!«

Das waren die letzten Worte des Vaters, der Juanito mit einem Kreuzeszeichen auf die Stirn entließ.

Bald konnte man die Umrisse des kleinen Dorfs Casares im Morgennebel nur mehr vage erkennen. Aber dann erhellte sich der Himmel, hinter der Sierra ging die Sonne auf, ein prachtvoller Tag kündigte sich an – ein Tag, der dem jungen Mann Glück bringen würde, denn er hatte die erste Stufe der Leiter zum Erfolg überwunden.

Obwohl er nicht schlecht beritten war, kam Juanito nicht allzu schnell voran. Nachts verbarg er sich hinter Buschwerk oder unter Bäumen, deren herabhängende Zweige ihm Schutz boten. Zu groß war die Gefahr, von streunendem Gesindel überfallen und bis auf den letzten Sol ausgeraubt zu werden.

Die Gegend, durch die er ritt, war öd, der Boden steinig. Hier und da sah man eine Hütte, umgeben von zwei, drei kleinen Feldern, auf denen Ziegen und Maulesel weideten. Es gab kaum Wasser. Juanito mußte Casar – so hatte er den Hengst in Gedanken an seinen Heimatort genannt – häufig am Zügel führen, um ihn zu schonen.

Erst am Abend des dritten Tages, als sich die Sonne dem Horizont zuneigte, näherte sich Juanito Ronda.

Die Stadt machte einen unvergeßlichen Eindruck auf ihn, denn sie lag auf einem Felsen inmitten eines Hochplateaus, umgeben von Wiesen. Der Rio Guadalevín, der kaum Wasser führte, teilte die Felsen durch eine bis zu zweihundert Klafter tiefe Schlucht.

Vor dem hölzernen, eisenbeschlagenen Tor sah man Wachposten, die sich zwanglos unterhielten und hie und da schallend lachten. Beim Tor angekommen, nannte Juanito das Losungswort und fragte nach dem Amtssitz des Bischofs.

»Siehst du dort oben die Kirche Santa Maria la Mayor? Daneben steht das Palais des Marqués de Salvatierra, der provisorische Amtssitz des Bischofs. Du erkennst es an den wunderschönen schmiedeeisernen Gittern vor allen Fenstern. Ein Haus für seine Eminenz wird erst in zwei Jahren fertiggestellt sein, bis dahin hat der Marqués sein Palais zur Verfügung gestellt. Der Bau verschlingt eine Menge Geld – mehr als unser aller Sold im Jahr beträgt.«

Juanito folgte den Angaben der Soldaten und näherte sich dem Palais, dessen Anblick ihn mit Staunen und Bewunderung erfüllte. Der Balkon des Hauses ruhte auf zwei marmornen Säulen, es hatte schmiedeeiserne, fein ziselierte Gitter vor den Fenstern, auf dem Balkon und am Eingangstor. Solch einen prachtvollen Bau hatte Juanito noch nie gesehen. In Casares gab es ja außer dem Pfarrhaus nur ebenerdige Gebäude.

Er nannte den beiden Pikenieren vor dem Eingangstor das vereinbarte Losungswort, dann betrat er den Patio. Ein Diener übernahm Casar, um ihn in die Stallungen zu führen. Die Wände des Hofes waren mit blauweißen Fliesen mannshoch bedeckt, und überall sah man blühende Sträucher und Blumenrabatten. Als der Diener zurückkehrte, führte er Juanito zu den Amtsräumen des Bischofs, die sich im ersten Stock befanden.

Ein Wachposten begleitete ihn durch zwei Zimmer bis zur Tür des bischöflichen Arbeitsraumes. Juanito klopfte, worauf eine brummige Stimme »Entra!« sagte.

Der Bischof, der gerade dabei war, mit einem Federkiel Eintragungen in das Geburten- und Sterberegister zu machen, blickte auf und fragte: »Bist du der junge Mann aus Casares, dessen Vater neulich bei mir war?«

»Der bin ich, Eure Eminenz!«

Der Bischof blickte Juanito über den Rand seiner kostbaren Brille, die erst vor kurzem in Toledo angefertigt worden war, abschätzig an. »Wenn ich meinen Notizen Glauben schenken darf, lautet dein voller Name Francisco José Juan García.«

»So lautet mein vollständiger Name, doch nennt man mich einfach Juanito.«

Die präzisen Antworten und das gewinnende Äußere des jungen Mannes gefielen dem Bischof. Juanito wußte offenkundig, was er wollte, und schien auch den nötigen Mut zu haben, den Bischof und die katholische Kirche gegen alle Widrigkeiten zu verteidigen.

»Gut, mein Sohn«, sagte der Bischof in leutseligem Ton. »Somit bist du bei meinen berittenen Pikenieren aufgenommen. Bewähre dich, rechtfertige mein in dich gesetztes Vertrauen. Melde dich bei Leutnant Barbería. Ich habe ihn in Kenntnis gesetzt. Frage den Diener nach dem Weg. Nun aber geh, ich habe eine Menge Arbeit.« Damit vertiefte er sich wieder in seine Akten.

Juanito übernahm im Hof wieder die Zügel seines Pferdes und ritt zu jenem Gebäude, das der Diener als Unterkunft der Pikeniere von Ronda bezeichnet hatte.

Kurz darauf stand er vor Leutnant Barbería, einem ausnehmend eleganten Offizier. Das gutgeschnittene Gesicht, die schlanke Figur und und die gepflegten Hände ließen auf einen Mann von adeliger Herkunft schließen.

»Du kommst vom Bischof, der mich schon wissen ließ, daß du den Pikenieren zugeteilt worden bist. Mein Waibel Antonio wird dir dein Quartier zeigen. Keine Luxusherberge, aber immer noch besser als im Krieg.«

Der Feldwaibel führte Juanito in einen Raum, in dem acht Strohsäcke am Boden lagen. In der Mitte stand ein grober Tisch und zwei ebensolche Bänke. Gar nicht so schlecht, dachte Juanito, der sich Soldatenunterkünfte wesentlich schlimmer vorgestellt hatte. Als er den Raum betrat, richteten sich die Blicke von sechs Soldaten auf den »Neuen«, mit dem sie das Quartier teilen sollten. Der siebente schlief auf seinem Lager. Drei der Pikeniere wandten sich sogleich wieder dem Würfelspiel zu, zwei spielten Karten. Ein einziger begrüßte Juanito freundlich mit den Worten: »Ich heiße Pablo Gonzalez, Kamerad. Und wie ist dein Name?«

»Juanito García.«

»Komm, laß uns Freunde sein«, sagte Pablo und reichte Juanito die Hand – eine rasch geschlossene Freundschaft, die Jahre währen sollte.

Juanito verstaute seine Habseligkeiten in einer kleinen Truhe, dann warf er sich auf seinen Strohsack und schlief ein paar Stunden. Denn es war ein langer Ritt von Casares bis hierher gewesen. Als er aufwachte, fragte ihn einer der Pikeniere: »Weißt du etwas Neues über die militärische Lage in Flandern?«

»Wie sollte ich? Als Sohn eines gewöhnlichen Flickschusters aus Casares weiß man ja nicht einmal, wo Flandern liegt.«

Alle lachten schallend. Der »Neue« war offensichtlich nicht auf den Mund gefallen.

An diesem Morgen erhielt Juanito die Montur der Pikeniere: ein schwarzes Samtbarett, ein Wams aus Tuch, bunte, seitlich geschlitzte Pluderhosen, Strümpfe, Schnallenschuhe und Stiefel, einen eisernen Brustpanzer, Beinschienen, Fußschutz und vor allem einen Helm mit Klappvisier und eine Pike, die im Morgenlicht silbrig glitzerte. Hätte sein Vater ihn doch so sehen können!

Es folgten Tage, Wochen, ja Monate härtester Ausbildung, zu Fuß, hoch zu Roß, Übungen mit der Waffe, mit offenem und geschlossenem Visier, ungezählte Stunden Reiten und Schießübungen mit Pistole und Muskete. All das wurde im Laufe der Zeit zur Selbstverständlichkeit für Juanito, als wäre er sein Leben lang nichts anderes als Soldat gewesen.

Sobald Casar ihn erblickte, spitzte er die Ohren und stampfte mit der Hinterhand. Juanito lernte es, dem Pferd mit Schenkeldruck und Sporen die jeweils nötigen Hilfen zu geben. Nach Wochen schaffte er den fliegenden Galoppwechsel, die Parade und sogar die Kapriole, bei der das Pferd mit der Hinterhand ausschlägt und dem Pferd des angreifenden Reiters empfindliche Verletzungen zuzufügen imstande ist.

Wie ein alter Haudegen zog Juanito im Galopp die Pistole aus dem Halfter, lud, zielte und traf eine weiße Feder, die an einem schwarzen Barett auf einem Stock befestigt war.

Um sieben Uhr wurden die Pikeniere zur Abendmahlzeit gerufen. Gazpacho, Brot, Wurst, Käse und Früchte sättigten die Soldaten, die den ganzen Tag Truppenübungen abgehalten hatten. Anschließend zogen sich alle bequeme Schuhe an, und einige von ihnen, darunter Pablo, beschlossen, Juanito

Ronda zu zeigen, die Stadt, in der er – wäre es nicht anders gekommen – Monate, ja Jahre hätte verbringen müssen.

Die neugewonnenen Freunde Juanitos führten ihn bereits an einem der ersten Abende zum Rio Guadalevín, der im Lauf vieler Jahrtausende eine tiefe Schlucht in das felsige Hochplateau geschnitten hatte. Nahe der Schlucht lag die Ciudad, die Altstadt. Dort, an der Calle de Paradas, stand auch das Palais des Marqués de Salvatierra, der provisorische Amtssitz des Bischofs. Eine halbe Meile weiter befanden sich die uralte römische und die neuere arabische Brücke. Am Ufer des Flusses – sofern er Wasser führte – nutzten die Soldaten und Offiziere die noch intakten maurischen Bäder, die sich am Ufer das Guadalevín befanden. Pablo zeigte mit Stolz die Plaza Ciudad, an deren rechter Seite die Kirche Santa Maria la Mayor stand, jene Kirche, die ihm der Wachposten am Tor gezeigt hatte. Diese Kirche sei, so erzählte Pablo, einst eine alte Moschee gewesen, die unter der Regierung der Katholischen Könige Ferdinand von Aragon und Isabella von Kastilien zu einem katholischen Gotteshaus umgebaut wurde, aber immer noch Spuren des maurischen Glaubens zeigte. Er erklärte ihm, daß vor der Reconquista die Mauren hier, in Cádiz und vor allem in Granada, glänzende Zentren hatten. Doch die Perle der maurischen Gebiete sei Ronda gewesen.

»Ich kenne sogar einen Reim über die Katholischen Majestäten: Tanto monta, monta tanto, Isabella und Fernando (Eine ist soviel wert wie der andere).«

Sie gingen am Paseo de Aragón zurück, wo sich die Ruinen der maurischen Alcazaba befanden und man die Cueva de la Pilota, Malereien aus der Steinzeit, betrachten konnte.

Für Juanito war der abendliche Spaziergang wie ein Gang durch eine Märchenwelt. Er wußte ja so wenig über die Geschichte Spaniens, über die Katholischen Könige, über Ronda und dessen große Vergangenheit.

Es war spät geworden, und die neuen Freunde Juanitos fanden, sie müßten ihrem Kameraden auch eine richtige Bodega zeigen. Bald saßen sie an einem langen Tisch in der »Casa de mia Cara« (Haus meiner Geliebten), einer Bodega ganz nach ihrem Geschmack, wo es nicht nur ein vorzügliches Essen, sondern auch einen Wein aus dem oberen Ebrotal gab, den Rioja, dem sie reichlich zusprachen. Pablo bestellte eine Parillada für sechs – auf eisernem Rost gebratenes Fleisch in einer Menge, wie es Juanito noch nie gesehen hatte: Fleisch vom Lamm, vom Schwein, vom Rind und vielerlei Sorten Würste. Dazu kreisten die Becher mit dem feurigen Rotwein, die Musiker trugen Jotas und Zarzuelas vor – der Abend wurde für den Sohn des Schusters aus dem kleinen Dorf Casares zu einem nie zuvor gekannten Erlebnis.

Lange nach Mitternacht kehrten die jungen Männer in die Quartiere zurück. Kaum lagen sie in ihren Betten, fielen sie in einen gesunden, tiefen, leider nur allzu kurzen Schlaf. Denn schon am frühen Morgen hatten sie vor den Toren Rondas zu den täglichen Waffenübungen anzutreten.

Wiederum mußten sie auf eine an einem Holzpfosten befestigte schwarze Kappe schießen, in der eine kleine Feder steckte. Juanito traf sie am häufigsten von allen, obwohl sie aus der Schußentfernung nur wie ein winziger Punkt wirkte. Nach kurzer Zeit war aus dem Sohn des Flickschusters aus Casares ein perfekter Pikenier geworden, der Beste von allen.

6

Nach mehr als einem Jahr härtester Ausbildung, als alles Routine geworden war, mußte Juanito mit einhundertfünfzig Pikenieren und Musketieren Ronda verlassen. Der Kardinal-Fürsterzbischof von Toledo verlangte von jedem Bistum Spaniens wiederum Verstärkung für den Herzog von Alba, Fernando de Alvarez de Toledo, der die Protestanten endgültig aus Flandern vertreiben wollte. Achttausend Mann warteten in Nieuwewarde in Flandern auf weitere zweitausend Mann, die sich in Toledo versammeln und über Barcelona und Genua zu ihnen stoßen sollten.

Wieder kam für Juanito ein Abschied, ein Abschied von lieb gewordenen Freunden, ein Abschied von Ronda und den Pikenieren.

Kurz bevor die Truppen aus Ronda antreten mußten, wurde Juanito zum Hauptmann aller Truppenteile geholt. Keiner kannte den Namen dieses Hauptmanns, man wußte nur, daß er aus dem Vizekönigreich Navarra stammte. Der Offizier musterte den jungen Pikenier streng, aber freundlich und sagte:

»Du hast dich in all den Monaten als pflichtbewußter Soldat bewährt, du bist ein hervorragender Reiter geworden, und deine Schießkunst übertrifft die Leistungen aller Kameraden. Ich befördere dich deshalb heute zum Fähnrich der Pikeniere.« Damit reichte er Juanito die Standarte in den schwarzgelben Farben.

»Halte die Standarte in Ehren! Von ihr darf dich allein der Tod trennen.«

Juanito war stolz, wie es sein Vater gewesen wäre, hätte er gewußt, daß sich seine Träume Zug um Zug erfüllten. Nicht nur, daß er seit Monaten in Adelsdiensten stand, er war auch auf der Leiter des Erfolges eine Sprosse höher gestiegen. Trotz alledem konnte er dem Soldatenleben nichts abgewinnen. Für ihn war das Töten eines Menschen, bis auf wenige Ausnahmen, ein Verstoß gegen ein Gebot Gottes.

Eine Stunde später waren die Kolonnen der Pikeniere und Musketiere auf der Wiese vor den Toren der Stadt angetreten, mit dem Hauptmann, Leutnant Barbería und einem anderen, Juanito unbekannten Offizier, an der Spitze. In der ersten Reihe sah man die vier Fähnriche mit den schwarzgelben Standarten, unter ihnen Juanito, der »arme Schusterjunge«.

Der Hauptmann entschloß sich, Córdoba auszuweichen, da dort noch viele Moriscos und Conversos lebten, die ihren Glaubensbrüdern jede Truppenbewegung meldeten.

Auf dem Marsch wurde die Truppe eines Nachts von Banditen überfallen. Sie hatten zwei Posten überwältigt und fielen mit Spießen und Schwertern über die schlafenden Soldaten her. Es folgte ein erbittertes Handgemenge. Plötzlich sah Juanito, wie einer der Banditen von hinten an Leutnant Barbería heranschlich, um ihn mit dem Spieß zu durchbohren. Blitzschnell riß er die Pistole aus dem Halfter, die noch mit Pulver und Blei geladen war, spannte das Radschloß und drückte ab. Krachend entlud sich der Schuß, und erschrocken fuhr Leutnant Barbería herum. Er sah, wie der Bandit den Spieß fallen ließ und vornüber auf das Gesicht fiel. Anerkennend nickte er seinem Fähnrich zu: »Brav gemacht, Fähnrich García! Du hast mein Leben gerettet!«

Die Banditen wurden von den so rüde aus dem Schlaf gerissenen Soldaten rasch niedergemacht oder in die Flucht getrieben, und am Morgen nach diesem Zwischenfall ritt die Kolonne weiter gegen Osten. Bald darauf erblickten die Soldaten den Alcázar von Toledo, wo sie zwei Tage Rast machen wollten.

Vor dem Stadttor im Westen hatte man eine große Zeltstadt als Unterkunft für die Soldaten errichtet, die sich hier sammelten, um dann nach Flandern weiterzuziehen.

Die Truppe führte die Pferde in eine große Koppel, wo Heu, Stroh und genügend Wasser vorbereitet waren. Dann gingen die Männer zu den ihnen zugewiesenen Unterkünften, legten die Rüstungen ab, erfrischten sich am nahegelegenen Brunnen und bereiteten die ausgegebene Verpflegung zu.

Toledo, einst »Stadt der Freunde« genannt, war immer noch der Mittelpunkt Spaniens. Von hier aus hatte Kaiser Karl V. sein Reich regiert, in dem die Sonne nicht unterging, und die Stadt verlor kaum an Bedeutung, als Philipp II. den königlichen Hof nach Madrid, in den Escorial, verlegte.

Toledo, einer Sage zufolge einige tausend Jahre vor Christi Geburt entstanden, wurde als antikes Toletum im Jahre 192 vor Christus von den Römern erobert und war im frühen Mittelalter Hauptstadt des Westgotischen Reiches. Nach der Christianisierung unter den arianischen Goten war die Stadt schon der religiöse Mittelpunkt Spaniens. Auf dem Bischofssitz sah man bedeutende Männer wie den später heiliggesprochenen Ildefonso, den großen theologischen Schriftsteller der Westgoten. 712 fiel Toledo den Mauren in die Hände und wurde nach Córdoba die zweitwichtigste Siedlung des maurischen Reiches. 1085 unter Alfons VI. den Mauren wieder entrissen, war es im 11. Jahrhundert die Residenz der Könige von Kastilien, der religiöse Mittelpunkt des christlichen Spanien, wenngleich maurische Einflüsse immer noch nachwirkten. Toledo blieb die Stadt der Begegnung, die in vollkommener Weise die Elemente Spaniens vereinte, der Knotenpunkt der wichtigsten Straßen auf der Iberischen Halbinsel, das Herz Spaniens.

Vor allem aber war Toledo in diesen Tagen der Sammelplatz aller Soldaten geworden, die gegen die Protestanten in den Niederlanden, die Hugenotten in Frankreich und die Ketzer in Deutschland, der Schweiz und England zogen. Kaufleute aus aller Herren Länder kamen nach Toledo, blieben ein paar Tage und zogen weiter. Komödianten, von Ort zu Ort unterwegs, zeigten ihre Kunst, Reisende aller Art und aller Nationen bevölkerten die Straßen der Stadt. Fremde bewunderten die Bauten Toledos, überquerten den Tajo über die Puente de Alcántara, sahen hoch über dem Fluß das Castillo de San Servando, schlenderten die Calle de San Salva oder die Calle de Commercio entlang, um die große Kathedrale aufzusuchen und die zur Schau gestellten Schätze zu bewundern.

Toledo war eine Stadt, die jeden Wunsch erfüllte: dem Ausländer bot sie das Unbekannte, dem Spanier die Schönheit der Stadt, dem Christen die religiöse Atmosphäre, dem Adel die vielen Paläste und Kirchen. Jeder Besucher aber war hingerissen von den feinziselierten Gittern vor den Fenstern, den Blumen, den blühenden Sträuchern, dem lebhaften Grün der Orangenfelder, dem silbriggrünen Laub der Olivengärten, den Zypressen und Eichen, vor allem aber von dem Gefühl, geliebt zu werden und zu lieben, als befände man sich im Rausch jener Lust, die Toledo auszustrahlen vermochte, das Herz Spaniens.

Es waren vor allem die Soldaten, die immer die gleichen Wünsche hegten: ein paar Becher Wein leeren, die Küchen der Stadt zu genießen – und die schönen Señoritas! Musikanten gab es ja zur Genüge, Bodegas, Tabernarios, Cervezerías und Tabernas boten alles, was Soldaten wünschten. Die meisten von ihnen liebten aber auch die romantischen Wege, die kleinen Gäßchen, das Dunkel der Zypressen, die zur nächtlichen Stunde zarte Schatten zeigten, den von fern ertönenden Klang der Violinen und Cimbales der Zigeuner, die vor der Stadt ihre Lager aufgeschlagen hatten.

Juanito ging gern mit Pablo und einigen anderen Freunden in eine Fonda. Hier stillten sie ihren Hunger und lauschten den Jotas und Zazuelas. Und gar eine Tarería! Welch ausgelassene Stimmung herrschte hier, wenn alle die Tänzerinnen anzufeuern begannen! Das war es, was die Soldaten in einen Rausch zu versetzen vermochte und sie die bevorstehenden Wochen vergessen ließ. Sie alle wußten ja, daß ihnen nur mehr wenige Stunden der Ruhe vergönnt waren, dann mußten sie weiterziehen nach Flandern, wo sie keine Musik mehr hören würden, sondern nur Waffengetöse und die Schreie der Verwundeten. Blut würde fließen, Planwagen mit Toten und Schwerverwundeten würden von den Schlachtfeldern rollen. Des Nachts würden sie ohne ein Dach über dem Kopf unter dem Schutz irgendeines Gestrüpps einige wenige Stunden schlafen, dem nächsten Gefecht entgegen.

Juanito genoß diesen letzten Abend. Eine schlanke, hochgewachsene Señorita mit pechschwarzem Haar, dunklen Augen und graziösen Bewegungen hatte es ihm angetan. Sie schlenderten über den Paseo Aragón, bogen in die Calle Lorenzana ein und fanden nach einer Weile eine abseitige Schenke, tranken schweren andalusischen Wein, küßten einander und vergaßen die Welt um sich. Sie glaubten an Liebe und ewiges Glück, und Juanito dachte nicht eine Sekunde an die bevorstehende Schlacht in Flandern.

7

Nach vier Tagen der Rast hieß es wieder die Rüstungen anlegen, die Pferde aus der Koppel führen, satteln, aufsitzen und in Fünferkolonnen antreten. Der Hauptmann ritt die Kolonne ab, die beiden Leutnants gaben Befehl, zum Aufbruch zu blasen. Trommelwirbel, die Musik der Spielleute – auf ging es nach Barcelona. Von dort sollte es per Schiff nach Genua gehen, weiter auf dem Landweg nach Mailand, Hochburgund und Flandern, wo achttausend Kameraden unter dem Oberbefehl des Herzogs von Alba auf Verstärkung warteten.

Im Hafen von Barcelona lagen vier Galeonen und zehn Galeeren vor Anker. Die Pferde wurden auf die mächtigen Galeonen verladen, während sich die meisten Soldaten auf den engen Decks der zum Mannschaftstransport denkbar ungeeigneten Galeeren drängten. Aber die Fahrt bis Genua dauerte nur etwas mehr als drei Tage. Für Verpflegung war zwar gesorgt, aber es gab nur Brot, in Salz eingelegte Fische, ein wenig Wurst und viel zu wenig Wasser. Um die Männer bei Laune zu halten, wurde zweimal täglich Branntwein ausgegeben.

Bei gutem Wind blähten sich die Segel auch über den Galeeren. Die Galeerensklaven wurden mit immer schnelleren Paukenschlägen des Vogts angetrieben. Des Nachts hatte man schon ein halbes Dutzend über Bord geworfen, die an Entkräftung auf ihren Bänken gestorben waren. Man hatte die Leichen von den Ketten abgeschlagen und Ersatzmannschaften angekettet, damit die Fahrt ohne Verzögerung fortgesetzt werden konnte.

Am vierten Tag erreichten die Galeeren Genua, wo Gianandrea Doria, der Großneffe Andrea Dorias, regierte, der von Kaiser Karl V. die Unabhängigkeit erhalten hatte und

Verbündeter der Christlichen Liga geworden war, ein verläßlicher, Spanien wohlgesinnter Mann.

Die Soldaten spürten endlich wieder festen Boden unter den Füßen, wenn es auch fremder Boden war. Als dann nach einem weiteren Tag auch die langsameren Galeonen in den Hafen liefen und die Pferde abgeladen waren, hieß es erneut »Aufsitzen!«. Und weiter ging es in Richtung Norden.

Der Plan des Herzogs von Alba war es, die Protestanten in Flandern mit geballter Kraft anzugreifen und ihren Attacken zuvorzukommen. Nachdem ein jahrelanger Kleinkrieg zu keinem Ergebnis geführt hatte, wollte er nun mit massierten Kräften die Entscheidung erzwingen und den Feind endgültig aus dem Land jagen – dem Land, das ja ihre Heimat war und nicht die der Spanier. Alba wollte Flandern seinem König zurückerobern. Ein fürwahr riskantes Unternehmen, da vor allem die Calvinisten mit an Besessenheit grenzendem Fanatismus kämpften. Doch das Land sollte wieder dem katholischen Glauben zugeführt werden, koste es, was es wolle. Protestanten wie Katholiken, die beide an Gott glaubten, brannten darauf, im Namen des Kreuzes zu töten.

XVI.
Ein Hauptmann aus Ronda

1

Das spanische Hauptquartier mit achttausend Mann befand sich in der flandrischen Stadt Nieuwewarde. Man wartete auf die Verstärkung von zweitausend Mann. Der Herzog von Alba brauchte einen Sieg, denn er wußte, wie schnell Söldnerhaufen auseinanderliefen, wenn sie zur Untätigkeit verdammt oder gar durch Niederlagen demoralisiert waren. Noch aber waren der Mut und die Zuversicht der Offiziere und Soldaten ungebrochen, noch waren die meisten Spanier siegessicher, noch glaubten sie, bald als gefeierte Helden in der Heimat einzuziehen, vom Volk umjubelt und vom König reich belohnt. Selbst Juanito, der keineswegs ein begeisterter Soldat war, sah sich in Casares auf den Schultern seiner Freunde, von den Mädchen der Stadt angehimmelt und als Held gefeiert. Auch er schien dem Rausch verfallen, daß alles Glück auf Erden im Sieg über die Feinde liege.

Auch der Sold spielte bei dem Unternehmen eine entscheidende Rolle. Es bedeutete daher eine Katastrophe für den Herzog, daß zwei spanische Galeeren mit Munition und dem so bitter nötigen Sold an Bord bei Dover, in der Meerenge zwischen Frankreich und England, von englischen Kaperschiffen überfallen und erbeutet worden waren. Er wußte nur zu genau, daß Königin Elisabeth I. von England nach der Seeherrschaft im Atlantik trachtete und daran interessiert war, den Spaniern Schaden zuzufügen.

Nur noch wenige Meilen trennten das spanische Kontingent, dem Juanito und die Truppen aus Ronda angehörten, von Nieuwewarde. Doch diese führten durch einen tiefen Wald und ein dahinter liegendes Dorf, die beide als Schlupfwinkel calvinistischer Scharen galten. Die Soldaten schlossen sich eng zusammen, denn Überfälle auf spanische Kolonnen waren hier an der Tagesordnung.

Juanito und Pablo erhielten daher den Befehl, abseits der Straße aufzuklären. Die beiden Freunde stiegen ab, banden die Pferde an und pirschten in größerem Abstand von der Marschkolonne durch die Wälder. Plötzlich vernahmen sie gedämpfte Stimmen. Vorsichtig schlichen sie näher.

Geschützt durch herabhängende Zweige erblickten sie auf einer Lichtung eine Schar von Bewaffneten, die einem Mann lauschten, der unter einer uralten Eiche stand. Es war ein hochgewachsener, hagerer Greis mit asketischen Zügen, offensichtlich ein Prediger der Calvinisten.

Lautlos schlichen Juanito und Pablo zur Straße zurück, banden die Pferde los, saßen auf und galoppierten der Kolonne nach. In kurzer Zeit hatten sie die Kameraden erreicht, und Juanito erstattete dem Leutnant Bericht.

Leutnant Barberías befahl sofort, den Feind anzugreifen. Er schickte Juanito mit zwanzig Mann in den Wald zurück. Dort sollten sie sich an die gegnerische Schar heranpirschen und diese mit möglichst dichtem Pistolenfeuer aufschrecken. Die Calvinisten sollten vermuten, daß sie von mindestens hundert Mann angegriffen wurden, und sich auf das Dorf zurückziehen. Unterdessen sollte das Gros am Waldesrand rechts und links Aufstellung nehmen, und der Rest sollte sich am anderen Ende des Dorfes verbergen. Juanito erhielt den Befehl, dem zurückweichenden Gegner zu folgen und diesen abermals anzugreifen, sobald er den schützenden Wald verlassen hatte.

Und so geschah es. Jeder von Juanitos Leuten hatte drei Pistolen im Gürtel, und die aufgeschreckten Calvinisten eilten im Kugelhagel zu den Pferden und galoppierten in Richtung Nieuwewarde. Kaum hatten sie das Ende des Waldes erreicht, eröffneten von beiden Seiten die Spanier ein wohlgezieltes Musketenfeuer, während Juanito sie von hinten attakkierte. In diesem Augenblick ritt der Rest der Spanier aus dem Dorf zum Angriff. Die Calvinisten sahen sich nun von allen Seiten umzingelt. Jeder Fluchtweg war ihnen abgeschnitten.

Nun erst erkannten die Spanier, daß die Schar der Calvinisten weit größer war als vermutet. Es mochte sich um mehrere hundert Mann handeln, die sich jetzt im Feuer sammelten und mit dem Mut der Verzweiflung zum Gegenangriff vorgingen. Nun flogen auch den Spaniern die Kugeln um die Ohren, der Geruch von Schießpulver und Schwefel stand über dem Feld, weiter hinten tauchten Reihen von Piken auf, und Juanito hörte von fern den Kommandoruf der Calvinisten, vor dem Europa erzitterte: »Adelante los Mosqueteros!« Die donnernden Salven der Luntenmusketen mischten sich in das allgemeine Getöse, Piken, Fahnen und Standarten wurden von neuen Rauchwirbeln eingehüllt und den Blicken der Spanier entzogen.

Diese hielten stand, deckten den Gegner mit Musketenfeuer ein und gingen schließlich mit gesenkten Piken zum entscheidenden Angriff auf die eingeschlossenen Calvinisten vor. Ein furchtbares Gemetzel war die Folge. Ein Verwundeter, der auf dem Rücken lag, streckte die Arme nach Juanito aus und rief ihm kläglich etwas zu, von dem er nur das Wort »Hermano!« verstand.

Der Rauch hatte sich etwas gehoben. Juanito und seine zwanzig Mann sperrten den Fluchtweg in den schützenden Wald. Mit dem blanken Schwert versuchte nun ein calvinistischer Haufen, den Durchbruch zu erzwingen. Juanito und seine Schar schossen mit ihren Pistolen große Lücken in die Reihen des Gegners, ehe es zum Handgemenge kam. Sie hielten stand, bis andere Spanier zu Hilfe eilten und die Calvinisten aufrieben.

Die Wiese vor den Toren der Stadt bot einen grauenvollen Anblick – sie war von Toten und Verwundeten übersät. Etwa dreihundert Calvinisten und dreißig Spanier hatten den Tod gefunden, zahlreiche waren verwundet. Planwagen aus Nieuwewarde brachten verwundete und tote Spanier in die Stadt, verwundete Calvinisten ließ man ohne Erbarmen liegen.

Die Schlacht war geschlagen – die Calvinisten hatten eine gewaltige Niederlage erlitten und waren derart geschwächt, daß sie kaum am nächsten oder übernächsten Tag gegen die Spanier eingesetzt werden konnten.

Während das spanische Heer sich wieder sammelte und zum Abmarsch aufstellte, ritten der Leutnant und sein Fähnrich das Schlachtfeld ab, um nach einigen vermißten Kameraden zu suchen. Nebelschwaden bedeckten gnädig die Blutspuren auf dem Schlachtfeld. Nur wenige Meter entfernt sah Juanito einen Mann, dem ein Schwerthieb den Bauch aufgeschlitzt hatte. Zwischen den Fetzen des Wamses quollen die Eingeweide heraus. Als er die Reiter sah, versuchte er den Kopf zu heben: »Hermano in Christo!« stöhnte er. »Erbarmt Euch! Tötet mich! Die Schmerzen!«

Auch der Leutnant sah den armen Teufel. Er nickte, zog sein Schwert und reichte es Juanito. Der nahm die Waffe, sprang vom Pferd, bekreuzigte sich und durchschlug mit einem wuchtigen Hieb den Hals des Verwundeten. Dann wischte er das blutverschmierte Schwert mit einem Grasbüschel ab und reichte es dem Leutnant zurück, mit den Worten: »Diese Schuld trifft uns beide, für Reue ist es zu spät.«

»Als Soldat wirst du dich an derartige Anblicke gewöhnen müssen, Fähnrich!«

»Hat denn der Mensch die zehn Gebote vergessen?« »Soldaten sind nun mal da, um zu töten«, erwiderte der Leutnant gleichgültig. »Feinde Spaniens, des Königs, vor allem der katholischen Kirche – sie zu schonen ist nicht unsere Sache. Was würden deine Freunde in Ronda, gar in Casares dazu sagen, wenn du als Soldat eines geschlagenen Heeres zurückkämst, nur weil du unser aller Feinde geschont und es ihnen ermöglicht hast, uns zu schlagen. Du mußt für deinen Sold dein Leben wagen, und das gleiche tun auch unsere Feinde. Soldaten wissen das. Gnade wäre fehl am Platz. Dieser Schwerverwundete wäre in ein paar Stunden ohnehin gestorben. Ihn zu töten, war kein Mord, sondern eine Gnade, ihm seinen Wunsch zu erfüllen. Er hätte Monate, Jahre, ein erbärmliches Leben führen müssen und sein Dasein als Bettler zugebracht. Du hast nicht vorsätzlich getötet, es war eine Erlösung für ihn.«

Juanito verstand zwar die Worte des Leutnants, aber trotzdem fragte er sich in seinem Inneren: Warum läßt Gott so etwas zu? Warum muß ein Mensch den anderen töten?

2

Die Kolonne der Spanier hatte Nieuwewarde erreicht. Nach den Strapazen der Reise und dem blutigen Gefecht sehnten sich die Männer nach einer warmen Mahlzeit und einem Lager. Auch Juanito warf sich erschöpft auf den ihm zugewiesenen Strohsack und schlief augenblicklich ein, obwohl die Sonne noch hoch am Himmel stand. Doch es war kein erholsamer Schlaf. Denn es plagten ihn schlimme Alpträume. Hunderte von Calvinisten krochen auf ihn, hielten ihre Eingeweide in den Händen und flehten »Hermano in Christo!« Dann wieder glaubte er Jubelgeschrei zu hören, das aus dem Jenseits zu kommen schien. Dann sah er sich, als gefeierter Held nach Casares zurückgekehrt, von allen Mädchen des Ortes umarmt und geküßt, doch von einem ihm unbekannten Priester verflucht. Er sah seinen Vater, der mit drohend erhobenem Zeigefinger warnte: »Du sollst nicht töten!« Dann wieder war er in Toledo, hörte merkwürdige, verzerrte Melodien, die wie Zarzuelas klangen, auf dem Friedhof gesungen. Heimgekehrte Sieger wurden auf den Schultern getragen, doch hatten diese Menschen zu Grimassen verzerrte Gesichter. Er sah sich von Protestanten umzingelt, von einer Pike durchbohrt, dann wieder gefoltert, von der Heiligen Inquisition zum Flammentod verdammt und zum Scheiterhaufen gezerrt.

Doch es war nicht der Büttel der Inquisition, der ihn jetzt kräftig an der Schulter rüttelte, sondern ein fremder Soldat, der Juanitos Strohsack stand und ihm den Befehl überbrachte, unverzüglich vor dem Herzog von Alba zu erscheinen.

Kurz darauf betrat er einen spartanisch eingerichteten Raum. Über eine Karte gebeugt, sah er den Herzog, umringt von seinen Feldhauptleuten, mit dem Zeigefinger mysteriöse Linien ziehen, unverständliche Worte vor sich hinmurmeln. Der Herzog hatte ein hageres Gesicht, streng, aber gerecht dreinblickende Augen und einen schlohweißen Bart.

Ohne aufzublicken fragte er mit ruhiger, leiser Stimme: »Bist du der junge Fähnrich, von dessen Heldentaten ich gestern gehört habe?«

»Ich weiß es nicht, Hoheit. Hoheit hören sicherlich viel über Ihre Soldaten!«

Der Herzog blickte auf und strich sich über den Bart. »Du hast recht. Doch gibt es solche und solche. Ich sehe es dir an, daß du jener Fähnrich bist. Dein Blick und deine Bescheidenheit verraten es mir. Du scheinst ein gutes Gefühl für Taktik und Talent zur Menschenführung zu besitzen.« Mit diesen Worten überreichte er Juanito einen mit Goldmünzen gefüllten Beutel.

Juanito war von der Großzügigkeit überrascht. »So viel Gold habe ich noch nie gesehen! Womit habe ich Eurer Hoheit Wohlwollen und Großherzigkeit verdient?«

»Dir verdanken wir den Sieg im gestrigen Gefecht. Dir verdanke ich es, daß mir morgen gut dreihundert Protestanten weniger gegenüberstehen werden. Hiermit ernenne ich dich zum Leutnant des Ronda-Pikenierfähnleins. Du bist dem Herzog d'Albret, dem Neffen des Vizekönigs von Navarra, unterstellt, der seinen Dienst in Ronda ableistet, da er für den Kommandeurposten der Truppen des Vizekönigs vorgesehen ist. Nun aber genug! Wähle einen dir genehmen Soldaten für deine persönliche Bedienung aus und bezieh mit ihm dasselbe Quartier wie Leutnant Barbería. Feiere nun mit deinen Kameraden deine Beförderung. Morgen um fünf Uhr sehen wir uns wieder: vor den Toren der Stadt, gerüstet und aufgesessen.«

Gegen alle Gepflogenheiten reichte er Juanito die Hand und sagte abschließend: »Wir müssen siegen! Und wir müssen die Niederlande dem allein seligmachenden Glauben zuführen, den Ketzern eine Abfuhr erteilen, die sie so schnell nicht vergessen. Und wir kämpfen für den König, unseren obersten Kriegsherrn.«

»Meinen Dank, Hoheit. Da ich Euren Worten entnehme, daß ich den ersten Gevierthaufen anführe, werde ich Euer Vertrauen rechtfertigen und zum Sieg beitragen.«

Juanito eilte zu seinem Quartier zurück und berichtete seinem Freund Pablo, was geschehen war. Natürlich war es dieser, der mit ihm kommen und in das neue Quartier übersiedeln sollte. Trotz aller Skrupel, die ihn am gestrigen Tag überfallen hatten, war Juanito stolz auf seine Beförderung. Er dachte an seinen Vater, er dachte aber auch an den Schwerverwundeten, dessen Leben er mit eigener Hand beendet hatte.

Dem Rat des Herzogs folgend, ging Juanito mit Freunden in den »Gouden Papegaai«, eine Schenke, in der, den Erzählungen der Soldaten zufolge, stets etwas los war. Vor allem gäbe es dort gutes Essen, burgundischen Wein, Bier und Schnaps. Es sollte dort auch Musik zu hören sein, die aber den Spaniern fremd sei und zu der man nicht einmal tanzen könne. Da diese Schenke, wie Juanito feststellen mußte, hauptsächlich von flandrischen Herren besucht war und man sich nicht zwanglos unterhalten konnte, verzichteten die Freunde auf den »Goldenen Papagei« und suchten ein Wirtshaus, in dem sie ungestört waren und ebenso gut bedient werden würden.

Sie gingen zu einer Kirche, vor der eine Menge Buden standen, in denen Händler ihre Ware feilboten. Eine Menge Leute flanierten in den umliegenden Gassen, und für Juanito und seine Freunde war es verlockend, die vielen zur Schau gestellten Dinge zu bewundern, die völlig anders als in Spanien waren.

Die jungen Spanier strichen die Buden entlang, die rund

um die Kirche aufgestellt waren, sahen Händler, die eingesalzene Fische verkauften, aromatische Kräuter, Stoffe und Strümpfe, kupfernes Geschirr, Waagen aus Kupfer, silberne Tabletts, Glaswaren und alles, was man in der Küche brauchte. Maler stellten unter Schutzdächern ihre Bilder aus, die meist Szenen aus dem bäuerlichen Leben und Portraits bekannter Persönlichkeiten der Stadt zeigten. Die fleißigen Flamen waren dafür bekannt, alle Erwerbsquellen zu nutzen. Flandrische und spanische Soldaten inspizierten die Buden und hielten Ausschau nach den grell geschminkten Kurtisanen, die wußten, was die Soldaten wünschten.

Juanito und seine Freunde blickten sich um, doch dachte keiner daran, etwas von dem feilgebotenen Tand zu erwerben.

Endlich fanden sie eine Schenke, die ihren Wünschen entsprach. Der Burgunderwein war köstlich, aber in Anbetracht der bevorstehenden Schlacht durften sie ihm nicht allzu sehr zusprechen. Daher kehrten sie früh in ihre Quartiere zurück, ordneten ihre Waffen und Habseligkeiten und legten sich schlafen. Für den nächsten Tag war um fünf Uhr Appell vor der Stadtmauer befohlen, und Gott wußte, was er sonst noch bringen würde.

Der Herzog von Alba nutzte den letzten Abend, um mit seinen Feldhauptleuten die Lage zu besprechen. Alle waren sicher, daß sie am nächsten Tag die gemeldeten calvinistischen Scharen stellen, zur Feldschlacht zwingen und besiegen würden. Sie brannten darauf, Flandern dem König zurückzuerobern.

Für den Herzog würde es ein Tag werden, der auch über sein persönliches Schicksal entschied. Er stand zwar noch in der Gunst Philipps II., hatte höchste Auszeichnungen und Ländereien von ihm empfangen, doch der König wußte auch, daß er, Alba, es gewesen war, der den Haß der Niederländer gegen Spanien geschürt und aufs neue angefacht hatte. 1567 nach dem Rücktritt der Margarete von Parma hatte ihn der König als Generalkapitän und später als Statthalter eingesetzt, was ihm zusätzliche hohe Einkünfte gebracht hatte. Er hatte sich in diesen Funktionen bewährt und sein Ansehen am Hof zu Madrid war nochmals gestiegen.

Diese makellose Bilanz hatte jedoch auch ihre Schattenseiten, waren doch seine Erfolge durch Terror, brutale Unterdrückung und zahllose Bluttaten errungen worden. So hatte er den beim flandrischen Volk sehr beliebten Grafen Lamoral von Egmond und den jungen Grafen Hoorn wegen verräterischer Umtriebe kurzerhand hinrichten lassen. Seine unbarmherzigen Maßnahmen zur Ausbeutung des Landes hatte zur Folge gehabt, daß ganz Flandern alles haßte, was spanisch war. Nur ein glänzender Sieg über die Calvinisten hätte ihm den Respekt zumindest der niederländischen Katholiken zurückbringen und gleichzeitig sein Ansehen in Madrid wiederherstellen können.

3

Der Morgen des 14. März 1570 dämmerte herauf. Die Aufstellung der Gevierthaufen – das waren jeweils etwa eintausend Mann – verzögerte sich zwar um eine halbe Stunde, da dichter Morgennebel über der Wiese vor der Stadt lag, aber die ersten Sonnenstrahlen lösten die Nebelschwaden rasch auf.

Schon um vier Uhr früh hörte man in Nieuwewarde das erste Trompetensignal, gefolgt von dumpfen Paukenschlägen. Es war an der Zeit, die Rüstungen anzulegen.

Vor den Toren der Stadt glänzte ein Meer von Piken und Hellebarden in der aufgehenden Sonne. Standarten und Banner – blau-rote, gelbgestreifte mit eingesticktem Löwenhaupt, blaue mit dem Kreuz des Erlösers, gelb-violette Banner über den Kontingenten der Klöster und das schwarzgelbe des Bistums Ronda – flatterten im Morgenwind. Juanito trug nun einen offenen Helm mit einem schwarzgelben Federbusch als Zeichen des Bistums und seines militärischen Ranges. Die Offiziere standen an der Spitze der jeweiligen Kompanien, beziehungsweise der angetretenen Gevierthaufen.

Der Herzog und sein Gefolge ritten die wie zur Parade aufgestellten Kolonnen ab, ein Bischof, assistiert von vier Priestern und zehn Ministranten, segnete die Waffen und erbat vom Allmächtigen den Sieg über die Protestanten. Der Herzog hielt eine flammende Ansprache, in der er den bevorstehenden Sieg beschwor, um den Kampfgeist der Soldaten zu beflügeln.

Juanito stand an der Spitze des ersten Gevierthaufens, der aus mehr als achthundert Pikenieren und Musketieren bestand. Während der Bischof die Waffen weihte, stieg in seiner Erinnerung wieder das Bild jenes armen flandrischen Soldaten auf, und er verstand nicht, wie man Waffen segnen konnte, die Menschen töteten.

In regelmäßigen Abständen standen die Gevierthaufen der Hellebardisten und Pikeniere, dazwischen die Musketiere und die Schwadronen der Reiterei. Planwagen mit Proviant und Munition folgten. Als letztes kamen die Geschütze mit den Artilleristen.

Der Plan des Herzogs war es, die Calvinisten zu überrumpeln, sie unvorbereitet aus ihren Schlupfwinkeln in den Wäldern auf das große Feld vor den Toren Nieuwewardes hinauszujagen, dort zur Schlacht zu zwingen und zu vernichten. Er hoffte einen leichten Sieg zu erringen.

Doch er hatte den Gegner unterschätzt. Denn noch ehe die spanischen Plänkler in die Wälder eindringen konnten, um die calvinistischen Scharen aufzustöbern, brachen diese in großen Scharen aus ihren Verstecken und stürzten sich auf die überraschten Spanier. Während der Herzog von Alba noch seine Befehle erteilte, führte flandrische Reiterei einen wuchtigen Angriff gegen die Flanke der Spanier. Die Lanzen fest im Griff, trieben sie ihre Leute in kurzem Galopp an die Pikeniere heran und brachen in die unübersehbare Masse der Stahlspitzen der Pikeniere ein. Hellebarden sausten auf Köpfe und Schultern nieder. Zwei, drei, vier und mehr Geharnischte fielen, von Musketen getroffen und von den Haken der Hellebarden vom Pferd gerissen. Pferde stürzten oder trabten reiterlos davon. Standarten senkten sich, ihr Schaft flog durch die Luft, und sie fielen mit der Fahne nach vorn mitten in die Piken. Doch trotz schwerer Verluste gelang es ihnen, den Gevierthaufen zu zersprengen und ein fürchterliches Blutbad unter den fliehenden Spaniern anzurichten.

Unterdessen waren auch die Musketenschützen der Calvinisten angetreten und feuerten in lockerer Ordnung auf die dicht gedrängten spanischen Karrees. Es waren bei weitem mehr, als der Herzog erwartet hatte, und die Spanier erlitten empfindliche Verluste, noch ehe die Schlacht begonnen hatte. Alle Pläne des Herzogs waren damit hinfällig. Er hatte die Initiative verloren.

Die Calvinisten waren den Spaniern nicht nur zahlenmäßig überlegen, sondern auch besser geführt. Verstärkt durch Truppenteile aus England, Deutschland, Frankreich und der Schweiz, kämpften sie auf heimatlichem Boden, und sie nutzten das Gelände weit besser als die Spanier in ihrer starren Schlachtordnung.

Auch Juanitos Gevierthaufen wurde von starken Kräften angegriffen. Die Musketiere der Protestanten rissen furchtbare Lücken in die Reihen der Pikeniere. Aber der Haufen hielt stand und konnte im Gegenstoß sogar einen Angriff flandrischer Spießträger abweisen. Doch schon führten die Protestanten ihre Reserve ins Feld, um die angeschlagene Flanke der Spanier aufzurollen.

Juanito, dem sein Pferd Casar unter dem Leib erschossen worden war, ergriff die Zügel eines herrenlosen Pferdes, saß auf und galoppierte zu dem Hügel, auf dem er den Herzog und seinen Stab wußte.

»Eure Hoheit«, rief er, »laßt zum Rückzug blasen! Wir können nicht länger standhalten. Ich bitte Euch, brecht den Kampf ab! Ihr müßt das Heer retten!«

Der Herzog zog mißmutig die Augenbrauen hoch. Was erlaubte sich dieser Jüngling, den er in seiner Großmut zum Offizier ernannt hatte? Er strich sich den Bart und blickte nachdenklich über das Schlachtfeld. Überall standen die spanischen Einheiten in schweren Abwehrkämpfen, und es gab keine Reserven mehr, die das Blatt noch hätten wenden können. »Du hast recht, laßt zum Rückzug blasen!« Es war ein schwerwiegender Befehl: Er bedeutete, nach nur zwei Stunden Kampf die Niederlage einzugestehen.

Ein dreifaches Trompetensignal und ein langanhaltender Trommelwirbel waren das Zeichen zum Abbrechen des Gefechts, und in leidlicher Ordnung zogen sich die Spanier unter den Schutz der Kanonen auf den Mauern von Nieuwewarde und hinter die Mauern der Stadt zurück. Das Ansehen des Herzogs bei seinen Truppen aber hatte durch diese Niederlage schwer gelitten, und auch die Gunst des Königs war verspielt, so daß Alba Jahre später sogar vollkommen in Ungnade fiel.

Die Calvinisten, die Sieger über den größten Feldherrn Spaniens, sammelten sich wieder in ihren Wäldern. Sie hatten die Spanier empfindlich geschwächt und wollten erst Artillerie heranführen, bevor sie zur Belagerung von Nieuwewaarde schritten. Die Verlierer der größten und kürzesten Schlacht in Flandern hatten keine Lust, darauf zu warten. Das Gros der spanischen Truppen zog bereits am folgenden Tag in Richtung Süden ab. Auch die andalusischen Einheiten verließen unter dem Befehl von Hauptmann d'Albret, Leutnant Bartería und Leutnant García die Stadt. Sie trennten sich bald von ihrem Kommandeur, der nach Navarra zurückkehrte, um dort seine Stellung als Truppenkommandant anzutreten.

Barbería und García wählten den kürzesten Weg nach Ronda, denn sie wollten sich nicht dem Spott des Volkes aussetzen. So kehrte Juanito zwar als Leutnant zurück, aber als Leutnant einer geschlagenen Armee.

Der Herzog von Alba machte sich unterdessen auf den Weg nach Madrid, in den Escorial, um sich vor dem König zu verantworten, der durch Eilkuriere bereits von der Niederlage in Flandern Kenntnis bekommen hatte. Philipp II. empfing den Herzog zwar, enthob ihn aber aller seiner Kommandos. Sein Vertrauen in den Heimgekehrten, Erfahrenen, Älteren, der nun zum erstenmal versagt hatte, war schwer erschüttert. Später verbannte er den Herzog sogar vom Königshof.

4

Die Nachricht von der verlorenen Schlacht verbreitete sich wie ein Lauffeuer. Der Herzog von Alba mußte sich herbe

Kritik wegen der hohen Verluste gefallen lassen, für die er allgemein verantwortlich gemacht wurde.

Als der Rest des Pikenierkontingents in guter Ordnung in Ronda einzog, bekamen die Soldaten nur Spott zu hören. Juanito allerdings war der Held des Tages. Ronda war stolz auf ihn und seine Tapferkeit. Jeder wußte, daß er es gewesen war, der als erster erkannt hatte, daß die Schlacht verloren war und daß er durch sein unerschrockenes Auftreten gegenüber dem Oberkommandierenden das Heer gerettet hatte.

Der Bischof von Ronda, Lopez de Rueña, sprach Juanito den Dank des Bistums aus: »Ich bin stolz auf Euch, Leutnant García. Ihr habt Uns Ehre gemacht, Unser Wohlwollen gilt vor allem Euch. Ihr sollt sehen, daß Wir nicht undankbar sind. Da Hauptmann d'Albret seinen Dienst als Kommandeur der Truppen des Vizekönigreichs in Pamplona angetreten hat, ernenne ich Euch zu seinem Nachfolger als Hauptmann der Truppen von Ronda.«

»Ich danke Eurer Eminenz, Euer Wohlwollen sollte aber auch den Soldaten zuteil werden. Sie haben sich tapfer geschlagen. Auch ich habe eine Bitte: Gewährt mir zwei Wochen Urlaub, damit ich nach Casares reiten und meine Familie nach mehr als einem Jahr wiedersehen kann.«

Der Bischof, sichtlich bemüht, seine Milde und Güte zu zeigen, zeichnete Juanito ein Kreuz auf die Stirn und sagte: »Diese Bitte sei dir gewährt, mein Sohn. Zieh hin in Frieden und genieße die Tage mit den Deinen.«

Zwei Tage später ritt Juanito mit Pablo nach Casares. Die Wiedersehensfreude war groß. Der alte García klopfte sich stolz auf die Brust: »Ich habe euch immer gesagt, daß Juanito zu Höherem bestimmt ist. Wie recht ich doch hatte, und wie gut ihm das schwarze Wams steht!« Er dachte an jene Tage zurück, da er als Achtzehnjähriger die Hellebardisten in ihren bunten Pluderhosen und die Lakaien der Adeligen in ihren mit Goldborten eingefaßten Röcken und den seidenen schwarzen Hosen gesehen hatte und es sein sehnlichster Wunsch gewesen war, eines Tages in den Diensten eines Edelmannes nach Brüssel zu fahren und und dem Infanten Karl von Angesicht zu Angesicht gegenüberstehen zu können. Wie viele Jahre hatte es gedauert, bis sein Sohn Juanito die Träume des Vaters Wirklichkeit werden ließ! Er bat Juanito, von seinen Erlebnissen zu berichten und die Schlacht vor den Toren Nieuwewardes genau zu schildern. Das tat der junge Mann nur allzu gern. Das einzige, was er verschwieg, war der Hieb durch den Hals des verwundeten flandrischen Soldaten.

Allzu bald kam der Abschied, und alle sprachen den Wunsch aus, einander bald wiederzusehen.

5

Der bischöflichen Garnison in Ronda standen friedliche Monate bevor. Juanito hatte großteils administrative Aufgaben auszuführen. Er mußte Schreibarbeiten erledigen, Proviant und Munition organisieren und vor allem dafür sorgen, daß den Soldaten der ohnehin kärgliche Sold regelmäßig ausbezahlt wurde.

Reiterstafetten brachten Nachrichten aus Toledo und dem Escorial über die militärische Lage in Flandern und im östlichen Mittelmeer, wo osmanische Flottenverbände immer häufiger Korfu und Zypern angriffen. Sie berichteten auch, wer gerade die Gunst des Königs genoß und welche Urteile das Tribunal der Inquisition gefällt hatte. Der Bischof wollte außerdem Kenntnis davon haben, welche neuen Folterwerkzeuge bei den peinlichen Verhören Anwendung fanden. Die Boten wollten versorgt sein, die Truppen mußten exerziert werden. Kurz gesagt: seine Stellung sorgte für so viel Arbeit, daß er tagsüber kaum zur Ruhe kam.

Der Winter 1570/1571 war einer der kältesten seit Menschengedenken. Nicht nur die Sierras waren schneebedeckt, es schneite häufig bis hinab nach Ronda. Zu Juanitos Pflichten gehörte es auch, für Heizmaterial zu sorgen, das von Soldaten aus dem Wald in die Stadt transportiert wurde, und zwar nicht nur für die militärischen Unterkünfte, sondern auch für die Residenz des Bischofs, der es warm haben wollte, war er doch ein alter, kränklicher Mann geworden, den die Gicht plagte.

Gegen Ende Februar überbrachte ein Kurier Juanito eine Einladung zu einem Festbankett beim Vizekönig von Navarra, dem Herzog d'Albret, in dessen Palais in Toledo. Der Vizekönig hatte diesen Palast bereits in der Zeit erworben, da Kaiser Karl regierte. Einst hatte er sich König von Navarra nennen dürfen, doch Karl V., der in seinem Reich keinen anderen König duldete, hatte ihn zum Vizekönig degradiert.

Juanito war sich der besonderen Ehre bewußt, daß er, ein ganz gewöhnlicher Hauptmann, deren es in Spanien Hunderte gab, zu einem solchen Fest geladen wurde. Er wußte, daß er nicht zu den Kreisen gehörte, die bei Hof verkehrten, daß man ihn abschätzig behandeln würde; denn er war weder ein Edelmann noch beherrschte er die in Adelsgesellschaften übliche Etikette, ja, er wußte sich nicht einmal bei Tisch angemessen zu benehmen. Es war ihm klar, daß er sich dort als Fremder unter Fremden fühlen würde. Abzusagen wäre allerdings ein Affront gewesen. Schließlich hatte er in Flandern unter dem Neffen des Vizekönigs gedient. Dennoch war es für ihn, den Sohn eines Flickschusters, nichts Alltägliches, zum Festbankett des Vizekönigs eingeladen zu werden.

Am Abend des 5. März, an dem das Fest stattfinden sollte, legte Juanito festliche Kleidung an. Pablo half ihm in das schwarze Wams aus Samt, die weißen Pluderhosen, die mit schwarzer Seide unterfüttert waren, und er legte ihm die schwarzgelbe Schärpe um, die ihn als Kommandeur der bischöflichen Truppe von Ronda auswies.

»Juanito, du siehst aus wie ein Märchenprinz! Du wirst den Condesas und Princesas gehörig den Kopf verdrehen!« Pablo reichte ihm den Degen, dessen mit Perlen verzierter Korb gleichfalls auf den Offizier hinwies.

»Du übertreibst, Pablo! Ich komme mir vor wie ein herausgeputzter Geck. Mit dem höchsten Adel an der Tafel zu sitzen, habe ich nicht gelernt. Kein Mensch wird mir Beachtung schenken, am allerwenigsten eine Condesa oder Princesa!«

Juanito fuhr mit einer gemieteten Kutsche kurz vor neun Uhr vor dem Stadtpalast des Vizekönigs vor. Livrierte Diener waren ihm beim Aussteigen behilflich. Er schritt die Freitreppe bis zur geöffneten Doppeltür empor, hinter der ein Zeremonienmeister stand und mit lauter Stimme das Eintreffen eines jedes Gastes verkündete. »Hauptmann García aus Ronda!«

Stolz und würdevoll durchschritt Juanito das Spalier der Edelleute, obwohl es ihn große Überwindung kostete. Er litt gewiß nicht an Minderwertigkeitskomplexen, fühlte sich aber unsicher und unwohl unter so vielen adeligen Gästen, die jeden Neuankömmling von Kopf bis Fuß musterten. Sein Äußeres ließ die meisten vermuten, daß es sich bei ihm um einen italienischen Adligen handelte.

Er ging bis zur Estrade, auf der der Vizekönig und seine Familie sowie die ranghöchsten Beamten und Offiziere Navarras Platz genommen hatten.

Der Gastgeber begrüßte ihn mit den Worten: »Habe schon viel von Euch gehört, Hauptmann García, vor allem von Euren militärischen Erfolgen in Flandern. Ich beglückwünsche Euch und freue mich, daß Ihr meiner Einladung Folge geleistet habt. Genießt den Abend! Amüsiert Euch!«

Links vom Vizekönig saß dessen Bruder mit seinen beiden Kindern. Den Sohn, Pierre, kannte Juanito aus Ronda, doch sein Interesse galt dem Mädchen an seiner Seite. Die junge Dame trug ein Gewand aus hellgrauer Seide mit roter Atlasschärpe und ein Diadem. Diese auffällige Kleidung unter dem vorherrschenden Schwarz war den unverheirateten Damen vorbehalten. Ihre Locken, die bis zu den Schultern reichten, die edelsteinbesetzte Halskette auf der elfenbeinfarbenen Haut – Juanito konnte den Blick nicht lösen, und gebannt starrte er auf die blaugrauen Augen und die sinnlichen Lippen.

Die junge Dame hatte seine Verlegenheit sehr wohl bemerkt und reagierte mit einem Lächeln. Juanito kam sich vor wie in einem unerfüllbaren Traum. Er war ein junger Offizier, der Erfolg gehabt hatte, aber das hatten andere auch. Die in ihm aufkeimende Liebe ließ ihn die unüberwindlichen Standesunterschiede vergessen. Er stand vor der Frau seiner Träume. Er begehrte sie mit allen Sinnen. Er brannte nach ihr, bemühte sich aber, gleichgültig zu bleiben. Denn sie – so glaubte er – beachtete ihn gar nicht.

Im anschließenden Saal war die große Tafel gedeckt. Der Zeremonienmeister verkündete mit lauter Stimme: »Die Tafel ist bereit!« Es war kein Zufall, keine Fügung, sondern die geschickte Anordnung ihres Bruders Pierre, daß Katherina – so der Name des jungen Mädchens – neben Juanito zu sitzen kam, neben dem unbekannten Hauptmann aus Ronda.

Die Köstlichkeiten der spanischen und französischen Küche, der rote Burgunderwein, die vielen Süßigkeiten – all das schien ihm belanglos gegenüber der Tatsache, daß sie neben ihm saß, er ihr Parfüm spürte, ihren Atem, ja ihre zarte Haut, die seine Begierde weckte.

Die Hofkapelle spielte eine Zarabanda, einen Tanz, den man nicht im Reigen, sondern zu zweit tanzte.

Ein wenig ungeschickt versuchte Juanito mit dem jungen Mädchen Konversation zu machen: »Eure Hoheit besuchen sicher oft Bankette oder andere Festlichkeiten?«

»Nicht so häufig, wie Ihr glaubt, Hauptmann. Ich muß viel lernen. Mein Onkel ist kinderlos geblieben, mein Bruder wird einmal Vizekönig, und ich bin nach ihm die erste Anwärterin auf den Thron Navarras.«

Katherina, der das Hofleben zur Routine geworden war, fand Gefallen an Juanito. Er verkörperte in ihren Augen das Idealbild des echten Spaniers: natürlich, klug, elegant und mutig. Sie sah in ihm den Offizier, der durch Leistung aufgestiegen war, und nicht den herausgeputzten Emporkömmling, deren es an diesem Abend nur allzu viele gab.

Obwohl Juanito nie tanzen gelernt hatte, führte er Katherina d'Albret zur Zarabanda. Die Wangen des jungen Mädchens glühten, er spürte die Wärme ihres Körpers, ja er merkte, daß ihr Puls schneller schlug. Beide glaubten, die Welt um sie existiere nicht, bis die Zarabanda plötzlich zu Ende war und Pierre vor ihnen stand. Er hatte seine Schwester um den nächsten Tanz, eine Pavane, gebeten.

Während Katherina mit ihrem Bruder tanzte, schritt Juanito durch die den Gästen vorbehaltenen Räumlichkeiten. Er sah reich verzierte Möbel aus Frankreich, edle Tapisserien, riesige Gemälde, er sah Porzellanfiguren und feinziselierte, maßgetreue Rüstungen der Herzöge d'Albret.

All das zeugte von großem Reichtum. Er begegnete auf seinem Rundgang adeligen Damen und Herren, schwarz gekleidet, mit breiten, weißen Halskrausen. Die Herren trugen kunstvoll geschlungene Schleifen aus Atlas an den Armen, und an den Fingern der Damen funkelten Rubine, Smaragde, Amethyste, Perlen und Gold. Er sah herausgeputzte Offiziere mit brillantbesetzten Degenkörben und Schnallenschuhen, die gleichfalls mit Edelsteinen verziert waren, und ihnen gegenüber kam er sich vor wie ein armer, frierender Knabe, der zur Schau gestellte Wunderdinge bestaunte, und ihm wurde schmerzlich bewußt, daß er nicht zu diesen Kreisen gehörte. Er dachte an seinen Vater, der dem Knaben von Toledo, von Brüssel, vom Hofleben Kaiser Karls V. und all der Pracht vorgeschwärmt hatte, an dessen Sehnsucht, wenigstens ein einziges Mal eine solche Prachtentfaltung aus der Nähe zu sehen. Ihm war es nur einmal gelungen, als er Diener des Marqués de Salvatierra war. Er sah in Gedanken das kleine weiße Dorf am Fuße der Sierra, in dem er aufgewachsen war.

Doch trotz der Fremdheit, trotz des gewaltigen Standesunterschieds war er sich seiner Liebe zu Katherina gewiß, und er glaubte fest daran, daß sie erwidert würde. Er sah den Glanz und die Pracht, in denen sie lebte, und dennoch wollte er sie in seine Welt holen, in eine Welt der Wärme und Liebe, in eine Welt, in der sie gemeinsam lebten.

Als er in den Ballsaal zurückkehrte, sah er sich nach Katherina um, die plötzlich vor ihm stand. »Hoffentlich werde ich bald die Gunst genießen, Eure Hoheit wiederzusehen«, sagte er förmlich, denn die Hofkapelle verstummte, und viele Gäste gingen.

Auch Pierre d'Albret wartete bereits auf seine Schwester, um sie nach Hause zu geleiten.

Katherina blickte Juanito in die Augen. »Mag sein, Herr Hauptmann. Es wäre schön für mich ...« Sie stockte, da sie das Gefühl hatte, die Grenzen des Schicklichen bereits überschritten zu haben.

Juanito, dem diese Worte mehr bedeuteten, als Katherina ahnte, sagte kühn: »Bitte, Hoheit, vergessen Sie diesen Abend nie. Denken Sie an unsere Begegnung, die nicht die letzte war. Wir sehen uns wieder!«

Der junge Hauptmann verließ das Palais des Vizekönigs glücklicher, als er es betreten hatte.

6

Nach Ronda zurückgekehrt, begann für Juanito wieder die Routine des Alltags. Erst gegen Ende August des Jahres 1571 kam ein neuerlicher Wendepunkt in seinem Leben, der ihn jedoch etliche Sprossen der Erfolgsleiter emporsteigen ließ. Ein Eilkurier überbrachte ihm ein Schreiben des Hofs im Escorial. Er müsse sofort nach Barcelona aufbrechen und sich unverzüglich bei Coronel José Maria Obando melden, der ihm weitere Instruktionen erteilen werde.

Kurz nach Eintreffen in Barcelona meldete Juanito sich beim Coronel und erfuhr, daß er am nächsten Tag mit einer Galeere und einhundertfünfzig Mann auslaufen müsse, um sich in Messina im Hauptquartier der Liga der christlichen Flotten bei Don Juan d'Austria zu melden. Über die Hintergründe erfuhr er nur soviel, daß dieser Befehl vom Herzog von Alba kam.

Am frühen Morgen des 25. August 1571 verließ die Galeere den Hafen von Barcelona, um wenige Tage später in Messina einzutreffen.

Im Rumpf des Schiffes hatte man einhundertzwanzig Sklaven an die Ruderbänke gekettet. Bei der Ausfahrt der Galeere hörte man ein gedämpftes »Ruder aufnehmen!« und dann den dumpfen Schlag der Trommel. Die Qualen der Sträflinge nahmen ihren Anfang. Der Oberkörper der Männer war nackt. Man konnte deutlich blutunterlaufene Striemen sehen, die von den Peitschenhieben herrührten, die der Galeerenvogt und zwei Gehilfen den Sklaven zugefügt hatten. Die Schädel der Männer waren glattrasiert, die Körper ausgemergelt, und die schweren Eisenringe hatten im Laufe von Wochen ihre Füße wundgerieben. Sie boten einen Anblick des Jammers. Da sie auch höchst unzulänglich verpflegt wurden, war die Sterblichkeit erschreckend hoch.

Hinzu kam die psychische Belastung: Die Sklaven waren ständigen Demütigungen ausgesetzt, wurden mit Peitschenhieben traktiert, vom Vogt angespuckt und auf das unflätigste beschimpft, sobald sie auch nur für Sekunden in ihren Anstrengungen nachließen. Und sollte das Schiff im Gefecht vernichtet werden, waren sie dazu verurteilt, mit der Galeere unterzugehen.

Den Kapitänen war es gleichgültig, was die Männer an den Riemen erdulden mußten. Sobald einer entkräftet vornübersackte, schlug man dem Mann die Fußketten ab und warf ihn in das enge Verlies unter der Wasserlinie, in dem die Ersatzruderer zusammengepfercht waren. Erholte er sich schnell, wurde er wieder auf die Ruderbank gekettet, kam er aber nicht oder nicht schnell genug wieder zu Kräften, warf man ihn einfach über Bord. Was galt schon ein Menschenleben? Im nächsten Hafen wartete »neues Material«, das man unbarmherzig an die Ruderbänke schmiedete.

Es war vor allem das Tribunal der Heiligen Inquisition, das für »Nachschub« sorgte. Ketzer und Verbrecher wurden zu zehn, zwanzig Jahren oder lebenslänglich zur Arbeit auf den Galeeren verurteilt. Die Unglücklichen, die oft bis zur völligen Erschöpfung angetrieben wurden, mußten noch froh sein, dem Scheiterhaufen oder dem Schafott entkommen zu sein.

Nachdem die Galeere mit Juanito an Bord Messina erreicht hatte, begab sich dieser unverzüglich zum Oberkommando der Heiligen Allianz, Don Juan d'Austria, der Juanito willkommen hieß.

»Hauptmann, Ihr steht nicht als Befehlsempfänger vor mir, sondern als Berater der Flotte. Es war kein Geringerer als der Herzog von Alba, der mir Euer militärisches Talent empfahl.«

Don Juan war der illegitime Sohn Kaiser Karls V. aus seiner Verbindung mit Barbara Blomberg, der Regensburger Bürgertochter, und somit ein Halbbruder Philipps II. Der König selbst hatte den Vierundzwanzigjährigen mit dem Oberbefehl über die Flotte der Heiligen Liga betraut.

Don Juan war klein an Wuchs, hatte eine drahtige Figur, ein gutgeschnittenes Gesicht und kluge Augen. Er strahlte Zuversicht, Entschlußkraft und Siegeswillen aus und schien für diese Stellung prädestiniert.

Ohne Umschweife fuhr der Prinz fort: »In wenigen Tagen wird die Flotte der Liga in Messina vollständig versammelt vor Anker liegen. Hundertzwanzig Schiffe sind bereits hier, hundert weitere schicken unsere Verbündeten. Versorgungsschiffe mit Munition und Proviant erwarten wir in den nächsten Tagen. Dann werden wir die Osmanen an ihren eigenen Küsten bedrohen und sie aus ihren Verstecken im Golf von Korinth hervorlocken. Auf offener See haben wir eine Chance, sie zu schlagen. Wir verfügen über einhundertdreißigtausend Matrosen und Fußvolk. Die osmanische Flotte ist uns also überlegen. Diese Überlegenheit hoffen wir durch bessere Führung und Kampfmoral mit Gottes Hilfe auszugleichen. Unsere Strategie ist einfach, sie hat nur eine große Schwäche: Wie können wir sicherstellen, daß sich die türkische Flotte zur Schlacht stellt? Ich erwarte von Euch einen entsprechenden Plan. Ihr müßt wissen, Hauptmann García, daß wir nicht länger zusehen wollen, wie uns die Osmanen einen Stützpunkt nach dem anderen wegnehmen. Malta und Zypern haben sie überfallen. Die Festung Il Burgo auf Sizilien ist durch Blockade und Belagerung vom Nachschub abgeschnitten, die sizilianischen Truppen sind großteils vernichtet. Famagusta ist nahezu zerstört, Tausende Opfer sind zu beklagen. Nach diesen Katastrophen sind jetzt endlich sämtliche Mitglieder der Liga bereit, gemeinsam und mit allen Kräften gegen die Osmanen vorzugehen.«

Für Juanito war das eine fast unlösbare Aufgabe. Er konnte den Gefechtswert eines Gevierthaufens spanischen Pikeniere einschätzen, aber über Kampfkraft, Geschwindigkeit und Beweglichkeit der so zerbrechlich wirkenden Galeeren und der mächtigen, zahlreiche Geschütze tragenden Galeassen wußte er so gut wie nichts. »Darf ich Eure Hoheit fragen, wie weit die Strategie schon gediehen ist und wann die feindliche Flotte angegriffen werden soll?« fragte er ratlos.

»Wir müssen klug sein und besonnen, müssen auf Gott vertrauen, Mut haben und vor allem einen guten Plan, und ebender fehlt uns bis heute. Wir wissen von unseren Kundschaftern, daß die Osmanen bei Lepanto ihre Flotte nahezu vollständig zusammenziehen, um uns mit einem Überraschungsangriff zu vernichten. Wir müssen ihr zuvorkommen, aber wie?«

Juanito überlegte. »Wir sollten, so glaube ich, auf ähnliche Weise vorgehen wie vor den Toren Nieuwewardes. In diesem Fall muß auf See das gleiche gelingen wie seinerzeit zu Land. Ich benötige etwa vierzig schnelle Galeeren, um des nachts in die Meerenge von Korinth vorzudringen. Die Schiffe müßten leicht, aber gut bestückt sein. Sobald wir nur noch wenige Seemeilen von Korinth entfernt sind, müssen wir wenden und uns hinter die osmanische Flotte legen. Im Morgengrauen eröffnen wir das Feuer aus allen Geschützen, um die Osmanen glauben zu machen, die Flotte der Liga greife an. Sie werden versuchen, schnellstmöglich die offene See zu gewinnen, um sich formieren zu können. Mit etwas Glück gibt es dabei bereits einige Havarien. Eure Hoheit postieren die großen Galeassen auf beiden Seiten der voraussichtlichen Route. Die übrigen Galeeren laufen den Osmanen entgegen und greifen von See aus an. Die Galeeren der Liga müßten zwischen dem Festland und den Inseln Kephallinia und Zakynthos auf das Auslaufen der osmanischen Flotte warten. Sobald die erste osmanische Galeere in Sicht kommt, nehmen sie Fahrt auf und schließen die Falle. Wenn der Plan gelingt, können wir unsere ganze Feuerkraft auf den Feind konzentrieren, während die Osmanen sich gegenseitig im Weg stehen. Fallen sie nicht auf diese Finte herein, werden sie meine Galeeren vernichten, aber Euer Hoheit steht es frei, mit der übrigen Flotte von See aus anzugreifen.«

»Eure Idee gefällt mir«, sagte Don Juan. »Morgen werden wir sie mit den Befehlshabern diskutieren. Nun erfrischt Euch und seid mein Gast. Ein Diener wird Euch geleiten.«

Bei Lepanto lagen zweihundertachtzig Galeeren und Galeassen unter dem Befehl Ali Paschas, eines Günstlings des Sultans Selim, vor Anker, bereit, die Flotte der Liga jederzeit anzugreifen und zu vernichten. Das grüne Banner, bestickt mit dem Wort »Allah« und Versen aus dem Koran, wehte vom Mast der »Sultana«. Ali Paschas Plan war es, mit seiner »Sultana« das Admiralsschiff »Real« anzugreifen, zu entern und Don Juan gefangenzunehmen. Er wußte, daß sein Flaggschiff einhundertachtzig Mann, die »Real« hingegen nur einhundertzwanzig an Bord hatte und daß er über weit mehr Galeeren verfügte als die Ligistische Flotte.

Unterdessen waren die Flottenverbände der Liga pünktlich in Messina eingetroffen. Die Genuesen standen unter dem Befehl Gianandrea Dorias, die Venezianer unter dem Agosto Barberigos und die Piemontesen unter dem des Herzogs von Savoyen. An Bord der Schiffe aus Parma befand sich der junge Herzog von Parma. Alessandro Farnese befehligte die Flotte Piacenzas und weitere Galeeren aus verschiedenen Häfen Italiens, die sich der Liga angeschlossen hatten. Der Großteil des italienischen und spanischen Adels zog in die Schlacht.

Am 15. September 1571 wurden die Sklaven an die Ruderbänke gekettet. Wenige Stunden später verließen zweihundertfünf Galeeren und Galeassen der Heiligen Liga den Hafen von Messina, auf dessen Mole der päpstliche Nuntius Odescalco, Bischof von Peña, stand und die auslaufenden Schiffe segnete. Alle knieten nieder und beteten um den Sieg über die Ungläubigen. An Bord einer der Galeeren befand sich auch ein Unteroffizier namens Miguel Cervantes, dem später ein Schuß den linken Arm verstümmelte. Die Rechte blieb glücklicherweise unversehrt, und so wurde er später zu einem der größten Schriftsteller Spaniens.

Auf dem Admiralsschiff, der »Real«, befand sich auch Juanito, der in voller Rüstung kniete und gleichfalls inbrünstig um den Sieg betete.

Die Flotte umrundete den italienischen »Stiefel« und lief

Korfu an. Die Türken hatten auf der unglücklichen Insel grauenvoll gewütet. Niedergebrannte Häuser, zerstörte Dörfer, das war alles, was von dem schönen Eiland geblieben war. Verendete Tiere verbreiteten einen unerträglichen Verwesungsgeruch. In den Gassen stießen die Soldaten auf die Leichen Gefolterter. Die wenigen Überlebenden brachen in Jubelrufe aus, als sie die christlichen Soldaten erblickten. Einer berichtete, daß etwa siebzig Galeeren unter dem Befehl des gefürchteten algerischen Piraten Uluch Ali in Richtung Osten ausgelaufen seien, um sich ebenfalls der islamischen Flotte anzuschließen.

Auch in der Festung Il Burgo hatten die Osmanen ein furchtbares Blutbad angerichtet. Der Kommandant der Festung, Bragadino, war bei lebendigem Leib gehäutet worden. Dann hatte man die Haut mit Stroh ausgestopft und am Bug einer Galeere als Beute heimgeführt – zur Warnung und zur Verhöhnung der Christen.

7

Die Flotte der Liga mußte wegen des schlechten Wetters vor Anker gehen. Der Himmel war wolkenverhangen, ein heftiger Sturm peitschte die See. Nebelschwaden jagten über hohe Wellen, und schwere Regengüsse prasselten auf die Decks – kein Wetter, um Galeeren ins Gefecht zu führen.

In der Nacht vom 6. zum 7. Oktober, einem Sonntag, drehte der Wind. Der Himmel klarte auf, der Wellengang ließ nach, die ersten Sonnenstrahlen warfen ihr Licht auf die See, als Juan d'Austria auf seinem Flaggschiff »Real« das Signal zum Auslaufen setzte. Gemeinsam hatten die Admirale am Vortag beschlossen, den Angriff zu wagen, und noch am gleichen Abend war Juanito mit seinen vierzig Galeeren ausgelaufen. Die Flotte der Liga erreichte in wenigen Stunden den Isthmus von Korinth, teilte sich und bezog die vereinbarten Positionen zwischen dem Festland und den Inseln.

Bei schwerer See und im Schutz der Dunkelheit war es Juanito tatsächlich gelungen, mit seinen Galeeren unbemerkt in die Meerenge einzulaufen, und im Morgengrauen ruderten die Galeeren aus allen Rohren feuernd auf die völlig überraschte osmanische Flotte zu. In fieberhafter Eile machten die Türken ihre Schiffe gefechtsklar, um die dreisten Eindringlinge zu vernichten, doch noch ehe die erste osmanische Galeere seeklar war, brach er das Gefecht ab und führte seine Galeeren unbehelligt aus dem Isthmus von Korinth.

Die Osmanen schäumten vor Wut. Als erstes Schiff ihrer Flotte stach das Flaggschiff »Sultana« mit Ali Pascha an Bord in See, gefolgt von weiteren Galeeren. Als die »Sultana« dem Kapitän der »Real«, die an der Spitze der christlichen Flotte lief, gemeldet wurde, ließ dieser das Banner mit dem Abbild des Gekreuzigten hissen. Kaum hatte Ali Pascha dieses Banner erblickt, befahl er den Angriff. Er gedachte die unterlegene christliche Flotte mit dem geballten Stoß seiner Galeeren zu zersprengen, die »Real« zu entern und Don Juan d'Austria als Gefangenen nach Konstantinopel zu führen.

Doch während die »Real« gleichsam als Köder diente, fielen nun die christlichen Schiffe von allen Seiten über die auf engem Raum konzentrierte türkische Flotte her und belegten sie mit vernichtendem Artilleriefeuer.

Die osmanische Flotte wehrte sich erbittert. Der Lärm der »Allah«-Rufe mengte sich unter die der Christen, die die Heilige Jungfrau Maria und Christus anriefen. Zwar konnte die christliche Flotte dem Enterkampf nicht immer ausweichen, und mehrere Galeeren gingen verloren, aber im konzentrierten Feuer vor allem der großen Galeassen ging eine türkische Galeere nach der anderen in Flammen auf. Bald war das Meer von brennenden Schiffen übersät, und in der Mehrzahl waren es osmanische Schiffe.

Juanito erkannte, daß sich ein überwältigender Sieg der Liga abzeichnete. Aber noch wütete ein erbarmungsloser Kampf zwischen der »Sultana« und der »Real«. Enterhaken wurden geworfen, Enterbrücken krachten auf die Decks, und die anstürmenden Türken verwickelten die spanischen Soldaten in erbitterte Nahkämpfe. Die Holzplanken waren glitschig vom Blut und übersät mit Verwundeten und Toten. Die Verluste der Spanier waren so hoch, daß sich Don Juan d'Austria gezwungen sah, die Galeerensklaven von den Bänken loszuschlagen und bewaffnen zu lassen, nachdem er ihnen die Freiheit zugesichert hatte.

Juanito erkannte, daß die »Real« in höchster Bedrängnis war, und er beschloß, dem Flaggschiff zu Hilfe zu eilen. Wie ein Bienenschwarm liefen seine Galeeren auf die ineinander verkeilten Flaggschiffe zu, und bald krachten ihre Salven in das splitternde Holz der »Sultana«. Eine Kanonenkugel zerschmetterte den Großmast, und das Allah und Mohammed geweihte grüne Banner stürzte unter dem Jubel der Spanier über Bord. Juanito sah wie im Rausch, daß Pablo Gonzales, von einer türkischen Musketenkugel getroffen, an seiner Seite zusammenbrach. Doch schon krachte der erste Rammsporn in die Flanke der »Sultana« und die im Bugkastell aufgestellten Entermannschaften der spanischen Galeeren stürmten das Deck des türkischen Flaggschiffs. Der türkische Admiral fiel im Handgemenge. Ein spanischer Soldat trennte Ali Pascha den Kopf vom Rumpf und brachte ihn vor den christlichen Admiral. Don Juan befahl, das blutige

Haupt am Mast aufzuziehen, um die noch immer erbittert kämpfenden Osmanen zu demoralisieren.

Bei diesem Anblick brach der türkische Widerstand zusammen. Mehr als zweihundert Galeeren und Galeassen trieben brennend auf dem Meer und versanken nach und nach in den Fluten. Die größte Seeschlacht des Jahrhunderts dauerte nur etwa vier Stunden. Die Liga verlor fünfundzwanzig, die Osmanen hingegen zweihundertzwanzig Schiffe. Nur wenige türkische Galeeren entkamen der Vernichtung. Die Verluste an Mannschaften schätzte man auf fünfundzwanzigtausend Mann auf türkischer Seite, während die Christen über fünftausend Tote beklagten.

8

Nach der mörderischen Entscheidungsschlacht strebten die christlichen Schiffe dem Hafen von Messina zu, viele kehrten sofort in ihre Heimathäfen zurück.

Drei Tage nach der glücklichen Rückkehr ließ Juan d'Austria Juanito zu sich rufen und dankte ihm im Namen der Kirche und des Königs für seinen Einsatz. »Im Namen des Königs Philipp II. erhebe ich Euch in den Adelsstand. Euer Name lautet von nun an: Francisco José Juanito Marqués García Delcerro, Conde de Lepanto. Die königliche Schatulle stellt Euch Mittel für den Bau eines Euch würdigen Schlosses zur Verfügung und schenkt Euch zweitausend Quadratmeilen Grund mit achtzehn Dörfern. Euer Besitz reicht vom Mittelmeer bis nahe an die Sierras, und dies in Eurem geliebten Andalusien. Ihr erhaltet weiter Euren Sold als Hauptmann und dazu alle Einkünfte aus den Euch übertragenen Gütern.« Schmunzelnd ergänzte der Prinz: »Nun fehlt Euch nur noch eine Frau, die Euer würdig ist – aber die kann Euch selbst der König nicht schenken.«

Da erst begriff Juanito, was diese Worte für ihn bedeuteten. »Ich tat meine Pflicht, wie alle anderen auch«, stammelte er. »Ich weiß nicht, womit ich soviel Gnade verdient habe, da ich doch nur dem König und Spanien gedient habe.«

»Ihr habt den Anstoß für unseren erfolgreichen Schlachtplan gegeben, und mit Eurem Einsatz das Flaggschiff gerettet. Damit habt Ihr die Schlacht entschieden. Wer weiß, was geschehen wäre, wenn es den Türken gelungen wäre, die »Real« zu kapern. ... Marqués, ich stelle Euch eine Galeere zur Verfügung, die Euch nach Cádiz bringen wird. Ihr werdet Eure Familie wiedersehen wollen. Gute Reise, Marqués García!«

9

Juanito gelangte mit seinem Gefolge unbeschadet nach Cádiz, und von dort aus ging es zu Pferd weiter nach Casares. Die Freude seiner Eltern, den geliebten Sohn gesund und wohlbehalten wiederzusehen, war groß, und als der Vater von der Erhebung des Sohnes in den Adelsstand erfuhr, kannte sein Stolz keine Grenzen mehr.

Die folgende Zeit verbrachte Juanito damit, ein Schloß zu planen und den Bau zu überwachen. Es sollte ihm ein standesgemäßes Leben als Landedelmann ermöglichen, aber entsprechend seiner bescheidenen Abstammung keinen Prunk zur Schau tragen. Dabei dachte er häufig an Katherina d'Albret. Er hatte sie seit mehr als drei Jahren nicht gesehen und sehnte sich nach ihr. Aber sein Verstand sagte ihm, daß sie, eine Frau aus einer der ersten Adelsfamilien Europas, nie den

Sohn eines Flickschusters würde heiraten können – auch wenn dieser Schustersohn inzwischen einen kometenhaften und wahrhaft ungewöhnlichen Aufstieg erlebt hatte.

Natürlich erhielt er nun zahllose Einladungen zu Jagden, Banketten, Hochzeiten und Festlichkeiten aller Art – jeder Hidalgo wollte schließlich den Helden von Lepanto in seinem Haus begrüßen. Aber er leistete ihnen nur selten Folge – obwohl er dank seiner erfahrenen Dienerschaft nun genug über höfisches Betragen wußte, um in bester Gesellschaft bestehen zu können.

Eines Tages kam ein Kurier aus Ronda, der Juanito eine Einladung des Marqués de Salvatierra zu einem Festbankett überbrachte. Juanito sagte freudig zu, denn er wußte, daß der Gastgeber mit den Herzögen d'Albret verschwägert war. Vielleicht war das eine Möglichkeit, Katherina wiederzusehen …

Die Fahrt unterschied sich wesentlich von seiner ersten Reise nach Ronda. Wo immer seine Kutsche durch ein Dorf rollte, wurde sie mit Jubel begrüßt, und auch Ronda bereitete ihm einen begeisterten Empfang. Er durchschritt das Spalier der Edelleute, um dem Marqués seine Aufwartung zu machen, und deren Blicke ruhten nicht mehr abschätzig auf dem einfachen Hauptmann, sondern bewundernd auf dem Helden von Lepanto.

»Ich bin froh, Euch zu sehen«, begrüßte ihn der Marqués. »Hoffentlich habe ich Euch mit meiner Überraschung Freude bereitet.« Er wies zu einem Brunnen im Garten, und dort stand Katherina!

Juanito trat gemessenen Schrittes auf sie zu und verbeugte sich geziemend. Es kostete ihn große Mühe, die Vorschriften der höfischen Etikette zu wahren, denn ihre Augen sagten ihm, daß sie für immer ihm gehörte.

Zwei Wochen später rollte die Kutsche des Marqués García nach Pamplona. Dort wollte er den Herzog d'Albret und dessen Bruder, den regierenden Vizekönig von Navarra, um die Hand Katherinas bitten. Der Herzog empfing ihn freundlich. Zwar litt sein Standesbewußtsein unter der Vorstellung, die einzige Tochter mit einem Mann bürgerlicher Herkunft zu vermählen, aber die Zustimmung wurde ihm durch den Umstand versüßt, daß es sich bei dem Freier um einen Günstling des Hofes und Eigentümer eines prächtigen Besitzes in Andalusien handelte.

Die feierliche Vermählung fand zwei Wochen später in der Kathedrale von Pamplona statt. Der Kardinal-Fürsterzbischof von Toledo, Primas von Spanien, ließ es sich nicht nehmen, als entfernter Verwandter der Braut das junge Paar zu trauen.

Die Neuvermählten fuhren in einer offenen Karosse von der Kirche in den Palast des Vizekönigs, wo ein großes Bankett stattfand. Während der Fahrt jubelte das Volk von Pamplona den beiden zu und wünschte ihnen Glück und Segen. Bei den Festlichkeiten war der gesamte Adel Spaniens vertreten, selbst Don Juan d'Austria ließ es sich nicht nehmen, dem Bankett beizuwohnen.

Als fast alle Gäste versammelt waren, rief der Zeremonienmeister laut in den Saal: »Seine Hoheit Don Alvarez de Toledo, Herzog von Alba!«

Vier Diener trugen die Sänfte in den Saal, der Herzog schob den seidenen Vorhang beiseite, und Juanito trat ganz nahe heran. Was er sah, bestürzte ihn: Das Gesicht des Herzogs wirkte wie das eines Todkranken, die Züge waren verbittert und resigniert, der Körper gebrechlich. Alba winkte einen der Diener herbei, der Juanito das Hochzeitsgeschenk des Herzogs überreichte. »Öffne die Schatulle«, sagte er mit erstaunlich fester Stimme, als habe er noch den Fähnrich der Rondaer Pikeniere vor sich. »Was ich dir schenke, ist ein Zeichen meiner Gesinnung, die der deinen gleicht.«

Juanito öffnete die mit Samt ausgelegte Schatulle und erblickte einen Degen, wie er ihn noch nie gesehen hatte: Die Waffe war aus feinstem Stahl, der Korb aus Gold, mit Brillanten und Perlen verziert, und selbst die Klinge war ziseliert. Juanito bedankte sich, obwohl er kaum Worte fand – zu groß war seine Überraschung, daß ihm sein Feldherr von einst die Ehre gegeben hatte.

Der Herzog reichte Juanito aus der Sänfte seine bleiche, knochige, von Gicht verkrüppelte Hand. »Ich kenne deinen festen Glauben und bitte dich, die Gebote Gottes nie zu verletzen. Auch ich kenne sie sehr wohl, vor allem eines: Du sollst nicht töten. Adiós, Marqués, genießt die Jugend, genießt das Glück. Es sei Euch vergönnt, ein friedliches Leben zu führen. Gott hat Euch geführt, und Gott möge nie von Eurer Seite weichen.«

Jetzt erst erkannte Juanito, daß die Spitze des Degens rund und seine Schneiden stumpf waren. Mit diesem Degen konnte man niemanden töten. In Gedanken versunken kehrte er zu den anderen Gästen zurück.

XVII.
Der Kampf der Armada

1

Philipp II. unterschätzte bei weitem die Gefahr, die ihm vom elisabethanischen England drohte, während er jene, die von Frankreich ausging, weit überbewertete.

England hatte sich unter der Herrschaft Elisabeths I. zu einer ernsthaften Konkurrenz auf den Weltmeeren entwickelt. Im Handel, im Ausbau der Kolonien, in der Beherrschung der Weltmeere – in allen entscheidenden Bereichen der Außenpolitik prallten die spanischen und englischen Interessen aufeinander. Unter diesem Umständen konnte es auf Dauer kein friedliches Nebeneinander geben, sondern nur Sieg oder Niederlage.

Was anfangs eher einem Kleinkrieg glich, den die mit Kaperbriefen ausgestattete englische Seefahrer wie Hawkins, Drake und Frobisher in monatelangen Kaperfahrten fern der Küsten Europas führten, gipfelte schließlich in der Seeschlacht gegen die spanische Armada.

Hinzu kam noch die Gefangennahme der katholischen Schottenkönigin Maria Stuart im Jahr 1569, die einige Verschwörungen zur Folge hatte, eingeleitet oder zumindest wohlwollend gefördert von der spanischen Krone. Sie alle blieben erfolglos, da Philipp keinerlei aktive Hilfe zu leisten bereit war.

Ein Kräftemessen der beiden Rivalen schien unvermeidlich. Philipp faßte nach langem Zögern den Entschluß, die englische Seemacht mit einem Vernichtungsschlag zu brechen, um das Inselreich dann durch seine in Flandern stehenden Truppen anzugreifen. Nicht nur Spanien, sondern auch Portugal, die italienischen Besitzungen Mailand, Neapel und Sizilien mußten größere Truppenkontingente stellen. Die Gesamtkosten beliefen sich auf etwa vier Millionen Dukaten. Fünfundfünfzigtausend Mann Infanterie, viertausend Artilleristen, eintausendsechshundert Reiter, unzählige Seeleute – sie alle sollten einen vollständigen Sieg erringen. Die ganze Verantwortung ruhte auf den Schultern eines einzigen Mannes.

Wiederum schienen sich Spanien und Italien in eine einzige Werkstatt zu verwandeln. Wiederum blühten die Geschäfte der Flottenlieferanten, wurden Wälder hektarweise niedergelegt, Metalle tonnenweise eingeschmolzen.

Die Engländer, die von den Vorbereitungen Kenntnis bekommen hatten, schickten 1587 ihren bewährten Kapitän Francis Drake auf Kundschafterfahrt. Der verstand den Auftrag jedoch auf seine Weise und erweiterte die Erkundung zu einem Raubzug größeren Stils. Er drang in den Hafen von Cádiz ein, versenkte dort achtzehn Schiffe und kaperte sechs fahrbereite Galeeren, beladen mit Munition und Geschützen. Daraufhin zog er plündernd die Algarve entlang, richtete einen Stützpunkt auf Kap Vincente ein, fing Nachrichtenboote ab und warf die Besatzungen einfach ins Meer. Außerdem kaperte er portugiesische Ostindienfahrer mit einer Ladung im Wert von mehr als 250 000 Dukaten, die er unversehrt als Beute nach Hause brachte.

Aus dieser in jeder Hinsicht geglückten Freibeuteraktion konnten die Engländer einen weiteren erheblichen Nutzen ziehen. Sie wußten genau, daß sich der vorbereitete Schlag gegen sie richten würde, sie kannten Zahl und Bauart der Kriegsschiffe, und sie konnten sich darüber schlüssig werden, welche Abwehrtaktik den größten Erfolg versprach.

Die Spanier hingegen sahen in dieser Aktion ein böses Omen für die Armada. Würde sich der spanische Flottenkoloß gegen die englische Taktik behaupten können? Eigneten sich die leichten Galeeren überhaupt zum Einsatz im rauhen Atlantik? Würden die großen spanischen Galeassen an Manövrierfähigkeit den kleinen englischen Galeonen nicht unterlegen sein?

Zu allem Unglück traf die Armada noch ein schwerer Schlag: Noch ehe sich die Flotte gesammelt hatte, raffte der Tod ihren Admiral hinweg. Am 9. Februar starb Don Alvara de Bazán, Marqués de Santa Cruz, der letzte der Helden der Schlacht bei Lepanto, der noch für ein Kommando zur Verfügung stand. Denn Juan d'Austria war tot. Jetzt rächte es sich, daß Philipp die Granden seines Reiches meist auf entfernte Posten abgeschoben, kaltgestellt oder mit huldreichen Worten auf ihre Güter verbannt hatte. Bewährte Kommandeure zeigten nun wenig Interesse, die Kastanien aus dem Feuer zu holen.

In der entscheidenden Schicksalsstunde vermochte Spanien keinen erfahrenen Admiral zu stellen, der imstande gewesen wäre, die Führung zu übernehmen. So fiel die Wahl auf einen Mann, der keine andere Qualifikation für dieses Kommando besaß als die Autorität eines klangvollen Namens: Alonso Pérez de Guzmán, Herzog von Medina Sidonia, der in enger verwandtschaftlicher Beziehung zum Herrscherhaus stand. Da er kein Seemann war, traf ihn diese Nachricht wie ein Keulenschlag. Er versäumte es nicht, dem König darzulegen, wie wenig er zu diesem Auftrag befähigt sei und um wieviel besser sich dieser oder jener dafür eignen würde. Er erklärte offen, daß er sich außerstande fühle, die Riesenlast dieser Verantwortung zu tragen.

Der König verbarg seine Ratlosigkeit hinter kühlem Starrsinn und erstickte alle Einwände mit dem Machtwort: »Así conviene al servico de S. M.«

2

Die Spanier hatten die Absicht, Ende März 1588 den Hafen von Lissabon zu verlassen. Noch vor dem Auslaufen aber zeigten sich bereits gravierende Mängel in der Planung. Nahezu alle Lebensmittelvorräte, die an Bord geschafft worden waren, erwiesen sich als verdorben und ungenießbar. Auch die Vorräte an Pulver und Kanonenkugeln waren völlig unzulänglich. Viele der zwischen den Lieferanten und Ankäufern unterzeichneten Verträge erwiesen sich als Schwindelgeschäfte.

Als die Mängel Mitte Mai 1588 einigermaßen abgestellt worden waren, mußte man feststellen, daß die Ist-Stärke der Armada beträchtlich hinter dem urspünglichen Soll geblieben war – es gab nur 130 statt der geplanten 150 Schiffe, nur 19 000 Bewaffnete statt der in Aussicht genommenen 30 000 Mann.

Diese verkleinerte Flotte stellte allerdings immer noch eine tödliche Gefahr für den Feind dar – falls sie ihre gefürchtete Angriffstaktik in Anwendung zu bringen vermochte. Bedauerlicherweise waren die fähigsten Unterbefehlshaber, Diego Flores de Valdés, Miguel de Oquendo, Martin de Bertandona und viele andere nur einfache Hildagos, die als Angehörige des niederen Adels von der obersten Führung ausgeschlossen waren. Denn ein spanischer Grundsatz lautete, daß ein Hildago keine Befehlsgewalt über einen Granden ausüben durfte. Einzig und allein Diego Flores de Valdés wurde Medina Sidonia als fachkundiger Berater zur Seite gestellt.

Hinzu kam, daß nicht die Flotten zweier gleichwertiger Nationen einander gegenüberstehen sollten, sondern Vertreter zweier unterschiedlicher Epochen des Seekriegs: die altmodischen und schwerfälligen, für den Enterkampf geeigneten, geruderten Galeeren und Galeassen der Spanier und die flinken und wendigen Segelschiffe der Engländer – alles niedrig gebaute und schwer bestückte Galeonen, die den rauhen Winden und der groben See des Atlantiks weit besser angepaßt waren als die geruderten Schiffe der Spanier.

Statt der geplanten 30 000 schifften sich wie gesagt nur 19 000 Soldaten ein. Die übrigen 11 000 und weitere 30 000 Mann sollten unter dem Kommando Alexander Farneses, dem Herzog von Parma, als Invasionsarmee bereitstehen, um aufs englische Festland transportiert zu werden, sobald die Armada die See beherrschte.

Am 14. Mai 1588 begann die Armada aus dem Hafen von Lissabon auszulaufen. Bei leichtem Gegenwind bewegten sich die Schiffe nur langsam entlang der portugiesisch-spanischen Küste. Nach wenigen Tagen erwies sich das Trinkwasser als brackig, große Teile der Lebensmittel waren verdorben. Die Mannschaften erkrankten an Brechdurchfall. Mitte Juni war man erst bis La Coruña gekommen und mußte wiederum vor Anker gehen, um frische Verpflegung aufzunehmen und Kranke zurückzulassen. Doch auch Seeleute nutzten die Gelegenheit, um in Scharen zu desertieren.

Die geschickt getarnten und flinken Spähboote der Engländer brachten die Nachrichten ebenso schnell nach London wie die spanischen Postreiter nach Madrid. Bei starkem

Südwestwind durchquerte die Armada in drei Tagen die Biscaya und erreichte den Eingang zum Ärmelkanal.

Angesichts des Felsens von Lizard Point glaubte Medina Sidonia, die Entscheidung sei schon gefallen und er könne die englische Flotte im Hafen von Plymouth blockieren. Doch die englische Flotte stieß blitzschnell aus dem Hafen vor und schnitt den tatenlos verharrenden Feind von der offenen See ab. Ein Santa Cruz hätte den Engländern diese Möglichkeit nie gegeben – ein Medina Sidonia hingegen erkannte die Gefahr auch dann noch nicht, als es bereits zu spät war.

Grundlage der englischen Seekriegstaktik war das Artilleriegefecht. Dazu brauchte man Schiffe mit starker Breitseitenbewaffnung und hervorragend eingefahrene Besatzungen. Die Flotte näherte sich in Linie dem Feind, um ihm durch Artilleriebeschuß Schaden zuzufügen. Demgegenüber verfügten die meisten spanischen Schiffe zwar über schwere Kaliber in Fahrtrichtung, aber nicht über starke Breitseitenbewaffnung. Ihre Taktik war es, dem Gegner als geschlossener Flottenblock entgegenzulaufen und den Nahkampf Schiff gegen Schiff zu suchen, bei dem sich die Überlegenheit der spanischen Infanterie am besten entfalten konnte. Zwischen Lepanto und dieser Seeschlacht lag der Übergang von der mittelalterlichen zur neuzeitlichen Flottenstrategie.

Am 31. Juli 1588 erkannte nach einem vierstündigen Artilleriegefecht auch Medina Sidonia, daß es unmöglich war, die eigenen Schiffe auf Enterkampfnähe an den Feind zu bringen. Trotz erheblicher Schäden – auch die Spanier feuerten tapfer – war wenig erreicht. Medina Sidonia ließ daher seine Streitkräfte sammeln und setzte die Fahrt nach Osten fort. Er wollte möglichst bald in Verbindung mit Alexander Farnese kommen.

Dieser Rückzug kostete die Spanier zwei ihrer besten Galeassen. Auf der »San Salvador«, dem Flaggschiff des Vizeadmirals Oquendo, kam es zu einer Pulverexplosion, das Schiff mußte geräumt werden. Die »Nuestra Señora del Rosario«, das Flaggschiff Don Pedro de Valdes', havarierte durch zweimalige Kollision mit Schiffen der eigenen Flotte. Die schwer beschädigte »Nuestra Señora« wurde von Drake geentert, bevor andere Spanier zu Hilfe kommen konnten. Kommandant und Besatzung – insgesamt etwa 650 Mann – gerieten in Gefangenschaft.

Unterdessen wurde bei den Spaniern die Munition knapp, auf Nachschub konnten sie nicht hoffen. Daher war eine möglichst rasche Vereinigung mit den Streitkräften Farneses unerläßlich. Wegen widriger Winde hatte Farnese aber beschlossen, nicht, wie vereinbart, in Dünkirchen, sondern in Calais zu ankern.

So wartete Medina Sidonia vergeblich auf die Truppen Farneses. Die Blockade der flandrischen Häfen durch die Holländer hinderte Farnese am Auslaufen, um der Armada zu Hilfe zu kommen. In dieser schwierigen Lage erwog der Herzog trotz Blockade nach Dünkirchen durchzubrechen, da er dringend Nachschub brauchte und die Moral der Besatzungen unter der schlechten Versorgungslage litt.

Doch noch ehe die Armada Zeit und Gelegenheit fand, nach Dünkirchen aufzubrechen, griffen die Engländer in der Nacht vom Sonntag, dem 7., zum Montag, dem 8. August, mit Brandern an, kleinen Schiffen, die mit leicht brennbarem Material beladen waren: Pech, Stroh, Sprengkörpern und Pulverpaketen. Diese Brander wurden bei günstigem Wind von tollkühnen Besatzungen in den Hafen gesegelt, in Brand gesteckt und verlassen. Kurz nach Mitternacht segelten sie wie eine Reihe lodernder Höllenfackeln unaufhaltsam auf die Armada zu. Die bedrohten Spanier kappten die Ankertaue an Bug und Heck und flohen auf die offene See. Viele Schiffe behinderten einander gegenseitig und liefen auf Sandbänke und Riffe. Die Armada befand sich in jammervoller und schmählicher Auflösung.

Vor dem Hafen wartete die englische Flotte darauf, der fliehenden Armada den Todesstoß zu versetzen. Sobald Medina Sidonia dies erkannte, drehte er bei, signalisierte seinen zerstreuten Schiffen den Befehl zum Sammeln und zum Angriff. Jetzt oder nie mußte es zum Nahkampf kommen.

Die Engländer wußten natürlich um ihre Unterlegenheit im Enterkampf. Deshalb ließen sie die Spanier immer nur auf Kanonenschußweite heran und jagten ihre Kanonenkugeln in die Wasserlinie der feindlichen Schiffe. Das bedeutete den Sieg. Die spanischen Schiffe erlitten schwere Schäden, ehe orkanartige Wind- und Regenböen die Flotten trennten.

Am Morgen des Dienstag schlug der Wind plötzlich um und rettete die Spanier vor der Gefahr, in den Untiefen der flandrischen Gewässer zu stranden. Medina Sidonia faßte den Entschluß, zu retten, was noch zu retten war. Die Armada war bereits zu geschwächt, um sich gegen die englische Flotte den Rückzug durch den Kanal zu erkämpfen. Also mußte man dem Feind ausweichen und versuchen, Schottland und Irland zu umfahren und über den Atlantik letztlich den Heimathafen La Coruña zu erreichen.

3

Damit begann der Schlußakt der Tragödie der stolzen Armada. Nicht nur die Munition war aufgebraucht, auch die Vorräte an Trinkwasser und Nahrungsmitteln gingen bedrohlich zur Neige. Man schlachtete einen Teil der Pferde und Maulesel, die als Zugtiere für die Invasionsarmee bestimmt waren, die übrigen achtzig bis hundert wurden über Bord geworfen, da man für sie kein Wasser erübrigen konnte. Von Todesangst getrieben, stampften und röchelten sie schwimmend den Schiffen nach, solange ihre Kräfte reichten.

Bis zur Höhe der Orkney-Inseln vermochte die dezimierte Armada zusammenzubleiben. Doch auf hoher See fiel ein Schiff nach dem anderen. Was bei der Beschießung durch die englische Artillerie größeren Schaden genommen hatte, vermochte den Sturmböen des Atlantiks nicht mehr Widerstand zu leisten. Die einen wurden leck und versanken mit Mann und Maus, andere wurden vom Sturm abgetrieben und gegen die Klippen der britischen Westküste geworfen. Wer dem Tod in den Wellen entkam und das rettende Ufer gewann, wurde meist ausgeplündert und dann kaltblütig umgebracht. Für lebende Spanier hatten die Engländer keine Verwendung.

Sir Richard Bingham, Gouverneur von West-Irland, meldete nach London: »Zwölf spanische Galeeren wurden an unsere Küste durch Schiffbruch zerstört. Von den etwa 3500 Mann Besatzung ertranken etwa 2000, die übrigen, etwa 1500, die sich an Land retten konnten, wurden nach Beschlagnahme ihrer Habe niedergemacht.« Nur an den Küsten Irlands gab es eine größere Zahl überlebender Schiffbrüchiger.

Am 22. September 1588 landete Medina Sidonia mit ganzen elf Schiffen im Hafen von Santander. Weitere 55 Fahrzeuge kehrten einzeln oder in kleinen Gruppen im Laufe der nächsten Wochen zurück. Alle übrigen blieben verschollen. Von den 130 ausgefahrenen Schiffen war über die Hälfte verloren. Von den 30 000 Mann Besatzung sah kaum ein Drittel die Heimat wieder.

Die Vizeadmirale Recalde und Oquendo starben wenige Tage nach der Landung. Viele unbekannte Soldaten teilten das gleiche Los, und man fand es nicht einmal der Mühe wert, ihre Namen der Nachwelt zu überliefern. Der unglückliche Medina Sidonia galt vor der Öffentlichkeit als der allein Schuldige. Der König freilich ließ ihn nicht fallen. Der ohnehin schwer gestrafte Mann durfte sich auf seine Güter zurückziehen. Er trat für den Rest seines Lebens nicht mehr in die Öffentlichkeit. »Gegen Menschen, nicht gegen die Naturgewalten war meine Flotte ausgesandt«, pflegte er sich zu rechtfertigen.

XVIII.
Es ist Nacht geworden

1

Philipp II. war weißbärtig geworden, sein Kopf kahl – sein Geist jedoch war noch frisch und sein Gedächtnis ungeschwächt. Nur litt er stark unter Gichtanfällen. Das zweite Übel, das dem alternden Herrscher zu schaffen machte, war jenes rätselhafte chronische Fieber, an dem mehr als die Hälfte seiner Untertanen ständig zu leiden hatten und das in allen Krankheitsberichten der Zeit »Unas Quartanas« genannt wurde. Die Ärzte kannten zur Behandlung nur den Aderlaß, und so wurden wahre Ströme spanischen Blutes vergossen.

Die letzten Jahre seines Lebens verbrachte Philipp II. teils in seinem Gichtstuhl sitzend, teils im Bett. Der durch verschiedene Mechanismen verstellbare, recht bequeme Stuhl erleichterte dem König den Alltag, mußte er doch nicht mehr jenen lästigen Schemel benutzen, auf den er während seiner endlosen täglichen Schreibtischarbeit bald das eine, bald das andere gichtkranke Bein zu legen gezwungen war. Philipp hatte diesen Gichtstuhl von dem Tage seiner Fertigstellung an nicht mehr entbehren können. Es kamen Wochen und Monate, in denen er am Morgen das Bett mit dem Stuhl vertauschte und am Abend den Stuhl erst wieder verließ, wenn es Zeit zum Schlafengehen war.

Im September 1596 hatte die Gicht den Körper Philipps II. bereits mit solcher Heftigkeit erfaßt, daß die rechte Hand den Dienst versagte und ein Unterzeichnen der Dokumente unmöglich war. Seit dem 8. September dieses Jahres vollzog der achtzehnjährige Thronerbe Infant Felipe diese wichtige Handlung. Er unterzeichnete die Schriftstücke mit »Yo el Principe«, worunter dann der Sekretär nebst seinem eigenen Namenszug die Erklärung setzte: »Por mandado de su Majestad y Alteza en Su nombre.«

Das Frühjahr 1598 brachte die letzten beiden großen Ereignisse im Leben des Königs: Am 2. Mai fand der Abschluß des Friedensvertrages von Vervins statt, mit dem ein vorläufiger Schlußstrich unter die Kriege mit Frankreich gesetzt und der zum katholischen Bekenntnis konvertierte Hugenotte Heinrich IV. als König anerkannt wurde. Am 6. Mai vollzog sich die Übergabe des aus dem großen Brand geretteten südlichen Teiles der Niederlande an die Infantin Isabella Clara Eugenia. Der schwerkranke König, auf dessen gebeugten Schultern immer noch eine gewaltige Verantwortung lastete, in dessen gichtgekrümmten Händen immer noch eine nahezu unvorstellbar große Macht lag, fühlte sich am Ende seiner Kraft, am Ende seines Willens, die Last noch weiter zu tragen.

Eine innere Stimme sagte ihm, daß es Zeit sei, sich auf den letzten Gang vorzubereiten, und es ergriff ihn plötzlich eine unbezwingbare Sehnsucht nach dem Escorial.

Das Felsenkloster, das er sich und den Seinen als letzte Ruhestätte erbaut hatte, sollte auch sein Sterbehaus werden. Das Gefolge und die Ärzte protestierten gegen den Transport des todkranken Königs, auch seine Kinder versuchten ihm abzuraten und ihn auf später zu vertrösten. Er selbst jedoch kannte keinen anderen Wunsch mehr: Nur im Escorial wollte er sterben. So rüstete man zum letzten Aufbruch.

Am 30. Juni 1598 verließ Philipp II. zum letzten Mal den Alcázar. Sein körperlicher Zustand war so jämmerlich, daß er nicht einmal imstande war, in einer Kutsche zu reisen. Man baute eine Sänfte, die zwischen zwei Stangen aufgehängt war und von zwei kräftigen Lakaien auf den Schultern getragen wurde. Der Weg war weit, uneben und steinig, die Hitze groß, und so brauchte man volle sechs Tage zur Überwindung einer Entfernung, die man bequem in sechs Stunden reiten konnte.

Im schrägen Licht der scheidenden Sonne des sechsten Tages kam der Escorial in Sicht, schimmernd wie ein Märchenschloß, lockend wie eine Fata Morgana, klar und plastisch wie ein von Meisterhand geschaffenes Gemälde. Die Träger waren erschöpft und außer Atem, als man endlich das Ziel erreicht hatte, der König nicht minder. Kaum hatte er eine Nacht geruht, ließ er sich in der gleichen Sänfte ein letztes Mal durch das Haus, sein Haus, tragen. Außen durch die Gärten, innen durch die Höfe und Korridore, treppauf, treppab, in die Grabkammer, in die Basilika, in die Sakristei, in die Bibliothek, in den Trakt der Mönche. Der kranke König schien die Bilder begierig in sich aufzunehmen, doch in Wahrheit nahm er Abschied, ein letztes Mal erfüllt von Freude und dankbar für den gewährten Trost und Schutz.

Am längsten verweilte er bei den Reliquien, von denen kurz zuvor eine neue große Sendung aus den Niederlanden und aus Deutschland eingetroffen war. Er sah sie hier zum ersten Mal, und er wurde nicht satt, sie zu betrachten, zu berühren, zu verehren.

Aber der körperlichen Anstrengung und der Gemütserregung dieser letzten Tage war er nicht mehr gewachsen. Ein heftiges Fieber warf ihn erneut aufs Siechbett. Nun begann jenes dreiundfünfzigtägige, beispiellose Martyrium, das die Auflösung des kranken und verbrauchten Leibes vollendete, ein Martyrium, das sich in den ärztlichen Berichten wie ein Schauerroman las.

Eine wichtige Etappe dieses langsamen, qualvollen Abschiednehmens vom Leben bildete der Tag, an dem man dem Kranken die Letzte Ölung spendete. Es war der 1. September 1598. Die heilige Handlung wurde mit aller Feierlichkeit und Genauigkeit vollzogen, und ihre besondere Wirkung auf den König war, daß ihm eine unsagbare Erleichterung und Stärkung der Seele, ja sogar ein gewisses, wenn auch nur vorübergehendes körperliches Wohlbefinden zuteil wurde. Mit zufriedenem Lächeln nannte er diesen 1. September den glücklichsten Tag seiner Krankheit.

Von diesem Tag an ließ er es auch nicht mehr zu, daß ihn irgendeine Nachricht über weltliche Dinge, über die Angelegenheiten der Regierung oder der Hofhaltung, erreichte. Es schien, als wäre das Tor zur Welt hinter ihm lautlos ins Schloß gefallen.

In der Nacht vom 12. auf den 13. September begehrte Philipp, daß man ihm die Sterbegebete vorsprach. Er fühlte, daß seine Stunde gekommen war. Man rezitierte jene ehrwürdig alten und ewig gleich ergreifenden liturgischen Worte, mit denen die mütterlichste aller Religionen ihre Getreuen ins Jenseits entläßt und bei deren Anhören dem Einfältigsten wie dem Gelehrtesten ein Licht darüber aufgeht, was es bedeutet, in dieses Jenseits entlassen zu werden.

Da unternahm der Sterbende eine letzte Anstrengung, seine freudige Bereitschaft kundzutun. Schon meinten die Mönche, die Ärzte, die Kammerherren, die Lakaien, es sei mit ihm zu Ende. Aber der getreue Marqués de Salvatierra glaubte zu erkennen, daß der König ihm noch etwas zu sagen hatte.

Er beugte den Kopf zum Mund des Sterbenden und vernahm: »Marqués! Öffnet die Fenster! Laßt die Sonne herein!«

»Eure Majestät! Es ist Nacht geworden! Die Sonne ist untergegangen. Man sieht nur den Mond und die Sterne!«

Aus den nahen Hallen der Basilika ertönten die Chorgesänge der beginnenden Frühmesse.

Leben und Wirken des großen Europäers

Otto von Habsburg ist einer der wenigen Politiker dieses Jahrhunderts, der an der Verwirklichung seiner politischen Visionen nicht nur arbeitete, sondern auch deren Realisierung noch mitgestaltend erlebt.
In diesem Buch wird sein Lebensweg mit all seinen Stationen mit anschaulichem Material nachgezeichnet. Biographie und spannendes Geschichtswerk zugleich.

Amalthea